수용소군도

수용소군도

문호준 著

지우출판

수용소군도

인쇄 / 2022. 11. 5.

발행 / 2022. 11. 10.

지은이 _ 문호준

발행인 _ 김용성

발행처 _ 지우출판

출판등록 _ 2003년 8월 19일

서울시 동대문구 천장산로 11길17. 204-102

TEL: 02-962-9154 / FAX: 02-962-9156

ISBN 979-11-980102-4-7   03810

lawnbook@hanmail.net

값 17,500원

머 리 말

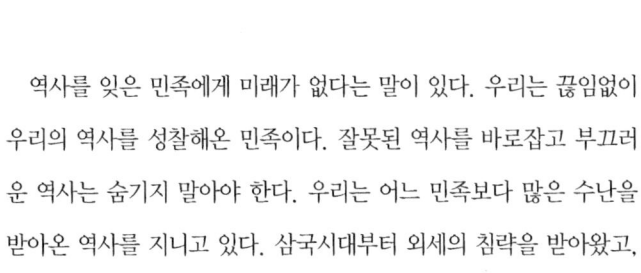

    역사를 잊은 민족에게 미래가 없다는 말이 있다. 우리는 끊임없이 우리의 역사를 성찰해온 민족이다. 잘못된 역사를 바로잡고 부끄러운 역사는 숨기지 말아야 한다. 우리는 어느 민족보다 많은 수난을 받아온 역사를 지니고 있다. 삼국시대부터 외세의 침략을 받아왔고, 근현대에 이르러서도 외세의 간섭과 침략이 끊이지 않았다. 우리는 급기야 일제에게 주권을 빼앗기는 아픔을 겪게 되었다.

    우리의 역사적 상처에서 가장 치욕적인 것은 일제에게 농락당한 일이다. 일본은 우리를 합방하여 주권을 빼앗고 온갖 반인륜적인 짓을 저질렀다. 한일 역사의 중심에 항상 곤두서 있는 위안부 문제, 징용 문제 등은 일제가 우리에게 저지른 수난의 역사 중에서 가장 비인간적이었다. 우리는 일본과 떼려야 뗄 수 없는 운명 공동체이다. 하지만 이런 운명을 마주한 일본은 자신들의 잔혹한 행태에 대해 진정한 사과도 하지 않고 있다. 일본은 조선인의 피와 땀, 소중한 목숨을 희생하여 이룩한 사도광산을 세계문화유산에 등재하려고 온갖 수단을 동원하고 있다. 이는 인간으로서 상상할 수 없는 짓이다.

일본은 중일전쟁을 일으키고 하얼빈, 만주를 점령했다. 이런 과정에서 엄청난 전쟁범죄를 저질렀다. 난징을 접수하여 약 2개월여 동안 수십만 난징 시민들을 도륙하며 즐겼다. 이는 아무리 전쟁 중이라 생각해도 인간이 할 짓은 아니었다. 일제는 이마저도 자기네 짓이 아니라고 발뺌을 하고 있다. 전쟁 피해자가 아직 생존해 있고, 수많은 기록이 있는 데도 일제는 시치미를 떼면서 사과조차 하지 않고 있다.

우리의 아픈 역사 가운데 우리가 모르거나 제대로 알려지지 않은 역사가 있다. 바로 소록도 섬에서 발생한 치욕적인 이야기다. 일반적으로 소록도는 나환자촌으로 인식되어왔다. 그러나 우리가 흔히 아는 나환자촌은 일제의 위장, 기만술에 지나지 않았다. 소록도는 조선총독부령으로 당시 문둥병 환자가 창궐한다는 소문을 퍼뜨려 조선 전역의 젊은이들을 잡아들이기 위한 수단으로 이용되어왔다.

조선총독부는 내부적으로 은밀히 조선의 부랑자나 사상불량자,

젊은이들을 잡아들여 사상개조를 시키고 이들의 노동력을 활용한다는 목적을 가지고 있었다. 게다가 이들을 은밀히 생체실험의 대상으로 활용하고자 함이었다. 이런 목적을 가지고 닥치는 대로 조선의 젊은이들을 잡아들였다. 심지어 어린아이들까지 잡아들였다. 손과 발에 상처만 있어도 문둥병이란 핑계를 대고 잡아들였다. 조선인들은 일제의 이런 정책에 속수무책이었다. 이미 주권을 잃은 조선인에게 이에대한 저항의 방법은 물론 의지조차 없었다.

조선총독부의 명령은 무서웠다. 총독부를 통해 지역에 하달된 명령은 기세 좋게 방방곡곡에 퍼졌다. 전라도에서 함경도까지 전역에서 무고한 백성들이 피해를 입었다. 일터에서 느닷없이 붙잡혀 갔다. 새벽잠에서 깨기도 전에 들이닥친 일본 순사들에게 끌려갔다. 부랑자들도 다리 밑에서 잡담을 하다가 끌려갔다. 산에서 나무를 지고 내려오다가 끌려간 사람도 있었다.

일제는 이렇게 끌어들인 나환자를 소록도에 집결시켰다. 소록도는 외딴섬이었으므로 무력을 지닌 일제가 마음대로 끌려온 백성들을 유린蹂躪할 수가 있었다. 당시 소록도에 붙잡혀 들어온 사람들은 1만여 명에 달했다. 그런데 1만여 명에 달한 소록도 원생들 중에 정작 나환자로 분류된 사람은 15%에 지나지 않았다. 이는 소록도에 생존하고 있는 분들의 증언을 통해 확인된 사실이다.

실제는 건강한 사람들이 훨씬 많았던 것이다. 이는 일제가 노골적으로 젊은 조선인을 외딴섬으로 잡아들여 노동력을 착취하려고 했음을 의미한다. 게다가 일제는 이들을 대상으로 은밀하게 생체실험을 했을 정도였다. 731부대의 부대장이 은밀히 생체실험을 위해 소록도에 잠입했을 정도였으니 소록도수용소란 이름이 전혀 무색하지 않다.

영문을 모르고 끌려온 조선의 청년들과 아녀자, 나환자들의 노역을 통해 소록도는 세계에서 가장 아름다운 섬이 되었다. 하지만 소록도란 섬에 숨은 역사는 아름다운 경관이 무색할 정도로 비인간적이며 치욕적이었다. 일제는 자신들이 임신시킨 조선 처녀의 배를 갈라 꺼낸 아이를 포르말린 용액이 담긴 용기에 거꾸로 집어넣었다. 당시 이런 비인간적인 생체실험의 증거물들이 소록도에 가득했다고 한다. 일제는 해방과 동시에 자신들의 범죄 증거물들을 바닷속에 수장시키고 도망갔다고 한다.

우리는 이런 반인륜적인 일본의 행태에 저항하면서 소록도에 관한 새로운 진상규명이 필요하다. 자신의 범죄행위조차 인정하지 않고 은밀히 숨기면서 뻔뻔하게 '사도광산'을 세계문화유산에 은밀히 등재하고자 하는 일제의 행위에 환멸을 느끼며 증오한다. 일제는 지난 잘못을 진지하게 반성하고 진정한 마음으로 사과해야 한다. 이 책을 통해 당시 소록도의 진실이 새삼 세상에 알려지기를 희망한다. 또한 일본을 규탄하고 소록도의 역사를 세상에 알려 궁극적으로 소록도가 세계문화유산에 등재되기를 바라는 바이다.

마지막으로, 소록도를 배경으로 집필한 장편소설 "수용소군도"를 상재할 수 있었던 것은 유인석 할아버지, 김용덕 할머니 외 고인이 된 어르신들의 생생한 증언들이 있어서 가능했다는 것을 꼭 밝히고자 한다. 또한 이 책에 등장하는 인물들 가운데 이춘상, 이동, 김창옥, 권종희, 이길용, 박순주, 최일봉, 문창렬 등 대부분이 실제 인물임을 밝힌다.

이 작품은 1986년 10월경 소록도의 숨겨진 사실을 찾아내기 위해 마을로 잠입, 취재한 계기로 비롯된다. 이를 계기로 장편소설 '일그러진 자화상' '가도가도 붉은 황톳길' '소록도시나리오' '군도群島의 아침' '군도群島' '수용소의 침실' '수용소군도' 등을 출간하여 세상에 내놓기까지 36년여 세월이 흘렀다. 따라서 일본군의 만행과 소록도의 진실을 알리고 일본국 변호사와 함께 일본 정부를 상대로 수년간 소송을 진행하여 보상금을 받아낸 법무법인 화우 박영립前 대표변호사, 現 화우공익재단이사장 변호사께 먼저 감사의 마음을 전한다.

그리고 소록도 자연문화유산 등재를 위해 노력하신 임정혁前 서울

고검장, 대검차장검사, 박충근前 대구지방검찰청 서부지청장, 특별검사, 소록도의 진상규명을 위해 노력하신 박원하現 서울삼성병원 정형외과 교수 겸 서울특별시체육회장, 박용호現 창원지방검찰청 마산지청장님께도 감사를 드린다.

또한 일본인의 만행을 전 세계에 알리기 위해 영화제작에 뜻을 세우신 서영석 회장님, 박철수법무법인 정도 대표변호사, 주창범동국대학교 행정학과 교수, 노경민아산병원 산부인과 전문의, 장병홍재활의학과 전문의, 정동일前 서울시 중구청장, 채성만동국대학교 행정학과 교수님께 감사의 인사를 올린다. 끝으로 코로나 사태로 어려운 가운데 이 책을 상재 할 수 있도록 협력하여 주신 지우출판 김용성 대표께도 깊은 감사를 드리고, 세상에서 가장 사랑하는 나의 친구 겸謙, 담潭이와 함께 돌아가신 임들의 영혼이 편안히 영면永眠하기를 기도한다.

2022년 10월
단풍이 물들어가는 가을에
저자 삼가올림

수용소군도

1

먼동이 트려면 아직 멀었다. 새벽을 알리는 닭울음 소리도 들리지 않는다. 부지런한 새들도 둥지에서 뒤척이지 않고 있었다. 달빛은 희미하게 식어 막 새벽의 산마루를 넘고 있었다. 조선의 하늘 아래 잠든 방방곡곡의 마을마다 불행한 운명이 촛불처럼 흔들리고 있었다. 목을 조여드는 불행의 그림자를 조선 사람들은 아직 눈치채지 못하고 있었다.

담장을 향해 거리를 좁혀오는 일본군 군홧발 소리가 촉박했다. 영문도 모른 채 부지런한 어미들은 이윽고 성냥을 그어 호롱불을 밝힌다. 전라도 땅에서나 경상도 땅에서나 새벽을 밝히는 어미의 마음은 가족의 무사한 하루를 비는 것이었다. 평안도 땅에서나 함경도 땅에서도 자식의 앞날을 걱정하는 어미의 마음은 분주했다. 주권을 잃은 조선에서 살아남으려면 허리를 숙이고 자신의 목소리를 낮추어야 한다.

더위는 절로 와서 절로 물러갔다. 며칠 전에는 이슬이 지붕의 용머리를 적셨다. 밤이 깊어지기 시작하더니 이내 서리가 내렸다. 하얗게 내린 서리는 밤의 꼬리를 길게 늘어뜨린다. 가을이 왔다는 뜻인지 밤의 그림자가 해의 꼬리보다 길었다. 상강霜降이 되니 이제 밤이 길어지고 오지솥에 끓는 콩죽으로 가난의 고비를 넘겨야 할 때가 되었다. 곡식을 갈무리하며 슬슬 겨우살이를 채비하는 대부인大夫人 송 씨의 손길도 바빠지게 되었는데 바로 그때 조선의 지축이 흔들리기 시작했다.

"젊은 자식들을 모두 마당으로 데리고 나오시오."

조선총독부에서 나온 일본 순사들이 어눌한 조선말로 소리쳤다. 순사들의 목소리는 거칠었고, 군홧발은 눈이 없었으므로 예절도 지킬 줄 몰랐다.

"젊은 자식들이라니오?"

"다 알고 있소."

조선총독부 밑에서 조선인의 피를 빨아먹고 사는 밀정들을 앞세운 걸음이란 것을 부모들은 미처 알지 못했다. 조선총독부는 물속에서 한가롭게 노니는 물고기처럼 은밀히 모략을 꾸몄던 것이었다.

"나이가 아직 어립니다."

"나이가 어리다고? 그래도 총독부의 명령이니 어서 앞으로 데리고 오시오."

대부인 송 씨의 자녀들이 잠에서 덜 깬 모습으로 순사들 앞으로 나왔다. 순사들은 두 명의 아이들을 유심히 살폈다. 열여덟 살먹은 큰아들은 체격이 컸고 열다섯 살 먹은 작은 딸애는 체격이작고 여렸다. 순사 중에 팔의 힘이 억세어 보이는 사람이 큰아들의 손목을 불끈 쥐었다. 다른 순사는 딸애의 손목을 낚아챘다.

"우리 애들한테 왜 이러시오?"

대부인 송 씨의 물음에 순사들은 아무도 대답하지 않았다. 그들은 송 씨의 자식들을 요모조모 살폈다. 큰애의 등을 돌려 뼈대를 살피고 딸애의 입을 벌려서는 치아 상태도 확인했다. 순사들은 서로 얼굴을 쳐다보면서 됐다는 듯 고개를 끄덕거렸다. 그들은 문서를 들이밀며 강제로 부모의 서명을 받았다.

"이게 대체 뭐라오?"

"어서 서명이나 하오."

송 씨는 울며 겨자 먹기로 순사가 들이미는 서류에 서명했다. 영문을 모르고 시키는 대로 하는데 갑자기 딸애가 순사의 손을 뿌리치며 송 씨의 품으로 달려들었다. 순사의 채찍이 딸애의 뺨에 찰싹 꽂혔다. 딸애가 아악, 소리를 지르며 울부짖었다. 뺨에는 순식간에 채찍이 할퀸 핏발이 돋았다. 딸애의 손목을 순사가 잡아

끌자 딸애가 다시 몸부림을 쳤다. 순사의 채찍이 더 격렬하게 딸애의 뺨을 핥았다. 큰애는 동생의 뺨에 채찍이 얹힐 때 주먹을 불끈 말아 쥐었어도 감히 순사에게 덤비지 못했다. 조선총독부의 힘이란 조선의 백성에게 막강한 것이었다.

몸이 아파 병석에 누운 김 초시는 겨우 상체를 일으켜 세워 순사들에게 항의했다.

"어이 남의 자식들을 끌고 가는 것이오?"

"조선총독부의 명령이라 하지 않소."

김 초시가 자식을 도둑질해 가려는 일본 순사들을 막기에는 역부족이었다. 병약한 몸으로 겨우 무릎걸음을 하여 순사를 향해 다가가다 허리를 구둣발에 차이고 말았다.

"아이쿠!"

"대감~ 괜찮소?"

송 씨가 김 초시를 붙들며 울부짖었다. 순사들은 눈 하나 깜짝하지 않고 대문을 나섰다. 조선의 밀정이 순사 뒤를 따랐다. 김 초시는 상체를 바닥에 눕힌 채로 몸부림쳤다. 순사들에 붙들려 끌려가는 애들을 보자 불에 데인 듯 기겁을 하고 말았다. 김 초시를 보살필 겨를도 없이 막무가내로 붙들려가는 자식들을 보는 송 씨의 숨통 역시 턱 막혔다.

애들은 순사들에 이끌려 마을 앞의 개울을 건넜다. 송 씨가 정신을 가다듬어 바람처럼 뒤를 따랐다. 큰애가 흘깃 고개를 돌려 뒤를 돌아보았다. 순사의 채찍이 큰애의 등허리에 꽂혔고, 딸애가 울부짖었다.

"어무이~"

"이놈들아, 애들을 내놓아라."

송 씨가 이렇게 울부짖을수록 순사의 채찍이 매서워졌다. 송 씨는 개울가에 주저앉아 하염없이 울었다. 조선총독부 순사들에게 영문도 모른 채 자식을 도둑맞은 어미의 마음은 칼로 창자를 도려내는 듯 쓰리고 아팠다.

인후와 인영은 속절없이 일본 순사에 붙들려 끌려가고 있었다. 남매는 개울을 건너며 땅바닥에 쓰러져 하염없이 울부짖는 어머니의 모습을 마지막 눈에 담았다. 인후와 인영은 자신들이 지금 무엇 때문에 일본 순사들에 붙들려 끌려가는지 몰랐다. 어디로 끌려가는지는 더욱 알지 못했다. 순사들은 밀정을 데리고 마치 제집처럼 쳐들어와서 조선의 아이들을 도둑질해 가고 있었다.

"우릴 어디로 데려가는 것이오?"

인후가 조선의 밀정을 향해 물었다. 밀정에게 물었는데 총독부 순사의 채찍이 인후의 등허리에 날카롭게 꽂혔다. 인후의 등허리에 꽂히는 순사의 채찍을 보고 인영이 울부짖었는데 다른 순사의 채찍이 이런 인영의 등허리에도 내리꽂혔다. 인영과 인후가 동시에 울부짖자 순식간에 끌려가는 시골길이 초상집처럼 변했다. 한참을 걸은 후에 소나무 밑에서 그들은 가던 길을 멈추었다.

순사가 인영을 데리고 안개가 짙게 깔린 소나무 숲으로 들어갔다. 인영이 걷지 않으려고 버티자 순사가 바로 인영의 허벅지를 걷어찼다. 인영이 짐승처럼 질질 끌려 소나무 숲으로 들어가고 한참 뒤에 다른 순사가 소나무 숲으로 들어갔다. 한 식경 더 지났을 때쯤 순사들이 인영을 데리고 소나무 숲에서 나왔다. 인영은 마치 실신한 사람처럼 몸을 가누지 못했다. 아침 해가 산마루에 밤송이처럼 모습을 드러내기 시작했다. 이른 아침의 차가운 공기가 그들의 머리 위에서 어지럽게 맴돌고 있었다.

조선총독부에서는 몇 달 전부터 심각한 회의가 열렸었다. 조선 청년들의 움직임이 수상하기 때문이었다. 청년들은 낮과 밤을 가리지 않고 모임을 가졌다. 미나미 총독은 은밀히 일본 순사를 보내 청년들의 모임을 염탐하기 시작했다.

"총독 각하, 조선 청년들이 방방곡곡에서 단합을 하고 있습니다."

"그래, 단합의 이유는 뭐라더냐?"

총독은 대수롭지 않게 생각하며 물었다.

"뭐라고 한 가지로 규정하기가 어렵습니다."

"그게 무슨 말이냐? 그저 우리 대일본제국에 대한 반항의식 아니겠느냐?"

총독의 뇌리에 항상 떠다니는 생각이 조선인의 반항의식이었다.

"맞습니다, 각하. 우선 조선어 금지에 대한 저항의식이 큰 것 같습니다."

"무식한 것들~ 대일본제국의 신민이면 신민답게 행동해야지. 감히 총독의 지시에 반기反旗를 들어?"

총독은 언어를 말살하는 것이 조선인의 정체성을 없애는 가장 강력한 수단이라고 생각했다.

"그런데 문제가 더 있습니다."

"문제가 더 있다니?"

총독은 부하의 눈을 뚫어지게 쏘아보았다.

"청년들뿐만 아니라 아녀자, 아이들까지도 그 대열에 동참하고 있답니다."

"아주 조선 것들이 미쳐가는구나. 어떻게 하면 좋겠느냐?"

"총독 각하, 그런데 조선어 금지에 대한 저항보다 더 급한 문제가 있습니다."

"아니 더 급한 문제? 그게 무어냐?"

총독은 아직도 그저 조선인들 사이에 일어날 수 있는 저항 정도로 생각하고 있었다.

"조선 놈들이 얼음장 밑의 개구리 노래를 부르고 있답니다."

"얼음장 밑의 개구리? 얼음장 밑의 개구리라면 얼어 죽어도 열 번을 얼어죽었겠구나."

"한데 조선 놈들의 말은 그게 아니랍니다."

총독을 비롯 직원들은 일제히 신경을 곤두세웠다. 조선인의 행동이 도무지 이해가 되지 않았기 때문이다. 총독이 고개를 쳐들어 부하직원에게 물었다.

"무슨 저의가 숨겨져 있단 말이냐?"

"예, 각하. 얼음장 밑의 개구리는 겨울잠을 자고 있는 거랍니다."

부하의 말이 이제야 촉박하게 들렸다.

"겨울잠?"

총독의 머리에 번개가 치듯 불길한 생각이 스쳐갔다.

"예. 봄이 되면 겨울잠에서 개구리가 깨어나는데 바로 조선의 독립이 멀지 않았다고 독려하는 말이랍니다."

"아주 겁대가리를 상실했구나. 감히 이놈들이~"

총독은 독립에 관한 얘기를 듣고 조선 놈들의 문제가 보통 문제가 아니라는 것을 깨달았다.

"남녀노소 가리지 않고 일제를 비판하고 있습니다. 특히 조선 놈들은 내선일체론을 비판하고 있다고 합니다."

"선진문물을 주입시켜도 받아먹지 못하는 미련한 조선 것들 말이야. 이런 반항 운동이 대대적으로 일어나고 있다면 큰일 아니겠느냐?"

"예, 각하. 속히 손을 써야할 것으로 사료 됩니다."

"그렇다면 어떻게 무식한 조선 것들의 반항을 멈출 수 있게 할 수단이 있겠느냐?"

조선총독부 회의실은 매우 깊은 침묵에 빠져들었다. 그들은 잠시 회의를 멈추고 각자 좋은 방법을 모색하기로 하였다. 이튿날, 총독부 회의실에서는 다시 회의가 열렸다. 그날 열린 회의에서 조선총독부는 아주 기발한 정책을 고안해냈다.

"총독 각하, 아주 좋은 아이디어가 있습니다."

"그래 어서 말해 보거라."

부하가 꺼낸 말을 듣고 총독은 그 기발함에 놀라 손뼉을 쳤다. 부하의 말을 빌리면 지금 한창 조선 땅에 나병이 유행하고 있는데 조선 전역에 창궐하는 문둥병을 이유로 조선인을 잡아들이자는 것이었다. 총독은 부하들의 의견을 듣고 다음과 같은 행동강령 3개항을 전국 총독부 지부에 지시했다. 첫째, 의식 있는 젊은 청년들을 잡아들일 것. 둘째, 아프거나 상처난 사람들을 모두 잡아들일 것 셋째, 조선 곳곳에 문둥병이 창궐하고 있다는 소문을 퍼뜨리도록 할 것 등이었다.

총독부의 지시는 빠르게 조선 전역에 하달 되었다. 그리고 무장한 일본 순사들의 동작은 매우 빨랐다. 경상도와 전라도 지방의 경무국에 당장 조선의 나환자들을 모두 잡아들이라는 총독의 명령은 마치 전시체제처럼 빠르게 하달되었다. 총독의 지시 중에는 은밀한 행동강령 3개항이 중요한 부속품처럼 숨어 있었다. 부산 용호동 바닷가의 부랑자들은 채찍과 곤봉에 제압되어 꼼짝없이 트럭에 실렸다. 경기도 부평현재는 인천광역시 부평구 소재의 한 다리 밑에 모여 해바라기를 하고 있던 부랑자들도 저항 한번 해보지 못하고 트럭에 실렸다. 또한 강원도 원주의 깊은 산판장에서 나무를 싣고 내려오던 산판꾼들도 영문을 모르고 급습을 당했다. 이것은 시작에 불과했다.

강력히 저항하는 자들을 향해서는 일본 순사의 총구에서 불을 뿜었다. 황토 먼지가 자욱하게 날리는 신작로에는 끌려가는 자식과 남편을 바라보며 오열하는 아낙들로 아수라장이 되었다. 영문도 모른 채 억울하게 끌려가면서도 그들은 저항조차 할 수가 없었다. 짐승처럼 끌려가는 조선인은 대부분 건장한 사람들이었다. 조선총독부가 말하는 나환자는 아주 소수에 지나지 않았다. 미나미 총독은 이번 기회에 말썽을 부리는 조선의 청년과 비판 세력, 저항 집단, 부랑자 집단을 일시에 소탕할 생각이었다.

조선총독부에 저항하는 청년들이 미나미 총독에게는 특별히 골칫거리였다. 그래서 마침 나환자 소탕령을 내리면서 묘안을 냈던 것인데 건강한 청년들의 노동력을 이용하고자 하는 것도 미나미 총독의 머릿속에 자리하고 있었다. 미나미 총독은 은밀히 전남 고흥 소록도 수용소의 제4대 수호周防正季 원장과 밀서를 주고받았다. 나환자는 물론 건강한 청년들을 소록도에 잡아들여 그들의 삐딱한 사상을 통제하고 노동력을 이용하자는 취지였다.

그런데 미나미 지로 총독의 머릿속에는 노동력의 이용보다 더욱 은밀하고 끔찍한 모략이 숨어 있었다. 미나미는 조선총독부에 오기 전에 중국 관동군 사령부의 사령관으로 재임했었다. 관동군 사령부 재임 시 사령부 산하의 은밀한 생체실험 부대였던 731부대의 이시이 시로 부대장과 자주 접촉을 하였는데 731부대에서는 포로들을 재료 삼아 대대적으로 생체실험을 자행하였다.

일제는 중국과의 전쟁에서 승리하기 위해서는 필수적으로 세균전이 필요하다고 판단했고, 세균전을 위해 다양한 실험의 재료들이 필요하다고 판단한 것이다. 미나미 지로는 조선총독부의 총독으로 임명을 받아 입조入朝하기 전에 은밀히 이시이 시로 731부대장을 만나 모략을 꾸몄다. 그 모략이란 세계 최초로 나병 환자들과 건장한 청년들을 대상으로 731부대 생체실험을 하는 것은 물론 건강한 조선인들을 붙잡아 생체실험 재료로 활용한다는 끔찍한 내용이었다.

2

조선의 나환자는 전라도와 경상도의 나환자가 조선 나환자의 대부분을 차지했으나 눈에 띌 정도로 많지는 않았다. 평안도 함경도에도 나환자의 수가 그리 많지 않았다. 자식이 문둥병에 걸린 집안에서는 치료를 위해 악착같이 손을 썼다. 가장家長의 한 달 급여가 약 30~35엔이었는데 6개월이 넘도록 급여를 쏟아부을 정도였다. 그런데도 뾰족한 치료 방법이 없어서 차도가 없었고, 복어 알이나 대풍자유 같은 민간요법을 사용했다.

식민지 시기 나병은 결핵, 매독과 더불어 3대 전염병이었다. 나병은 손과 발, 얼굴 등이 처참하게 일그러지는 특성 때문에 다른 질병과 달리 일반인들에게는 혐오감과 공포감의 대상으로 인식되었다. 총독부는 병에 걸린 환자들을 일제히 잡아들이면서 조선을 어지럽히는 부랑자들과 사상불량자들을 통제하는 것은 일거양득

一擧兩得과 같은 것이었다. 이런 모든 정책은 일본이 식민지 권력의 정당성이란 명목을 확보하고자 함이었다. 조선총독부의 지침은 조선의 전역에 득달같이 하달된 상태였고, 이에 따라 조선천지가 아수라장이 되고 있었던 것이다.

평양 경찰부 소속 경시부장 역시 즉각 일선 분서와 순사 주재소 등 모든 기관에 총독의 훈시를 하달했다. 평양부의 모든 관서는 비상이 걸렸다. 경시청 제도의 실시와 함께 감옥 업무가 분리되고 위생업무가 추가되면서 경시청 산하 평양 경찰부에도 비상이 걸린 것이다. 평양 산하 모든 관청에서 각 부와 군, 면 단위를 샅샅이 파악하고 일체의 병원, 의원 등에 연통을 넣었다. 피부병이나 작은 상처를 치료한 의원은 지체하지 않고 상부로 보고해야 하였는데 특별한 것은 이런 틈을 타서 관내의 밀정들이 평소 불만을 품은 집안의 자식들을 나병과 관계없이 은밀히 잡아들인 것이었다.

대동강 부근의 석성마을에 사는 김 초시 역시 밀정의 불만탓에 당한 횡액뜻밖에 당하게 된 재난이었다. 인후와 인영 남매는 나병은 커녕 작은 상처조차 나타나지 않았다. 조선총독부에 비협조적인 김 초시에 대한 불만을 밀정은 이런 식으로 앙갚음하고 있는 것이었다. 김 초시 부부는 일본 순사의 벼락같은 침입을 받고 경황이 없었다. 김 초시는 병든 몸인 탓에 누워있었지만 죽을 힘을 다해 몸을 일으켜 세우는 것으로 저항했다. 순사들이 밀정을 앞장 세우고 나타나서 자식들을 붙잡아나갈 때 일제가 전쟁을 치르느라 조선인에게 공출供出:국가의 요구로 국민이 곡식 등을 의무적으로 내놓아야 함을 하였는데 협조를 해주지 않은 데 대한 앙갚음이란 것을 알아챘다.

평양 근방에는 소문이 왁자했다. 조선총독부에서 문둥이 소탕령이 내렸다는 소문이었다. 마을마다 이 잡듯 뒤져서 아픈 사람들을 마구 잡아간다는 것이었다. 몸에 작은 상처라도 있으면 가차 없이 잡아들이는데 이상한 것은 노동이 불가능한 노약자들은 제외되었다는 점이다. 어린이들도 몸에 작은 상처라도 하나 있으면 망설이지 않고 짐승처럼 포획하여 트럭에 태웠다

조선총독부는 사실 조선의 여론을 의식한 나머지 조선의 문둥이들을 나병을 전염시킨다는 명분을 내세워 잡아들였다. 그런데 미나미 지로 총독의 진심은 문둥이들을 잡아들이는 것보다 사상이 불순한 조선의 청년들을 잡아들이는 데 혈안이 되어 있었다. 나병과 관계가 없이 작은 피부병을 앓거나 젊고 예쁜 여자들을 집중적으로 잡아갔다. 나병을 핑계로 조선의 젊은 남녀나 노동을 할 수 있는 건강한 사람들이 목표물이 되었다.

평양 경찰부에서 인후와 인영은 색다른 광경을 목격했다. 경찰부에 잡혀 온 사람이 너무 많았다. 아파 보이는 사람도 있고, 멀

쩡한 사람도 많았다. 어린아이도 보였고, 젊은 여성도 많았는데 나이든 노인은 손에 꼽을 정도였다. 일본 순사들은 몸에 상처가 있고, 아파 보이는 사람들은 따로 관리했다. 그런데 끌려온 사람들을 보면 건강해 보이는 사람들이 대부분이었다.

경찰부 인근에서 막 끌려온 듯 보이는 여자아이는 열 살쯤 먹어 보였는데 어머니와 함께였다. 인영이 자세히 보니 어머니는 끌려온 딸을 쫓아왔던 모양이었다.

"아가, 보따리를 잘 챙겨라."

"어머니, 내가 어디로 가는 것이오?"

어머니는 딸애를 물끄러미 바라보았다. 끝내 대답을 하지 못했다.

"고운 색동치마에 예쁜 저고리도 있다. 날씨가 추워지면 두꺼운 버선을 신어라. 수실과 수본(형겊, 흰 천조각에 수를 놓은 것손수건을 말함)이며 버선본들도 색상자 안에 넣었다."

아이의 어머니는 색상자 안에서 작은 베개를 꺼냈다. 구봉침九鳳枕이었는데 베개의 양쪽 머리에 봉황 한 쌍과 병아리 일곱 마리가 수놓아 있었다. 어머니는 딸애의 머리를 얼레빗으로 빗어주었다.

"이렇게 헤어지면 언제 너를 다시 볼 수 있을는지~ 다음에 커서 좋은 신랑감을 만나려면 반드시 이것들을 품에 지니고 있어야 한다."

"예, 어머니."

아이가 어머니의 품에 안겨 울었다. 어머니는 아이를 오래오래 품었다. 순사들이 들어와서 떼어놓을 때까지 모녀는 떨어지지 않았다. 순사의 억센 채찍이 뺨에 얹힐 때 어머니는 딸애에게 이렇게 당부했다.

"얼레빗으로 정성껏 머리를 빗고 면경面鏡:작은 손거울으로 늘 단정한지 살피거라. 머리카락이 빠지면 아무 데나 버리지 말고 여기에 건사보관해라."

어머니는 딸을 향해 유지油紙:기름을 먹인 종이를 건넸다. 네모반듯한 유지가 여러 장이었다. 머리카락은 예로부터 영혼의 상징이었다. 어른들은 머리를 빗을 때 머리카락이 흩어지는 것을 부정不淨한 것으로 여겼다. 머리를 빗고 나서 빠진 머리카락을 모아 빗접에 함께 접어 넣어두는 생활은 조선의 젊은 여자들에게 필수적인 생활양식이었다.

순사들은 남녀를 분리하였고, 남녀를 분리하면서 인영은 오빠와 헤어졌다. 남녀를 분리하기 시작하면서 여기저기에서 가족의 이름을 불렀다. 순간 사방이 정신없고 어지러웠는데 딸애를 이곳까지 쫓아온 아이의 어머니는 순사의 힘에 밀려 넘겨졌다. 아이가 울었고, 순사의 억센 팔이 아이의 옷자락을 잡아당겨 아이를 어머니와 분리하였다. 인영은 오빠와 헤어질 때 울지 않았다. 쫓아온 어머니와 헤어지는 딸애가 크게 울어서 울고 싶은 마음이 달아났다. 그럼에도 오빠와 헤어질 때 한참동안 손을 놓지 않았는데 순사의 억센 팔에 붙잡은 손목이 풀렸다.

"인영아, 몸조심해라."

"오빠!"

"어디서든 또 보게 되겠지."

인영은 눈물을 흘리며 고개를 끄덕였다.

그들은 트럭에 실려 이동하고 있었다. 평양부의 여러 고을에서 잡혀 온 아이들은 몇 대의 트럭에 나누어서 이동했다. 얼굴에 심한 상처가 난 사람들은 다른 트럭에 따로 실렸는데 그런 자는 많지 않았다. 멀쩡한 청년들과 젊은 여자들이 많았고, 인영이 또래의 여자애들도 여럿이었다.

"난 인영이라고 해. 넌 이름이?"

어머니와 헤어진 후 울음을 멈추지 않는 여자애에게 인영이 물었다. 여자애는 애써 울음을 멈춘 다음 인영을 경계하지 않고 가볍게 미소를 지었다.

"옥희."

"옥희? 예쁜 이름이구나. 왜 잡혀왔니?"

옥희란 아이가 고개를 저었다. 인영은 고개를 젓는 아이에게 더 묻지 않았다. 트럭은 먼지를 날리며 신작로를 달렸다. 인영과 옥희는 지나가는 사람들이 트럭에 실려 어디론가 이동하는 것을 신기한 듯 바라보았다.

트럭은 한적한 도로를 오래도록 달렸다. 황토 먼지를 일으키며 달리는 트럭은 여러 대였다. 그들은 터진 틈으로 언뜻언뜻 비치는 바깥 풍경을 보려고 눈에 힘을 주었다. 트럭의 좌우에서 밖을 내다보지 못하도록 천막을 쳤지만 그들은 듬성듬성 터진 틈으로 여러 대의 트럭들이 한 곳을 향해 달리고 있다는 것을 알아차렸다. 그들을 태운 트럭이 멈춘 곳은 기차역이었다.

트럭에서 내려 평양역에서 기차를 탔다. 일본 순사들은 어깨에 총을 메고 잡혀 온 사람들을 인솔했다. 트럭에서 내린 순서대로 기차에 올랐다. 기차는 길었고, 검게 그을린 탓인지 역하게 석탄 냄새가 났다. 목적지를 모른 채로 기차는 떠났다. 기차는 흰 연기를 구름처럼 하늘로 뿜어 올리며 굉음을 내며 달렸다. 인영은 태어나서 처음으로 기차를 탔다. 옥희라는 아이도 기차가 신기한 듯 창밖을 물끄러미 바라보았다.

기차는 평양 시가지를 뚫고 달렸다. 멀리 대동강이 눈에 들어왔다. 보통문 아래로 빨래터에서 아낙네들이 삼삼오오 모여 빨래하는 모습도 보였다. 튼튼한 석축에 의지하고 있는 2층 누각은 정교했다. 복판에 열린 무지개문을 통해 사람들이 대동강을 향해 걸었다. 기차는 회색의 기와집과 초가집들이 섞여서 올망졸망 모여있는 시가지를 지났다. 머리에 항아리를 이고 골목을 바삐 걸어가는 아낙네들의 모습을 인영은 한참이나 바라보았다. 어머니가 마치 그 무리 안에 섞여 있을 듯해 잠시 눈을 감고 상상했다. 헤어진 지 얼마 되지 않았는데 어머니를 비롯해 가족이 무척 보고 싶었다.

기차가 뿜어내는 연기에서 마을 뒷산 찔레꽃 냄새가 났다. 새빨간 앵두가 혀를 녹이던 기억이 떠올랐다. 기차에 탔다면 인후 오빠 역시 찔레꽃 냄새를 떠올릴지 모른다. 기차는 산을 뚫고 달렸다. 들판을 환히 열어젖히며 달리다가 산속으로 머리를 들이밀었다. 산속을 뚫고 나오면 들판이 펼쳐졌고, 바다는 보이지 않았다. 기차는 이따금씩 뛰이~ 하며 기적소리를 울렸다. 기적소리가 인영은 슬펐는데 마치 가족과 이별을 알리는 소리처럼 들렸기 때문이었다.

기차는 박자를 맞추듯 땅바닥을 울리며 달렸다. 낮에도 달리고 밤에도 달렸다. 배가 고팠지만 아무도 내색을 하지 않았다. 밤이 되자 기차는 낮게 웅크리고 달렸다. 산속을 뚫고 달린 탓에 더욱 낮게 보이는지 모른다. 옥희는 밤이 되자 멀미를 했다. 허리를 숙여 토할 듯 했지만 먹은 것이 없는 탓에 찌꺼기는 나오지 않았다. 옥희를 화장실로 데리고 들어가서 인영은 등을 자꾸 쓸어내렸다. 웩, 하고 토하는데도 옥희의 뱃속에서 음식물은 게워 나오지 않았다.

인영은 차창 밖에 스치는 풍경들을 바라보았다. 올망졸망한 마을들이 스쳐 갔다. 낮게 앉은 집들이 인영에게 손을 흔들어주었다. 인영은 그 집 사립문에 어머니와 아버지가 나와서 손을 흔들어주는 환영을 보았다. 기차는 터널을 향해 달렸다. 터널에 머리를 들이민 순간 인영의 뇌리에서 어머니의 모습이 사라졌다. 터널은 곧 뛰이 경적을 울리며 인영의 생각을 흩어지게 했다. 터널은 짧았고, 곧 빛이 돌아왔다. 빛은 다시 꺼졌고 터널이 다시 나타났다. 빛과 어둠이 마치 숨바꼭질을 하는 듯이 보이면서 인영은 슬며시 잠이 들었다.

마을 동구 앞에서 인영은 인후 오빠와 마을 아이들과 숨바꼭질을 하곤 했다. 인영은 술래가 되면 눈을 감고 있는 순간이 아득해서 좋았다. 아름드리 석류나무는 아이들에게 숨을 공간을 내어주었다. 인영은 모른 척 석류나무를 지나쳐 언덕 밑까지 달렸다. 아이들이 발자국 소리를 듣고 웃었다. 바로 이때, 누군가 술래를 깨우듯 어깨를 짚었다. 인영은 꿈결에서 퍼뜩 깨어났다. 기차는 깜깜한 밤의 들판을 달리고 있었다. 눈을 뜨고 보니 제복을 갖춰 입은 순사가 내려다보고 있었다.

"너 이름이 뭐냐?"

"김인영이요."

순사가 서류에 무엇인지 기록을 하고 있었다.

"아픈 데는?"

인영은 대답 대신에 고개를 저었다. 아픈 데는 아무 데도 없었다. 다만 뱃가죽이 달라붙을 정도로 배가 고플 뿐이었다.

"배가 고파요."

"참아라."

순사는 인영을 노려보며 단호하게 말했다. 순사의 목소리가 컸는데도 옥희는 피곤한 듯 잠을 자고 있었다. 순사는 옥희를 깨워 이름을 물었다. 옥희는 또박또박 대답했다.

"너 이름?"

"옥희요. 구옥희."

옥희가 시무룩히 대답했다.

"몇 살이냐?"

"열 살."

옥희의 목소리는 낮았다.

"아픈 데는?"

"목덜미~"

옥희는 목을 감춘 옷자락을 들쳐 보였다. 뒷목에 가벼운 상처가 보였다. 순사는 옥희의 대답을 듣고 서류에 기록을 하며 뜻 없이 웃었다. 순사가 반대 방향으로 몸을 돌려 자는 듯한 사람들을 하나씩 깨웠다. 인영은 옥희의 눈을 한참이나 바라보다 졸음이 몰려와서 다시 잠에 떨어졌다. 인영이 타고 있는 객실의 옆 칸에서 채찍 소리가 들렸고, 채찍 소리에 이어 사내아이의 울음소리가 크게 들렸다. 인영의 일행들은 그 울음소리에 놀라 잠에서 깨어났다. 기차는 요란하게 달리고 있었다. 곧 주위는 다시 잠에 빠졌다.

기차는 어디를 향해서 이렇게 끝없이 달리는 것인가. 인영은 살아온 짧은 세월을 더듬어보았다. 한해 한해 나이를 먹어가며 머리에 깊게 박힌 기억들을 꺼냈다. 손가락을 펴서 세월을 헤아리는데 눈물이 흘렀다. 잠에 떨어져 보지 못하는데도 인영은 얼른 주위를 살피며 옷소매로 눈물을 훔쳤다. 기차가 길게 기적을 울렸다. 인후 오빠는 지금 이 기차에 타고 있겠지. 인영은 저도 모르게 객석에서 일어나 기차가 달리는 반대편을 향해 걸었다. 인영이 일어났는데도 쳐다보는 사람은 아무도 없었다.

기차의 다른 칸을 향하는 문의 손잡이를 여는데 뒤에서 누군가 인영의 뒷덜미를 낚아챘다. 인영은 깜짝 놀라 뒤를 돌아보았다. 빳빳한 제복을 입은 순사가 포악한 얼굴로 인영을 내려다보고 있었다. 자는 사람들을 깨워 서류에 기록했던 그 순사는 아니었는데 인영을 향해 꾸짖는 듯 물었다.

"어디로 가느냐?"

순사가 유창하게 조선말을 했다. 조선인 순사인 모양이었다.

"오빠를 찾고 싶어요."

인영은 떨리는 목소리로 말했다.

"오빠가 누구냐?"

"인후요, 김인후~"

조선인 순사임을 확신하니 마음이 놓였다.

"너는 평양 어디에서 왔느냐?"

"대동부 석성 마을입니다."

순사는 서류를 뒤적이더니 이윽고 대답했다.

"김인후, 열여덟 살. 맞느냐?"

"예, 맞아요."

인영의 얼굴이 활짝 밝아졌다.

"김인후는 앞칸에 있다. 하지만 지금은 만날 수가 없어. 어서 자리로 들어가 앉아라."

"알겠습니다."

인영은 허리를 꾸벅 숙이고 돌아섰다. 조선인 순사는 인영이 조용히 자리로 돌아가 앉는 모습을 보고 자리를 떴다. 인영은 인후 오빠가 같은 기차의 앞 칸에 타고 있다는 얘기를 듣고 마음이 놓였다. 인영은 구리거울에 비친 자신의 모습을 찬찬히 들여다보았다. 얼굴이 퉁퉁 붓고 푸석했다. 배꼽 밑이 더부룩하고 쓰라렸다. 인영은 자신을 바닥에 깔고 허겁지겁 올라탄 순사의 얼굴이 떠올랐다. 순사의 제복을 보면 저절로 소름이 돋았다. 한 놈도 아니고 연거푸 두 놈이 배꼽 밑에 올라탔던 것이다.

손수건을 입속에 쳐넣더니 순사는 인영의 배꼽 밑을 집요하게 파고들었다. 치마가 걷어 올려지며 몸부림을 치는데도 아무런 소용이 없었다. 혀를 깨물어 죽고 싶었다. 하지만 이렇게 죽기에는 너무 분하고 억울했다. 가족들의 얼굴이 떠올랐고, 바로 언덕 밑에서 영문을 모르며 기다리고 있을 인후 오빠를 생각했다. 인후 오빠는 짐승처럼 끌려 내려오는 인영을 못 본 척했지만 무슨 일이 일어났는지 모르지 않을 것이었다. 인영은 그 순간 이후 인후 오빠와 제대로 눈을 마주칠 수가 없었다. 두 놈의 일본 순사에게 받은 치욕적인 상처, 인영의 눈가에서 쭈루루 눈물이 흘렀다.

경성역에 당도하니 이미 어둑한 저녁이었다. 평양에서 경성까지 기차를 타고 내려오는 동안 음식을 한 번도 입에 넣지 못했다. 경성역에서 조금도 지체하지 않고 그들은 기차를 갈아탔다. 경성역은 평양역에 비교할 수 없을 정도로 웅장했다. 그들은 뱃가죽이 달라붙을 정도의 배고픔 속에서도 경성역의 웅장함에 압도되어 입들을 벌렸다. 경성역은 지나다니는 사람들도 많았다. 붉은 벽돌의 경성역은 인영의 눈에 강렬한 인상으로 남았다. 벽돌 사이의 네모반듯한 흰색의 가루들이 오랫동안 그녀의 시선을 끌었다. 배꼽 밑이 쓰라렸지만 잠시 통증도 잊은 채 휘황찬란한 경성역을 바라보고 있었다.

인영은 주춧돌에 써진 숫자를 계속해서 읽었다. 저도 모르게 숫자를 읽으며 놀랐다. 눈에 띄는 숫자를 닥치는 대로 읽었다. 인영은 숫자를 읽으면서도 이상하게 불안한 느낌을 받았다. 숫자를 읽어도 불안감이 사라지지 않았다. 그런 와중에도 경성은 별의별 사람들이 많다더니 요술도 부린다는 생각이 들었다. 높은 벽에서 시곗바늘이 돌아갔다. 거꾸로 걸린 전등이 환하게 밝혀져 있고, 숙녀들의 발자국 소리가 묘한 리듬을 토해내고 있었다.

인영을 태운 기차는 저녁이 깊어 출발했다. 기차가 출발하고 주먹밥이 나왔다. 그들은 허겁지겁 주먹밥을 먹었다. 인영은 기차에 오르면서 다른 칸에 오르는 사람들을 살펴보았다. 인후 오빠가 어느 칸에 탔는지 알 수 없었지만 평양에서 함께 경성에 내려온 일행들이 모두 탔음을 알았다. 기차는 한강철교를 밀어내며 힘차게 달렸다. 어둠 속이라 한강의 푸른 물은 보이지 않았다. 희미한 불빛들이 차창으로 스쳐 갔다. 갑자기 대동강에 소풍 나온 동무들이 떠올랐다. 인영은 왜 일본 순사들의 손에 끌려가는지 여전히 알지 못했다.

새벽에 대전역에 도착해서 다시 기차를 갈아탔다. 새벽의 바깥바람은 차가웠고, 승강장에서 기차를 기다리는데 줄이 길었다. 인후 오빠의 모습을 대전역에서도 보지 못했다. 대전역에서 환승 기차에 오르자 모두 잠에 곯아떨어졌다. 음식은 더 이상 나오지 않았고, 일본 순사와 조선 순사가 나란히 다니며 인적사항을 확인했다.

옥희는 대전역을 출발하고 얼마 지나지 않아 멀미를 했다. 멀미가 시작되고 곧장 먹은 음식을 토해냈다. 인영은 오랫동안 옥희의 등을 두들겨주다가 자기도 모르게 잠이 들었다. 대전역에서 주먹밥을 먹은 탓에 멀미를 하다 토하는 사람들이 여럿이었다. 화장실 입구에는 토하려는 이들로 줄이 만들어졌다. 옥희는 인영이 준비한 비닐 자루에 음식을 게워냈고, 게워낸 음식은 아주 적었다. 음식을 토하고 옥희가 울었다. 인영의 눈가에도 눈물이 흘러내리고 있었다.

평양에서 출발해 이틀이 걸려 그들이 도착한 곳은 전라도 고흥의 녹동이었다. 통통배가 한가롭게 떠다니는 작은 어촌이었다. 벌교에서 트럭을 타고 일제히 이동해 고흥 녹동이란 항구에 도착한 것이다. 녹동의 지서 앞마당에서 그들은 모두 인적사항에 기록했다. 지서의 순사가 한 명씩 데려다가 고향, 나이, 성별, 증세 등을 묻고 적었다. 인영은 녹동 지서의 앞마당에서 인후 오빠를 만났다. 오빠는 이틀 새에 얼굴이 푸석하고 의욕을 잃은 사람처럼 빈약한 모습이었다.

"인영아, 멀미 하지 않았냐?"

"조금~ 오빠?"

"처음 타는 기찬데 너무 오래 타서 힘들었어."

"오빠, 여긴 어디야? 우린 왜 여기에 잡혀온 거야?"

"나도 아직 모르겠다. 사람들 얘기 들어보니까 소록도란 섬으로 들어갈 거래."

"소록도?"

"문둥병에 걸린 사람들을 가둬놓고 치료하는 곳이라고 한다."

"우리 문둥병에 걸리지 않았는데?"

"여긴 문둥병 걸린 사람들 없어. 피부에 상처 난 사람들이 여럿 있는데 문둥병은 아니란다."

"우린 어디 상처도 없는데 그냥 강제로 끌고 왔잖아?"

"맞아. 정말 영문을 모르겠다. 인영아, 암튼 몸조심 하고 함부로 말하지 마. 헤어지지 않고 함께 이곳에 와서 다행이야."

인영은 웃으면서 고개를 끄덕여주었다.

순사가 호루라기를 불었다. 호루라기 소리는 몹시 가팔랐다. 고압적인 소리에 끌려온 자들은 대열을 지었다. 남녀별로 나누어 줄을 섰고, 연령대로 나누어 줄을 섰다. 인영을 비롯한 대부분의 사람들은 정상이었다. 그런데 특별히 멀찍이 떨어져 통제를 받는 대열이 있었다. 사람들은 두려운 얼굴로 동떨어진 대열을 바라보았다. 저게 문둥이 줄인가 봐. 끌려온 일행들이 속삭였다.

바다 쪽에서 바람이 불어왔다. 갯내가 찐득하게 몰려왔다. 그들은 순사의 지시에 따라 걷기 시작했다. 일렬로 열을 지어 걸었고, 잡담하지 말라고 소리쳤다. 잡담을 하다 걸리면 순사의 채찍이 날아들었다. 그들은 좁은 신작로를 따라 걸었다. 마을을 에돌아 걸을 때는 마을의 조무래기들이 손가락질을 하였다.

"네들 문둥이 맞지?"

"어쩌다 문둥이가 되었냐?"

인영은 자신보다 어려 보이는 아이들이 손가락질하자 눈에 심지를 주어 받아쳤다. 놀리는 마을 아이들을 순사의 채찍이 후려쳤다. 놀리는 아이들이 군데군데 있었고, 순사의 손놀림이 바빠졌다. 순사가 아이들을 쫓다가 넘어지자 대열에서 웃음이 터졌다. 순사의 채찍이 대열마다 덤벼들었다. 인영과 옥희는 이번에는 운이 좋게도 채찍을 피했다. 옥희가 인영을 쳐다보며 웃었다.

인영은 아프지도 않고 멀쩡한데 문둥이란 말이 슬펐다. 대열의 모든 사람들이 인영처럼 생각했다. 그들은 줄을 지어 열심히 걸어서 선착장에 도착했다. 멀리 소록도란 섬이 보였다. 저 섬이 사슴 섬이라고 누가 말했다. 선착장은 몹시 붐볐다. 다른 지역에서 잡혀 온 사람들로 들끓었다. 순사들의 손놀림이 더욱 바빠졌고, 채찍이 휙, 휙 날아다녔다. 지금 여기에 끌려온 사람들이 줄잡아 3~4백여 명은 될 것 같았다.

순사들은 지역별로 줄을 세워놓고 인원점검을 했다. 인영이 둘러보니 다른 지역의 줄도 건강한 사람들이 대부분이었다. 경상도 줄도 있고, 전라도 줄도 있었다. 전라도와 경상도 줄은 길었다. 평양에서 내려온 줄이 가장 짧았다. 전라도와 경상도 줄에는 깡패처럼 보이는 청년들이 여럿이 눈에 띄었다.

"쩌그 미친년 아니여?"

전라도 줄에서 불량하게 보이는 청년이 손가락으로 가리키며 말했다. 사람들이 청년의 손가락을 따라 시선을 돌렸다. 하얀 치마저고리를 입은 여자가 팔을 벌려 춤을 추면서 대열을 향해 걸어오고 있었다.

"멀쩡해 보이진 않네."

"잡혀온 여자는 아니여."

하얀 옷을 입은 여자는 전라도와 경상도 줄을 지나 평양지역 줄로 걸어왔다. 순사들이 미친듯한 모습으로 걸어오는 여자를 막았다. 여자는 채찍을 맞았지만 걸음을 멈추지 않았다. 채찍이 등 쪽에서 날아들었다. 여자는 통증을 참을 수가 없는 듯 주저앉았다.

"미친년아, 저리가라. 여기를 뭣하러 오냐."

"내버려 둬. 자기 발로 걸어오는 데 자네가 뭔 상관이여?"

"맞는 말이네. 그냥 구경이나 하자."

여자는 순사의 채찍을 피해 뛰었다. 여자는 짧은 거리를 빠르게 달렸다. 순사들이 여자를 쫓았다. 여자가 평양지역 줄 앞에서 넘어졌다. 인영이가 줄에서 이탈해 넘어진 여자에게 달려갔다. 여자의 무릎에서 피가 흘렀다. 옥희가 달려와 흰 손수건을 건넸다. 인영이 손수건을 받아 여자의 무릎에 흐르는 피를 닦았다. 흰옷 입은 여자가 인영을 보고 웃었다. 여자가 인영을 보고 말했다.

"너 이름이 뭐냐?"

"인영이요."

여자는 인영을 뚫어지게 바라보았다. 옥희가 여자에게 말했다.

"인영 언니를 왜 그렇게 쳐다봐요?"

"쯧 쯧, 팔자가 사납구나. 도화살桃花煞이 끼었네."

여자의 말을 듣고 인영이 얼굴을 붉혔다. 인영은 말의 의미를 몰랐다. 인영은 그래도 살짝 웃어주었다.

"근데 누구세요?"

옥희가 여자에게 물었다. 옥희는 피 묻은 수건을 접어 주머니에 넣었다.

"난 양금화라고 한다. 저쪽 마을에서 점집을 하지."

"무당이예요?"

인영이 물었고, 여자가 고개를 끄덕여주었다. 순사가 뛰어와서 여자의 어깨에 채찍을 날렸다. 인영과 옥희도 채찍의 꼬리에 뺨을 맞았다. 여자는 마치 미친 여자처럼 팔을 흔들어 춤을 추며 저편으로 사라졌다. 건너편 바다 쪽에서 통통배들이 몇 척 선착장으로 들어왔다. 선착장에 통통배가 들어오자 순사들이 바쁘게 대열을 점검했다.

멀리 떨어진 대열이 가장 먼저 이동했다. 문둥병에 걸린 문둥이 대열은 다른 대열과 철저히 거리를 두었다. 문둥이 대열을 통솔하는 순사들도 장갑과 마스크를 착용했다. 문둥이 대열은 남녀 구분하지 않고 나누어서 통통배에 올랐다. 문둥이들은 보자기로 얼굴을 감싼 모습이었다. 문둥이들의 얼굴을 그들은 아무도 가까이 보려고 하지 않았다. 문둥이들은 세 척의 통통배에 실려 바다 저편으로 떠났다. 이십여 분쯤 뒤에 통통배들이 다시 돌아왔다. 남은 문둥이들이 통통배에 실려 떠났다.

통통배들이 돌아오는 사이 선착장에서 불량한 청년들 사이에 싸움이 벌어졌다. 전라도 대열과 경상도 대열의 싸움이었다. 지역을 대표하는 듯이 건장한 몸을 뽐내며 청년들이 치고받고 격렬히 싸웠다. 순사들은 싸움을 말리지 않고 한참 동안 불구경하듯 바라보았다. 육박전을 치를 때는 전라도 대열과 경상도 대열에서 응원까지 터져나왔다.

"이겨라, 경상도."

"잘한다, 전라도."

순사들도 흥미를 붙여 싸움을 관망했다. 순사들이 구경을 하자 싸움꾼들이 더욱 격렬히 싸웠다. 인영과 옥희는 청년이 쓰러질 때마다 놀라 악, 소리를 질렀다. 마침내 청년들이 우열을 가리지 못할 정도로 바닥에서 붙들고 뒹굴었다. 순사는 그제서야 채찍을 휘두르며 싸움판을 정리했다. 싸움판은 순사의 채찍에 눌려 이제 한치도 진행되지 못했다. 청년들이 서로 분한 표정으로 어깨를 들썩거렸다.

전라도 대표 김창옥이와 경상도 대표 권종희의 싸움이었다. 그들은 소록도에 입소한 이후에도 장차 전라도 대표와 경상도 대표를 자처하며 크고 작은 싸움과 사건에 휘말렸다. 일본인들은 일부러 전라도와 경상도 간에 경쟁하도록 사건을 조장했다. 일본인들은 힘들여 통제하지 않아도 자기들끼리 우열을 가려 질서를 잡도록 유도했다. 일본 측의 꼬임에 속아서 전라도와 경상도를 이간질한다는 사실을 알게 되면서 원생들 간의 싸움은 멈추었다.

3

권종희와 김창옥은 인영의 관심을 사려고 애를 썼다. 이름과 나이를 묻고 고향을 물었다. 권종희와 김창옥은 일본 순사 앞에서 뜻밖에 당당했다. 청년들은 순사 앞에서 굽실거리지 않았다. 공교롭게도 인영과 옥희가 탄 배에 권종희와 김창옥이란 청년이 함께 탔다. 통통배에 올랐는데 둘은 잡아먹을 듯 으르렁댔다. 일본 순사가 그들의 어깨에 채찍을 날렸지만 그들은 아랑곳하지 않았다. 서로 멱살을 잡고 한바탕 붙을 요령으로 잔뜩 노려보고 있었는데 그제야 순사가 개머리판을 높이 치켜들며 입을 열었다.

"조센진 놈들, 대일본제국 순사 앞에서 마구 싸움질을 하나?"

"덴노 헤이카 반자이천황폐하만세!"

전라도 청년 김창옥이 느닷없이 일본말로 소리쳤다. 김창옥의 일본어는 유창했다. 만세를 부르는 김창옥의 어깨에 얹히던 개머리판이 멈추었다. 통통배는 소록도 섬을 향해 더딘 뱃길을 열었다. 뱃길이 더뎌 대기하고 있던 대열을 소록도로 옮기는 데는 시간이 많이 걸렸다. 갈매기들이 통통배를 울면서 쫓아왔다. 인영은 울면서 쫓아오는 갈매기들을 옥희와 같이 오래도록 바라보았다.

소록도가 지척인데 인영과 옥희가 참지 못하고 끝내 멀미를 했다. 옥희가 음식을 토하자 순사가 채찍을 휘둘렀다. 옥희를 보살피는 인영 역시 속이 거북했다. 손바닥으로 토할 것만 같아 입을 틀어막았다. 기차 멀미보다 심한 탓에 인영은 결국 음식을 토했다. 순사의 채찍이 인영의 어깨에 얹혔고, 다시 내려치려는 채찍을 김창옥이 일본말을 뱉으며 막았다.

"순사 아저씨가 채찍 휘두르는 일밖에 모르는구만."

"너 감히 일본 순사한테 덤비냐? 네들 저기 섬에 들어가서 보자."

순사가 찢어진 빕새눈으로 창옥을 쏘아보았다.

"난 다음에 보잔 놈 하나도 안무서운 놈이다."

순사의 채찍이 김창옥의 몸을 핥으려는 순간 옆에 있던 권종희의 팔이 채찍을 막았다. 통통배에 타고 있는 한 명의 일본 순사는 순식간에 체격이 산만한 청년들에게 둘러싸였다. 인영이 재빨리 그들 싸움에 끼어들었다.

"이러지 마세요."

"오냐. 예쁜 인영이로 봐서 오늘은 참는다."

어깨에 메었던 총을 바짝 움켜잡은 일본 순사의 팔이 떨렸다. 인영과 옥희가 창옥 일행에게 매달렸다. 창옥 일행이 고압적인 분위기를 풀었다. 곧 배는 소록도란 섬의 선착장에 도착했다. 한바탕 소란 탓에 뱃멀미가 달아났다. 선착장에는 제복을 입은 많은 일본 병사들의 모습이 보였다. 인영은 일본 병사들을 보며 선착장에 닿기 전에 싸움을 멈추기를 잘했다고 생각했다. 일본 병사들을 보자 김창옥과 권종희는 입을 다물고 표정도 얼어붙었다.

인영은 소록도란 섬에 당도해서야 비로소 평양 집을 떠나 머나먼 전라도 땅에 들어온 사실을 실감했다. 저녁 어둑한 해안에서 직원들의 지시에 따라 일사불란하게 움직였다. 그들은 모두 다섯 명씩 대열을 지어 직원의 지시에 따랐다. 남녀 구별하지 않고 직원의 명령에 따라 옷을 벗었다. 흰 가운을 입은 사람들이 마치 기생충을 살펴보듯 벗은 몸을 살폈다. 직원들은 명단을 확인하고 분류작업을 시작했다. 신체검사를 마치면 손등에 빨간 도장을 받았다. 대열의 동료 중에 특별히 아파 보이는 사람은 보이지 않았다. 직원들은 고압적인 자세로 끌려온 사람들의 몸 상태를 집중적으로 살폈다. 나이는 몇인지 키는 얼마나 큰지 팔뚝은 굵은지 등을 묻고 살펴서 기록했다.

벗은 옷은 완전히 수거해 갔다. 옥희는 곱게 접은 한복을 빼앗기지 않으려고 발버둥을 쳤지만 소용이 없었다. 옥희는 어머니가 건네준 유지油紙를 겨우 챙겼다. 머리카락의 한 올이라도 정성껏 유지에 보관할 생각이었다. 신체검사를 마치고 각각 이곳에서 입을 의복을 받아 입었다. 의복을 받아 입은 다음 수용소의 호사를 배정받았다. 소록도란 섬은 바다를 끼고 다섯 개의 마을로 이루어져 있었다.

중앙리, 동생리, 서생리. 남생리, 구북리 등으로 나병을 앓고 있다는 환자들은 중앙리에 배속되었다. 마을은 거리가 지척이었으며, 급한 일이 아니면 자전거를 타지 않고 걸어도 충분했다. 마을은 여러 채의 호사로 이루어졌고, 호사는 십여 명이 거주할 정도의 규모였다. 중앙리를 제외한 마을에는 억울하게 잡혀 온 정상적인 사람들이 대부분 수용되었다. 인영은 다행히 옥희와 같은 마을 같은 호사에 배정받았다. 구북리 신병사 10호실. 인영과 옥희가 배정받은 호실이었다.

그들은 선착장에서 소록도란 섬에 도착하여 극진한 축하를 받았다. 그들보다 먼저 소록도에 입소한 원생들이 거리에 늘어서서 반갑게 환영했다. 원생들은 가로수처럼 늘어서서 즐거운 표정으로 노래를 불렀다.

오너라 동무야 눈물을 씻고서

머리를 들어라 은혜가 넘친다

이제야 왔도다 지혜의 동산에

우리의 신천지 같이 개척하세

그들은 일찍 들어온 원생들의 환영을 받으며 놀랐다. 원생들은 대부분 건강해 보였고, 나환자로 보이는 원생들은 숫자가 많지 않았다. 건강한 집단과 나환자 집단은 표가 나게 분리된 모습이었다. 부락의 병사病舍 배치를 받으면서 그들은 흰죽을 받아먹었다. 어떤 원생들은 고구마를 삶아와서 새로 입소한 동료들에게 건넸다. 일본식 의복을 받아 입은 탓에 몹시 어색했지만 원생들의 환영을 받고 나니 어색한 기분이 한결 나아졌다.

인영은 소록도 섬에 도착한 이후 인후 오빠의 행방을 몰랐다. 오빠는 분명 이곳에 있을 텐데 사람들이 많아 눈에 띄지 않았다. 더군다나 섬에 도착하여 남자들은 머리를 바리캉으로 밀어버렸기 때문에 쉽게 알아볼 수가 없었다. 섬은 크고 넓어 보이지는 않지만 인영의 걸음으로 섬을 한 바퀴 돌려면 하루 종일 걸릴 것처럼 보였다.

소록도에는 공사가 한창이었다. 남쪽 해안에 남쪽 병사, 북쪽 해안에 북쪽 병사가 건설되고 있었는데 나환자를 두 곳에 나누어 수용하는 모양이었다. 남병사와 북병사 사이에는 얕으막한 산이 가로놓여 있었고 동서남북이 모두 바다로 둘러싸여 있었다. 바닷물은 맑다 못해 너무 새파랗게 보였지만 물결은 사납게 굽이치고 있었다. 파도가 일어서 해안절벽에 흰 거품을 집채만큼 밀어 올렸다. 인영의 눈에는 집채만 한 파도의 거품이 고향 생각을 막는 장애물처럼 보였다.

남쪽 병사에서 북쪽 병사까지의 거리는 가까운 쪽은 칠백 미터 정도였다. 먼 쪽은 1200 미터 정도 되는 것 같았다. 남병사와 북병사에는 똑같은 시설들이 들어서 있었다. 진료소와 예배당이 있고, 운동장과 농장 등의 시설이 사이좋게 조화를 이루었다. 병사 1동에는 2실의 온돌방이 꾸며져 있었는데 대개 1실에 수용된 환자는 5명 정도였다. 나환자로 보이는 원생들은 중앙리에 수용되었다. 중앙리의 한 호실에는 나환자 5명 정도가 수용되어 있었다. 5명의 나환자 중에는 가벼운 경증환자 1명이 섞여 있었다. 경증환자가 중증환자를 도울 수 있도록 배정되어 있었다.

소록도갱생원이라 불리는 병원은 말이 병원일 뿐 수용소나 다름이 없었다. 방방곡곡에서 끌려온 원생들은 아침부터 밤이 늦도록 노동을 했다. 원생들은 자기들끼리 수용소에 갇힌 죄수라고 불렀다. 나환자들은 따로 분리하여 치료하는 모양이었다. 문둥병에 걸린 환자인데도 노동에 동원되었다. 일본인 직원들은 건강한 사람이나 아픈 사람이나 가리지 않고 일을 시켰다. 게으름을 피우거나 힘에 부쳐 넘어지면 어김없이 채찍이 날아들었다. 원생들은 자신이 이곳에 끌려온 것에 분노했다. 일본의 철저한 사기 꾀임에 빠져들었다며 통탄하고 있었다.

소록도갱생원은 원래 소록도 자혜의원으로 출발했다. 1916년의 일이었고, 자혜의원의 정원은 100명이었다. 20여년 후에 소록도갱생원으로 개칭되었는데 이때는 수용인원이 무려 자혜의원 시절의 40배에 육박했다. 직원의 구성은 일본인과 조선인이 섞여 있었는데 절반은 일본인 직원이었다. 직원들은 나환자 관리와 치료에 전념하는 것은 물론 방방곡곡에서 붙잡아 들인 원생들을 통제하고 이들의 노동력을 활용하는 데 전념했다.

인영이 옥희와 함께 소록도에 수용되었을 때는 소록도갱생원으로 호칭이 변경되어 있었고, 나환자를 비롯하여 건강한 노동자들까지 합치면 6천여 명에 육박했다. 소록도는 시설이 한창 확장되는 시절이었다. 시설의 확장은 수용인원의 증원으로 이어졌다. 인영이가 집에서 오빠와 같이 느닷없이 일본 순사들에게 끌려온 것도 이런 이유 때문이었다. 불량환자들도 많았고, 수용자들 중에는 부랑자들도 많았다.

심지어 깡패 집단이 잡혀 오는 경우도 많았다. 나환자들과 정상인들 사이에 싸움이 일어나는 경우도 여러 차례였다. 나환자가 사람을 때리거나 죽이면 감옥에 보내야 하는데 전염이 염려되어 감옥에 보내지 못했다. 소록도 내부에서 범죄자들이 많이 발생했다. 그래서 결국 소록도 내부에 형무소를 설립하게 되었다. 공식 명칭은 광주형무소 소록도 지소였다. 소록도지소에는 죄수를 심문하는 고문시설이 갖추어져 있었다.

소록도는 관사지대와 병사지대로 나뉘어져 있다. 관사지대는 직원들의 숙소나 살림집들로 이루어져 있었다. 원장은 칙임관 관사, 각 과의 과장은 고등관 관사, 갑과 을 등은 판임관 관사를 사용했다. 촉탁 직원 관사와 고원雇員 숙사, 용인傭人 숙사 등으로 나뉘었다. 일본인들은 관사나 숙사 배치에 있어서 동일계급을 한 곳에 모아두지 않았다. 일본인 남자 독신자 숙소, 한국인 남자 독신자 숙소 등을 구분해 두었고 관사는 1년에 한 번씩 이동했다. 직원들은 근무성적에 따라서 을에서 갑으로 격상되는 경우가 많았다.

인영은 작업장에서 노동을 하면서 인후 오빠를 만났다. 인후는 동생리에 배정받고 노동에 동원되고 있었다. 사또라는 간호 주임은 원생들을 노예처럼 다루었다. 인영이 작업장에서 오랜만에 인후 오빠를 만나 잠깐 얘기를 나누는데 사또의 채찍이 날아들었다. 채찍이 인영의 어깨에 매섭게 얹히자 옥희가 뛰어와 인영을 안았다. 옥희의 어깨에도 사또의 채찍이 날아들었다. 인후가 대들 듯 사또를 노려보았다. 사또가 허리춤에서 곤봉을 꺼내 인후를 향해 휘둘렀다. 뼛속을 녹이는 통증이 인후의 몸속에 퍼졌다.

인후는 주먹을 불끈 쥐었지만 등을 보이고 돌아섰다. 감히 사또 주임을 대적할 수가 없었던 것이다.

소록도에 끌려온 사람들은 노예처럼 바닷바람을 맡으며 일만 했다. 나환자들도 중환자를 제외하고 건강한 사람들과 똑같이 아침부터 저녁까지 작업노동에 동원되었다. 원생들은 대부분 건설현장에서 작업노동에 하루를 보냈다. 나환자들도 오전 중에 잠깐 치료를 받고 오후에는 각종 작업에 나갔다. 원생들은 5시에 기상해서 인원 점호를 받았다. 6시 30분까지는 아침 식사를 마쳤다. 식사를 마치면 곧장 바닷가 작업장으로 출역出役했다. 밥 먹는 시간 이외에는 잠깐도 쉬지 않고 일만 했다.

밤 8시가 되면 소등하고 취침에 들어간다. 원생들은 하루에 2차례 인원 점호를 실시했다. 노예처럼 끌려왔다는 사실을 알고 원생들 중에 헤엄쳐서 탈출하려다 바다에 빠져 죽는 경우가 많았다. 평소에도 물살이 세서 헤엄쳐서 탈출하기란 결코 쉬운 일이 아니었다. 십중팔구 헤엄쳐서 육지로 나가다가 빠른 물살에 떠밀려서 죽었다. 물에 뜨는 도구에 의지하여 탈출하는 경우 어김없이 관망대의 감시를 받았다.

밤에 서치라이트에 발각되면 망설이지 않고 총을 쏘았다. 탈출자는 바다에서 피를 흘리며 죽었다. 수용소에서의 하루하루가 지옥 같았던 원생들은 그래도 희망을 안고 탈출을 시도했다. 물살이 세지 않은 때를 택한 원생들은 운 좋게 탈출에 성공하는 경우도 있었다. 죽은 채로 떠밀려 오는 동료의 시체를 보면서도 탈출은 끊임없이 일어났다. 인원 점호에서 숫자가 부족하면 우선 물살을 거슬러 탈출한 자가 있는지 파악했다. 탈출하다 발각되면 해안가 모래밭에서 단체로 벌을 받았다.

원생들은 환자 심득서心得書:당시 일본군은 소록도원생들에게, 의식주를 일본식으로 강요시키면서 까다로운 규칙을 외우도록 했다.를 반드시 숙지해야 한다. 사또 간호장과 수호 원장은 거의 매일 지명하여 심득서를 외우도록 만들었다. 호사의 동료가 외우지 못하면 밤새 잠을 재우지 않고 밖에서 벌을 섰다. 입원환자는 천황폐하의 은혜에 감사를 드려야 한다는 것이 심득서에서 가장 중요했다. 천황폐하가 구휼救恤의 마음으로 설립한 소록도에서 무료로 치료해주고 의식주를 제공해준다는 것을 강조했다. 각 마을에는 그 마을을 대표하는 대장을 두고 호사에도 대표하는 대장을 둔다고 명시하고 있었다. 환자는 불온사상을 지녀서는 안 된다. 환자가 사망하면 학술연구를 위해 시체 해부에 응한다. 심득서에는 이처럼 무시무시한 조항도 기록되어 있었다.

원생들은 일본식 의식주와 생활양식을 강요당했다. 각 처에서 끌려온 원생들은 남녀 병사에 각각 수용되었는데 조선 전역에서 많은 사람들이 붙잡혀왔으므로 방이 턱없이 부족해서 임시로 산속에 동굴을 파서 생활했다. 동굴 안에 볏짚을 깔아 추운 겨울을 보냈다. 이곳저곳에서 5~6세 정도 되어 보이는 아이들의 울음소리로 밤새 소란스러웠다. 아이들이 울면 보모 일을 하는 조선의 처녀들이 밤새 아이들을 달랬다.

전국 각처에서 아이들의 부모가 면회를 하러왔다. 전라도에서 함경도까지 부랴부랴 달려온 아이들의 부모는 한 달에 2회 면회가 가능했다. 일반인은 한 달에 1회인 면회에 비하면 후한 면회시간이었다. 아이들의 부모는 끌려간 아이들이 어떻게 지내는지 수소문 하여 소록도에 당도했다. 소록도 밖 녹동 항구에는 면회를 하러 전국 각처에서 몰려든 부모들로 북적거렸다.

면회일은 소록도에서 가장 슬픈 날이었다. 면회 장소는 소록도의 한적한 솔숲에 마련 되었는데 넓은 공터에 10여 미터 이상의 거리를 두고 마주보며 면회를 하였다. 숲속에 마련된 면회장소에서 거리를 두고 면회를 하는데 면회의 시작과 동시에 아이들이 부모한테 달려들었다. 면회를 감시하던 감시병들은 말채찍을 사정없이 휘둘렀다. 말채찍이 아이들의 등허리와 엉덩이에 매섭게 박혔다. 아이들의 몸에는 금방 상처가 돋았다. 채찍이 무서운 나머지 아이들은 억지로 울음을 참았는데 보다못한 부모들이 대신 채찍을 맞았다. 부모들이 채찍을 맞을 때 아이들이 참지 못하고 울음을 터뜨렸다. 면회장은 결국 울음바다가 되었다.

이렇게 소록도수용소에 붙잡혀 들어온 원생들은 누구나 가슴에 상처가 남아 있었다. 상처를 치유하지 못한채 혹독한 수용소 생활이 시작 되었다. 붙잡혀 들어오는 사람들은 많고 거처할 숙소는 부족했다. 숙소가 부족해 정상적인 마을로 배정되지 못한 사람들은 산속에서 움막을 짓고 생활했다. 움막에서 생활하던 원생들을 수용소는 경쟁체제로 만들었다. 모범생으로 선발되면 산속 움막에서 마을로 내려왔다.

소록도수용소에서는 남녀를 막론하고 한복 등을 벗고 일본식 의복을 착용했다. 사내 원생들은 하까마일본 남자 바지를 입고 하오리일본 남자 상의를 걸쳤다. 훈도시일본 남자 속옷를 입고 오비허리 띠를 걸치며 게다슬리퍼를 신었다. 호사戶舍마다 방 안에 가미다나 神物를 두었는데 원생들은 밖으로 나올 때는 가미다나 앞에서 짝짝 손뼉을 쳤다. 방의 잠자리는 일본식 다다미방으로 원생들이 생활하기 몹시 불편했다.

산속 움막에서 마을로 내려온 원생들 역시 형편없이 살았다. 산속 움막에서 어렵사리 마을로 내려온 원생들은 생활이 크게 나아지리라고 기대하였다. 하지만 소록도수용소에서 원생들은 누구나 형편없는 급식을 제공 받았을 뿐이었다. 1일 배급량은 남자에게 쌀 3홉, 보리 1홉 5작, 조 1홉 5작, 여자에게는 쌀 2홉 5

작, 보리 1홉 5작, 조 1홉 2작이었다. 노동량이 많은데 배급량은 적었으므로 원생들은 호사 앞의 뜰에다 직접 농사를 지었다. 그래서 배추, 무, 가지, 오이, 시금치 등을 직접 마련했다. 조미품은 남녀 구별하지 않고 1인 4일분으로 간장 1홉 2작, 된장 28그람, 소금 7작을 배급받았다.

인영은 처음에는 소록도 생활에 쉽게 적응하지 못했다. 부모님이 보고 싶은 것은 미룬다고 하지만 몸이 너무 고단했다. 노동이 힘에 부쳤고, 온몸이 상처투성이였다. 낯선 환경에 적응하려고 어린 옥희마저 경황이 없어 보였다. 노동과 잠, 펼쳐지는 일상은 작업하고 먹고 잠을 자는 것이 전부였다. 노예처럼 붙잡혀 더는 섬 밖으로 나가지 못하리라고 비관적인 마음에 빠진 동료들이 많았다.

그들은 삶을 자포자기하며 일본 직원들에게 싸움을 걸거나 원생들을 괴롭히는 자들도 있었다. 어떤 이들은 은밀히 책을 구해서 읽고 하나님의 복음을 받아들이는 경우도 있었다. 호사 앞에 꽃나무를 재배하고 닭을 키우는 이도 있었다. 원생들의 저항은 하루 이틀 지나면서 거세지자 원장을 비롯한 직원들은 약간의 취미생활을 할 수 있도록 한걸음 후퇴했다. 인영이가 소록도 안에서 안정을 되찾은 것은 같은 호사에 있는 순임이란 고모를 만났기 때문이다. 순임은 생김새가 예뻤고, 일본말도 유창하게 했다.

소록도 남생리에서 생활하다 구북리 인영의 호사로 옮겨오면서 고모가 되었다. 소록도의 원생들은 순임 고모를 하늘처럼 받들었다. 수호 원장 한참 이전에 하나이花井善吉 원장이 있었는데 순임 고모는 바로 하나이 원장의 여인이었다. 소록도에 오래 생활한 원생들은 순임과 하나이 원장의 사연을 모조리 기억하고 있었다. 하나이 원장은 순임에게 사랑을 고백하고 1년여 만에 이곳에서 죽었다.

하나이 원장은 나환자로 입소한 순임을 사랑하였는데 원생들을 가장 인간답게 대해준 원장이었다. 치료된 나환자의 고향 방문을 일정 부분 허락했고, 가족의 면회도 일정 부분 허락했다. 신앙의 자유를 보장하여 자기의 종교를 신봉할 수 있도록 하였고, 기독교 예배당도 마련해주었다. 남자의 환자복을 여자 환자가 세탁하도록 배려해 주었다. 그리고 보통학교를 설립해 학식이 있는 환자로 하여금 원생들을 교육시킬 수 있도록 하였다.

오락 시설을 확장하고 운동장을 닦았다. 나환자 위안회를 조직해 정신적인 위로를 도모하기도 하였다. 하나이 원장의 치적은 너무나 많은데 무엇보다 조선 여인에 대한 순애보 같은 사랑은 전설처럼 전해오고 있다. 하나이 원장은 순임의 사랑을 얻기 위해 순임의 팔뚝에서 피를 뽑아 자신의 팔뚝에 수혈했다. 하나이의 그런 순애보에 순임은 하나이 원장의 사랑을 받아들였다. 하지만 그는 나이가 많은 탓인지 나병에 감염되어 결국 죽고 말았던 것이다. 원생들은 훗날 자혜의원 근처에 하나이 원장의 자비와 사랑을 기리고자 동상을 세웠다. 많은 원생들이 그를 존경했다.

하나이 원장이 죽었지만 순임은 열심히 치료를 받으며 삶의 의지를 꺾지 않았다. 순임이 남생리에서 구북리 인영의 호사로 이동하면서 인영의 호사는 분위기가 몹시 밝아졌다. 순임 역시 인영과 나란히 작업에 동원되었다. 순임은 인영과 옥희를 누구보다 알뜰히 챙기고 보살펴주었다. 원생들은 순임의 인품을 알기에 누구나 그녀를 존경하며 따랐다. 악랄하기로 유명한 수호 원장은 하나이 원장을 헐뜯으며 순임이란 조선 여자를 학대하는 데 혈안이 되어 있었다. 순임은 악랄한 일본인들을 늘 담대히 마주했다. 소록도에서 호의호식好衣好食하려고 일본인 앞잡이 노릇을 하는 원생들도 순임을 얕잡아보지 못했다.

인영은 노역은 힘들었지만 일하러 가는 시간이 기다려졌다. 작업장에서 간혹 인후 오빠를 볼 수 있기 때문이었다. 인영과 옥희는 인후 오빠와 함께 언제나 서로 의지하며 지냈다. 작업장에서는 바늘과 실처럼 붙어다녔다. 옥희는 심득서를 외우지 못해 점호 때마다 채찍을 맞았다. 작업장에서도 종이에 심득서를 써서 열심히 외웠다. 인영과 옥희 곁에는 항상 듬직한 순임이 고모가 있었다. 순임은 아담한 키에 얼굴이 동그랗고 일본말을 유창하게 했다. 하나이 원장의 연인으로 지냈고, 하나이 원장 덕분에 원생들은 많은 혜택을 보았기 때문에 이런 사실을 아는 사람들은 순임을 존경할 정도였던 것이다.

4

겨울 찬바람이 매섭게 바다를 가로질렀다. 겨울 어느 날 오후, 바닷가 작업장에서 인영과 옥희는 잠깐 인후 오빠를 만나 얘기를 나누었다. 멀리 갈매기들이 끼룩끼룩 울었다. 갈매기 울음소리가 인영은 매우 슬펐다. 슬프게 우는 울음소리처럼 들렸고, 부모를 찾아 우는 갈매기 울음처럼 들렸다. 인후는 체격이 많이 커졌다. 소록도에서 해를 거듭 보내면서 인후의 체격은 완전한 어른처럼 커졌고, 동생리에서 싸움 잘한 청년으로 소문이 났을 정도다. 작업장 한쪽 모퉁이에서 햇빛 바라기를 하며 인영은 인후와 손을 맞잡았다. 옥희도 가족의 정이 그리운 탓인지 작고 예쁜 손을 얹었다.

"옥희도 많이 컸구나."

"예. 인영 언니와 순임이 고모가 잘 챙겨줘요."

옥희가 차갑게 언 손에 입김을 호호불며 말했다.

"한집에 사는 가족인데 그래야지.

"오빠, 호사 생활은 어때요?"

인영이 인후의 뺨을 사랑스럽게 쓰다듬었다.

"두 놈만 아니면 견딜만 할 것 같은 데."

인후 역시 인영의 뺨을 어루만지며 대답했다. 인영의 얼굴이 야위어 보여 인후의 마음은 속상했다.

"소록도 원생들 마음도 오빠처럼 다 그럴거야."

"히히 나도 그 두 놈이 누군지 알아요."

옥희가 끼어들었다. 옥희의 말에 인영과 인후는 동시에 웃었다. 슬픈 웃음이었다. 소록도에서 가장 무서운 사람은 수호 원장과 사또 간호 주임이었다. 수호 원장은 경기도 위생과장을 마치고 소록도 제4대 원장으로 임관했다. 그는 경기도에서 마약중독자를 퇴치해 조선총독부의 신임을 얻은 사람이었다. 수호는 명예욕이 남달리 강한 사람으로 원장에 부임하자마자 소록도 확장사업을 추진했다.

수호는 교묘한 꾀를 내어 환자 대표를 선발했다. 그들을 활용해 노동을 독려했다. 그는 소록도 넓은 지역을 지상낙원으로 만들겠다는 야심을 가지고 있었다. 낙원에서 가족처럼 오순도순 살아가자는 게 수호의 설득이었다. 환자 대표로 뽑힌 원생들이 앞

장서고 협력해서 공사장에 나가 온종일 노동했다. 일하는 대가代
價로 일정한 임금도 책정했다. 그런 열정을 앞세워 벽돌공장을 지
었다. 소록도 주변의 해변에는 콘크리트 재료에 적합한 사토砂土
가 많아 붉은 벽돌을 많이 찍어낼 수 있었다. 수호 원장은 소록
도에서 생산한 붉은 벽돌을 팔아 자금을 만들고 남은 벽돌은 일
본에 수출했다.

사또佐藤三代治는 수간호장으로 원생들은 그를 사또 간호장 혹
은 간호 주임으로 불렀다. 사또는 원생들 위에 군림했다. 모든 일
에 있어서 절대권을 행사하는 사람이었다. 간호 주임은 대개 경
찰관 출신의 일본인들이었다. 간호 주임은 자기 밑에 환자들을
돕는 조무원들을 두었는데 조무원들은 거의 일에 숙련된 자들이
었다. 사또가 간호 주임 중에서도 특히 원생들이나 환자들 위에
군림할 수 있었던 것은 수호 원장의 절대적인 신임이 있었기 때문
이었다. 수호는 어려서부터 고아였던 사또를 일찍이 양자로 들여
수의 학교를 졸업시켰다. 수호가 경기도 위생과장일 때 사또를
부하직원으로 데려왔다는 소문이었다.

소록도는 관사지대와 병사지대로 크게 분리되어 있었다. 두 지
대의 경계에는 감시소가 설치되어 있었다. 감시소에는 10여 명의
순시巡視가 있었는데 순시장이 이끌었다. 순시들은 소록도갱생원
원내를 돌면서 감시를 하였고, 원생들이 감금되어있는 감금실과

면회실을 관장했다. 수호 원장이 부임하면서 원생들을 악랄하게 대했기 때문에 반항하는 사람들이 많았다. 수호나 사또에게 반항하는 원생들은 붙잡아다 감금실에 가두었다. 원생들은 감금실을 감옥보다 더 무서워하였는데 감금실에 갇히면 살아서 나오기가 정말 어려웠다. 남녀 불문하고 감금실에 갇혀 살아나오려면 단종 斷種을 해야만 했다. 단종이란 남녀 불문 생식기능을 없애는 것이었다. 사내에게는 불알을 깐다는 말이 단종이란 말보다 익숙했다. 감금실에는 항상 서너 명의 원생들이 갇혀 있을 정도로 삭막했다.

사또는 순시들을 지휘했다. 어느 날, 동료가 아파 미음을 끓여 주고 있던 원생을 발각한 사또는 냄비를 발로 밟아버리고 원생을 채찍으로 후려갈겼다. 이후 원생들과 순시들의 대립이 심했다. 더군다나 사또 뿐만 아니라 일본인 직원들은 원생들 중 미모가 빼어난 여자 원생들을 은밀히 강간하는 사건들이 여러차례 발생했다. 원생들은 사고를 방지하기 위해 본관에서 구북리로 들어오는 숲에서 돌아가며 당번을 섰다. 순시들 중에는 조선인 순시도 있었는데 그들도 원생들을 몹시 괴롭혔다.

그래서 원생들은 조선인 순시를 벼르다가 어느날 붙잡아 실컷 패버렸다. 이후 수호와 사또는 원생들을 더욱 못살게 괴롭혔다. 일본인 순시들도 원생들에게 닥치는 대로 화풀이를 했다. 노루사

냥이란 은어隱語로 원생과 순시 사이에 갈등이 깊어졌다. 이후 이 사건에 가담한 원생들은 형무소에 감금되었다. 형무소에 복역하다 나오면 가혹한 출역出役이 기다리고 있었다. 견디다 못한 원생들은 탈출을 감행했다. 구북리 십자봉을 중심으로 노송과 잡목이 우거진 틈을 타서 은신했다. 그곳에 숨어 있다가 지나가는 어선을 매수하여 해협을 건너 탈출하는 경우도 있었다. 소록도에 우거진 아름드리 소나무들을 벌목하러 뭍에서도 몰래 배를 타고 들어왔다.

이런 일이 자주 일어나자 소록도 당국에서는 십자봉을 두르는 해안선을 따라서 도로를 개설했다. 암석으로 깎아 세운 듯한 낭떠러지를 허물어 평탄한 도로를 만들었다. 원생들은 엄동설한에 삽과 괭이, 지게 등을 이용해 노동에 시달렸다. 환자들까지 동원하여 겨우내 공사했다. 손과 발이 동상이 걸려 불구가 된 환자들이 많았고, 얼어붙은 손가락이 떨어져 나가면 그 손가락을 주워 작업장에 묻었다.

소록도 원생들의 노동력 덕분에 수용인원이 많이 늘어났다. 조선총독부는 나환자와 불량자들을 대량으로 소록도에 수용했다. 원생들의 희생으로 소록도는 눈부시게 발전했다. 도로망이 손색없이 닦여졌다. 바다와 어우러진 풍치림이 빼어났다. 수호 원장은 세계의 나환자 낙원으로 만들겠다고 목소리를 높였다. 사또 간호 주임은 수호에게 건의해 환자 대표를 뽑았는데 오십 대의 박순주란 사람이었다. 박순주는 일본에서 생활한 이력이 있었으며, 일본어에 능통했다.

박순주는 수호와 사또의 심복이 되었다. 박순주는 앞을 보지 못한 사람이어서 지팡이와 가벼운 환자인 길잡이에 의존했다. 호사를 나설 때는 길잡이가 지팡이를 잡고 안내했다. 사람들은 박순주를 박 고문이라고 불렀는데 박은 수호와 사또의 권력을 이용해 원생들을 무자비하게 괴롭혔다. 원생들은 박순주를 원망했고, 없애버리려고 이를 갈았다. 박순주는 수호와 사또가 언제까지 자신의 뒷배를 봐주리라고 생각했다. 자신을 향한 욕설이 어깨너머로 들렸지만 박순주는 완전히 무시해버렸다.

소록도의 여러 부락을 대표하는 사람은 최일봉이었다. 최일봉은 사십대로 일본말을 유창하게 했다. 소록도 당국은 환자 대표와 부락 대표 등을 활용해 형식적인 의결절차를 거쳤다. 입소할 때 선착장에서 난동을 부렸던 김창옥과 권종희는 소록도에 들어와서도 전라도 대표와 경상도 대표를 맡았다. 수호와 사또 등 소록도 당국은 건장한 두 사람을 내세워 전라도와 경상도로 대립하게 유도했다. 전라도와 경상도라는 대립구조를 내세워 일본인에 대한 원생들의 저항을 느슨히 하려는 속셈이었다.

수호 원장의 신임을 한몸에 받고 있는 사또 간호 주임은 수호에게 환심을 사려고 기발한 아이디어를 생각해냈다. 노동의 대가 代價로 원생들에게 배급하는 급여와 식량에서 국방헌금을 갹출하 자는 것이었다. 원생들의 대표들을 선임한 상태여서 사또의 의견 은 일사천리로 진행되었다. 수호 원장은 충성심의 발로라며 몹시 흡족해했다. 부락 대표들이 마을로 돌아가서 마을 회의를 열어서 이런 사실을 공표했다. 그래서 원생들에게 지급한 쌀과 보리 등 의 식량 중에서 남녀 모두 5홉 이상씩 헌납했다. 원생과 환자들 로부터 받은 국방헌금은 조선군애국부朝鮮軍愛國部에 헌납하였는 데 원생들로선 매년 헌금부담이 늘어났다.

인영은 인후 오빠를 바닷가 작업장에서 볼 수 있는 것으로 충 분했다. 노예처럼 영문을 모르고 끌려와서 죽도록 노동을 하는 현실이 믿어지지 않았지만 참을 수밖에 없었다. 인후 오빠와 같 은 곳으로 와서 비록 노역장에서라도 볼 수 있다는 게 다행이었 다. 바닷가에서 끼룩끼룩 울며 날고 있는 갈매기를 보며 인영은 여러 가지 생각들을 떠올렸다. 수호와 사또 일행이 불쑥 작업장 에 감시를 나오는 시간이 되어서 겨우 인후 오빠와 헤어졌다. 인 후 오빠는 일인용 수레에 모래를 가득 싣고 낑낑대며 멀어졌다.

인후가 뒷모습을 보이며 멀어진 후 인영과 옥희는 함께 수레에 모래를 실었다. 바닷바람이 찼지만 둘은 이마에 금방 땀이 돋았 다. 바로 그때 저만치 떨어진 데서 아악, 하는 비명悲鳴이 들렸다.

원생들의 시선이 소리가 나는 쪽으로 향했다. 수호와 사또가 작업장을 시찰하면서 채찍을 휘두르고 있었다. 채찍에는 눈이 없는 탓에 사정을 보아주지 않았다. 채찍은 닥치는 대로 주위에 꽂혔다. 비명을 지른 사람은 남생리에 사는 분녀라는 원생이었다. 분녀가 게으름을 피우자 사또의 채찍이 목덜미를 휘감은 것이었다.

그런데 문제는 다음에 벌어졌다. 분녀와 사귀면서 장차 혼인까지 하려고 하는 이동이란 청년이 사또에게 대들었다. 수호 원장과 사또는 이동이 덤비자 코웃음을 치며 거만하게 어깨를 흔들었다. 하루라도 원생에게 폭력을 행사하지 않은 날이 없었는데 마침 또 잘 걸렸다는 표정이었다. 이동은 분녀 앞에서는 죽어도 자존심을 굽히고 싶지 않았다. 수호나 사또한테 맞아 죽는다고 해도 분풀이를 멈출 수가 없었다.

"감히 나한테 덤벼?"

사또 간호 주임이 이동에게 소리쳤다. 사또는 심심한데 잘 걸렸다는 표정이었고, 수호 원장은 팔짱을 끼고 구경 삼아 눈요기를 하고 있었다.

"사또, 사내끼리 정당하게 한판 붙자."

이동이란 청년은 2대 독자로 온순한 사람이었다. 이동의 꿈은 분녀와 혼인해서 아들을 낳는 것이었다.

"이새끼가 감히 나한테 한판 붙자고?"

"총개머리판 저리 치우고 정당하게 한판 붙잔 말이다."

이동의 말이 끝나기도 전에 사또의 발길질이 시작됐다. 그런데 이동은 뜻밖에 동작이 빨랐다. 사또의 발길질을 잽싸게 피했다. 사또는 채찍을 휘두르며 몸을 이리저리 흔들었다. 이동의 빈틈을 보려는 것일 텐데 이동은 몸을 잔뜩 웅크린 채로 빈틈을 보이지 않았다. 이동은 사또의 발길질이 허공을 긋는 순간 잽싸게 발끝을 쳐들어 사또의 빈틈을 공략했다.

사또의 사타구니 쪽이 훤히 열려 있었다. 이동은 사또의 열린 사타구니를 향해 일격을 가했다. 사또의 입에서 아악, 하고 비명 소리가 흘러나왔다. 이동은 기세를 몰아 달려가서 발바닥으로 사또의 배를 짓밟았다. 팔짱을 끼고 구경을 하던 수호 원장의 표정이 순간 흉악하게 일그러졌다. 자신의 심복이 고작 나환자 집단의 원생에게 일격을 당하는 것을 보고 화가 치밀었던 것이다.

순시들이 달려와서 재깍 이동을 결박했다. 이동의 몸은 밧줄이 마치 미역이 길쭉한 바위를 휘감듯 칭칭 휘감았다. 이동은 길길이 날뛰며 발버둥을 쳐보았지만 끝내 꼼짝하지 못하고 묶이고 말았다. 수호 원장이 못된 성미를 어쩔 수가 없었던지 득달같이 채찍을 꺼내 묶인 이동의 몸을 찰싹 휘감았다. 이동은 순시들에 이끌려 감금실에 보내졌다. 이동이 짐승처럼 끌려가는 것을 원생들은 작업하며 바라보았다. 이동을 바라보며 원생들은 쯧, 쯧 혀를 찼

다. 감금실에 갇히면 죽음이 아니면 단종斷種:생식능력을 없애기 위해

이었다. 이동은 이제 감금실임시로 만들어진 감옥이 말로만 듣던 지

옥이라는 것을 깨닫게 되리라. 살아서는 밖으로 나올 수 없는 곳

임을 뼈저리게 경험할 것이었다.

원생들은 어디서든 마주치면 은근히 이동에 관한 얘기를 나누

었다. 감금실에 갇힌 이동의 처지를 안타깝게 여겼다. 이대 독자

이동이 불알을 까고 살아서 나오지 않을 거라고 대부분의 원생들

이 말했다. 분녀는 이동이 감금실에 갇혀 있는 동안 날마다 감금

실에 들렀다. 그녀는 이동의 얼굴을 한번 보려는 것이었지만 결

코 면회를 할 수는 없었다. 고구마, 닭고기 등을 은밀히 들이밀었

지만 이동을 만나보지 못했다. 이동은 자존심이 세서 죽어도 단

종을 하지 않을 것이라며 내기하는 원생들도 많았다.

그러나 감금실에 갇힌 며칠 만에 이동은 뜻밖에 불알을 까고

감금실 밖으로 살아서 나왔다. 이동은 얼마나 구타를 당하고 고

문을 당했는지 온몸이 멍이 들었다. 음식을 주지 않은 탓에 반쪽

의 얼굴로 나타났다. 이동은 살아서 바깥 공기를 마시고서야 자

신이 살아서 나왔음을 실감했다. 하지만 이대 독자로서 핏줄이

끊긴 사실을 깨닫고 이틀을 울었다. 이동이 울면서 찢어지는 자

신의 심정을 시귀詩句에 담았다.

그 옛날 나의 사춘기에 꿈꾸던

사랑의 꿈은 깨어지고

여기 나의 25세 젊음을

파멸해 가는 수술대 위에서

내 청춘을 통곡하여 누워 있노라

장래 손자를 보겠다던 어머니의 모습……

내 수술대 위에서 가물거린다

정관精管을 차단하는 차가운 [메스]가

내 국부局部에 닿을 때……

모래알처럼 번성하라던

신의 섭리를 역행하는 [메스]를 보고

지하地下의 히포크라테스는

오늘도 통곡한다

―이동의 시詩 전문

　이동의 소식은 소록도 전체에 순식간에 퍼졌다. 원생들은 이처
럼 악명이 높은 사또 간호 주임과 수호 원장의 눈에 띄지 않으려
고 피해 다닐 정도였다. 이동은 이를 악물었다. 사또와 수호 원
장을 생각하면 분노가 치밀었다. 하지만 이동은 그들을 마주치면

저도 모르게 몸이 먼저 떨었다. 고문의 순간을 몸이 먼저 기억하고 떨어버린 것이다. 사또와 수호의 그림자만 봐도 떠는 원생들은 대개 감금실에 갇혔다가 단종수술을 받고 풀려나온 자들이었다. 수호 원장은 나환자를 차단하기 위해 단종을 강요했다. 당시에는 문둥병이 자식에게 유전된다고 잘못 인식되고 있던 때문이었다.

이동의 사건이 있고서 원생들과 소록도 당국 사이에는 팽팽한 긴장감이 일었다. 일본 병사들과 순시들은 무기를 가지고 있었고, 원생들은 빈손이었다. 그러나 원생들의 숫자는 아주 많았고, 봉기하면 걷잡을 수 없음을 수호 원장은 알고 있었다. 그래서 그런지 그들은 한걸음 물러선 것이 아니라 더욱 강력하게 원생들을 대했다. 폭행은 더욱 심해졌고, 강간도 더욱 심해졌다. 여자 원생들은 외출 시에 절대 혼자 이동하지 않았다. 미모가 반반한 여자들은 일본인이나 일본 병사들의 눈에 띄지 않으려고 고개를 숙이고 다닐 정도였다.

인영이가 사또에게 강간을 당할뻔한 것은 이동이 불알을 까고 원생들 사이에서 일본 측에 대한 반감이 극으로 달했던 때였다. 원생들은 어디를 가든 짝을 지어서 이동하곤 했는데 그날따라 인영은 빨래터에서 밤이 늦도록 혼자서 빨래를 하고 있었다. 옥희가 주로 곁에 있었는데 옥희가 몸에 열이 나서 눕는 바람에 혼자 빨래를 했다. 순시들이 호루라기를 불고 플래시를 비추면서 빨래터를 확인했다. 인영은 곧 빨래를 마치고 호사로 돌아갈 것이라고 순시에게 말했다.

그런데 순시들이 돌아가고 얼마 지나지 않아 사또가 빨래터에 당도했다. 사또는 자전거를 타고 일부러 빨래터로 왔을 것이다. 플래시를 비추기에 바로 빨래 바구니를 머리에 이고 호사로 향했다. 호사까지는 해안을 끼고 완만한 신작로를 돌아서 오백여 미터를 걸어야 한다. 인영은 불안한 마음으로 발걸음을 재촉했다. 그런데 인영은 자전거 바퀴가 자신의 뒤를 따라오는 느낌을 받았다. 그런데도 뒤를 돌아보지 않고 묵묵히 걸음을 빨리했다. 저만치에 어둑한 산모퉁이가 나타났고, 인영은 두려움에 목이 마를 정도였다.

"인영아, 나하고 얘기좀 하자."

사또 주임이 쏜살같이 달려와서 앞을 가로막았다. 인영은 사또의 목소리를 듣고 아무 대꾸도 하지 않고 걸었다. 사또는 자전거를 신작로 가에 바치고 두 팔을 벌려 인영을 막아섰다.

"인영아, 내 말 잘 들어라. 내가 너 편히 살도록 해주겠다."

"주임님, 어서 길을 비켜요."

사또가 인영의 팔목을 힘껏 비틀어 잡았다. 인영은 집에서 일본 순사들한테 끌려 나와 숲속에서 당한 치욕적인 장면이 떠올랐다. 다시는 아픈 상처를 만들고 싶지 않아 사또를 뿌리치며 몸부림쳤다. 하지만 억센 사또 주임의 힘을 연약한 여자의 힘으로는 당해낼 수가 없었다. 인영은 사또 주임의 힘에 밀려 숲속으로 끌려갔다. 인영은 몸부림치며 저항해 보았지만 사또의 주먹이 인영의 얼굴을 강타했다. 그리고 이내 사또의 손이 인영의 허리띠를 풀었다. 인영은 고통 속에서도 정신을 잃지 않으려고 애를 썼다. 허리띠를 움켜잡고 몸을 지키려고 발버둥을 쳤다. 사또의 힘은 결국 인영의 속옷을 벗겼다. 그런데 한순간 놀라운 일이 벌어졌다. 사또 주임이 맥없이 바닥에 쓰러졌다. 인영은 벗겨진 속옷을 잽싸게 끌어올렸다. 몸을 일으켜 앞을 쳐다보았다. 또덕이란 바보가 인영의 손을 잡아주었다. 사또 주임을 때려눕힌 사람이 또덕이란 사실에 인영은 더욱 놀라고 말았다.

소록도갱생원에는 또덕본명:박병우이란 바보 청년이 있었다. 박병우라는 청년이었는데 원생들은 그를 또덕이라고 불렀다. 그는 바보 같은 행동과 몸짓으로 소록도의 원생들에게 웃음을 선사했다. 원생들 중에서 또덕이를 싫어하는 사람은 없었다. 그는 마치 인영과 옥희가 생활하고 있는 구북리와 가까운 곳에 살고 있었다. 또덕은 허리도 구부정하고 말도 어눌했다. 소록도 원생들은 누구나 또덕이를 바보청년으로 알고 있었다.

또덕은 사람들의 심부름을 주로 했다. 부락을 다니면서 편지를 전달했다. 부락 근처 가축우리에서 토끼도 키우고 오리도 키웠다. 또덕이는 자기 나이도 모르고 이름도 모르고 고향도 모른다고 했다. 그는 어린아이들과 어울리는 것을 좋아했다. 바보짓을 해서 어린아이들을 웃도록 만들었다. 아이들도 울다가 또덕이를 보면 좋아서 웃었다.

또덕이는 누구의 흉내를 내는 것이 특기 중의 주특기였다. 수호 원장의 표정과 말투를 제대로 흉내 냈다. 그리고 균형 잡히지 않은 몸을 흔들어 개다리춤을 췄다. 엉덩이를 까서 원생들에게 보여주면 배꼽을 잡고 뒹굴 정도였다. 음식을 너무 많이 먹어 배가 불러 제대로 걷지 못하는 시늉을 보여주면 일본사람들이라도 웃었다. 소록도에 한바탕 웃음소리가 들린다면 또덕이의 원맨쇼 때문이었다.

또덕이는 소록도 원생들에게 반드시 필요한 인물이었다. 크고 작은 심부름부터 궂은 일을 도맡았다. 나병이 심해 손과 발을 제대로 움직이지 못한 환자들의 약심부름도 또덕의 몫이었다. 아픈 원생의 약을 지어 줄 때는 쪽지를 활용했다. 쪽지에 아픈 증상이나 약 이름을 적어서 보내면 치료 본관에서 그걸 보고 약을 제조해서 보냈다. 또덕이는 소록도에서는 없어서는 안 될 존재였다.

"또덕아, 고마워."

"인영아, 어서 가자. 내가 데려다 줄게."

또덕이는 인영의 손을 꽉 붙잡았다. 인영은 또덕이가 전혀 낯선 사람처럼 보였다. 원생들이 생각하는 바보가 아니었다. 말도 바보처럼 한 게 아니라 평소와는 달리 똑똑한 청년처럼 했다. 또덕의 행동이 의젓했고, 인영이 의지할만 했다. 또덕은 인영의 손을 잡고 빠른 걸음으로 구북리 호사 앞에 인영을 데려다주었다.

이튿날, 바닷가 작업장에서 인영은 옥희와 땀을 뻘뻘 흘리며 일을 했다. 모래와 자갈을 손수레에 싣고 벽돌공장으로 운반했다. 그리고 원생들이 찍어낸 붉은 벽돌을 공장 앞마당에 가지런히 말렸다. 햇볕에 며칠을 말리면 단단하고 결이 좋은 적벽돌이 된다. 벽돌을 마당에 말리고 원생들 틈에 섞여 다시 바닷가 작업장으로 향했다. 원생들은 찬바람에 손가락을 호호 불었다. 인영은 작업장에서 사또 간호 주임과 마주쳤다. 사또는 간밤에 또덕의 공격을 받은 탓에 이마에 얇은 붕대를 감고 있었다.

인영은 사또와 마주치지 않으려고 노력했다. 사또는 처음에는 인영과 시선을 마주치지 않으려는 듯 인영의 근처에 오지 않았다. 원생들은 사또 주임의 이마에 감긴 붕대를 불안한 표정으로 바라보았다. 붕대를 감은 것으로 봐서 사또의 기분이 좋지 않으리란 판단이 들었기 때문이다. 사또의 이마에 감긴 붕대의 사연을 아는 사람은 또덕이와 인영이밖에 없었다. 몸에 열이 났지만 강제로 작업장에 끌려 나온 옥희가 인영을 향해 입을 열었다.

"인영 언니, 사또 주임님은 어디서 넘어져 다쳤나 봐요."

"옥희야, 너는 저런 인간 생각하지 말고 잠깐 앉아 쉬어라. 참 너 몸의 열은 어떠니?"

인영은 사또의 이름조차 듣기 싫었다.

"이제 많이 나았어요. 언니도 몸이 아프다면서요?"

옥희가 손가락을 호호 불며 인영의 뺨을 어루만지며 말했다.

"난 견딜만 해."

인영 역시 옥희의 손을 감싸 자신의 입으로 호호 입김을 불어 넣었다. 그러면서 인영은 저도 모르게 시선을 사또가 있는 쪽으로 돌렸다. 사또가 인영을 향해 걸어오는 게 보였다. 인영은 사또가 자신을 그냥 지나치기를 바랐다. 그러나 사또는 정확히 인영이 앞에서 멈추었다. 인영은 온몸에 소름이 돋았다. 그녀는 간밤의 일을 생각하고 싶지 않았다. 사또는 채찍으로 인영의 목을 후려쳤다.

"아악!"

인영이 외마디 비명을 질렀다. 옥희가 사또의 채찍을 막아섰다.

"주임님, 왜 이러세요?"

"옥희 넌 저리 비켜라."

사또가 옥희의 몸을 뿌리쳤고, 옥희는 비틀거리며 쓰러졌다.

옥희는 쓰러진 몸을 일으켜 세워 인영을 해치려는 주임을 다시 막았다.

"인영 언니가 무슨 잘못을 했나요?"

"이년아, 저리 안 비켜!"

옥희는 사또의 힘에 더는 저항하지 못했다. 사또는 작업자들이 뜸한 작업장 구석으로 인영을 데리고 갔다. 옥희가 바람처럼 인영의 뒤를 따라붙었지만 사또의 채찍이 옥희의 목덜미를 휘감았다. 옥희는 멀리 인영을 바라볼 수밖에 없었다.

"어젯밤에 날 공격한 놈이 누군지 너는 알지?"

"나는 모릅니다."

인영은 고개를 저었다. 사또는 어젯밤에 공격당한 상황을 완전히 기억하지 못하는 모양이었다.

"그럴 리가 없을 텐데~ 어떤 놈이 날 넘어뜨리고 도망을 쳤다는 말이야!"

"난 모르는 일입니다."

인영은 단호히 부인했다.

"내가 이렇게 힘없이 물러설 것 같애? 소록도에선 내가 저승사자야. 너희 같은 조선 것들은 마음만 먹으면 얼마든지 죽일 수도 있단 말이야. 이래도 날 계속 거부할 거야?"

사또는 자신의 권력을 믿고 여전히 빳빳하게 행동하고 있었다.

"제발 이러지 말아요. 뼈가 부서지도록 노역하고 있잖아요. 수호 원장이 사또 주임의 행동에 박수를 보낼 것 같은가요?"

"아니 이년이 지금 누굴 겁박하는 거야?"

사또 주임이 습관처럼 채찍을 휘둘러 인영의 목덜미를 내리쳤다. 인영이 설움에 격하게 울었다. 저쪽에서 노동에 여념이 없던 동료들이 인영이 있는 데로 몰려왔다. 동료들 가운데는 옥희와 인후의 모습도 보였다.

"나쁜 자식! 대체 인영이 뭘 잘못 했는 데 이러는 거야?"

"넌 또 뭐야? 아 인영이 오빠로군. 동생리 30호사 놈들은 틈만 나면 모여서 무슨 모의 작당 謀議作黨들을 한다면서?"

"쓸데없는 소리 그만하고 어서 인영이를 놓아줘."

"내가 네 동생을 사랑해주겠다는데 자꾸 거불 하잖아. 내가 베푼 은혜는 곧 천황폐하의 은덕이란 말이다. 감히 천황폐하의 은덕을 거부하면 어떻게 되는지 똑똑히 보여주겠다."

인후가 사또를 향해 짐승처럼 울부짖으며 덤벼들었다. 하지만 아무리 싸움을 잘한다고 해도 곱상하고 몸에 선비의 골격이 배어 있는 인후가 다부진 사또를 당해낼 재간이 없었다. 사또의 곤봉에 인후는 머리를 맞고 쓰러졌다. 원생들이 쓰러진 인후 주변으로 몰려들었다. 사또는 그제야 인영을 놓아주었다. 인영은 사또가 또덕의 존재에 대해 전혀 눈치를 채지 못하는 느낌에 마음이 놓였다. 또덕이가 괜찮다면 사또에게 당한 시련 정도야 견뎌낼 수 있었다.

　바닷가 작업장에서 하루의 노역을 마치고 호사로 돌아온 다음 날, 인영은 또덕으로부터 수상한 편지를 받았다. 원생들의 편지 심부름을 도맡아 하던 또덕이를 통해 소록도 형무소에서 보내진 편지는 인영을 설레게 만들었다.

　인영 씨를 보고 싶습니다. 나는 바깥에서 사소한 죄를 짓고 소록도 수용소에서 생활하고 있는 이춘상이란 사람입니다. 소록도 수용소에서 형기를 마치고 인영 씨 곁으로 다가갈 날을 기다리고 있습니다. 인영 씨의 착한 마음과 미모에 대해 형무소에 들어온 동료들로부터 여러 차례 들었습니다. 인영 씨가 사또라는 간호 주임에게 화를 입었다는 소식을 듣고 이렇게 바보 또덕이를 이용해 서신을 보내게 되었습니다. 인영 씨가 일본놈들에게 받은 핍박은 우리가 나라를 빼앗긴 민족이기 때문이지요. 나는 독립운동가는 아니지만 일제의 만행에 대해 매우 분노하고 있는 사람입니다. 내가 출소하여 수용소에 입소하게 되면 그날로부터 인영 씨의 수호천사가 되고 싶습니다. 이제 얼마 후면 이곳에서 출옥하게 됩니다. 인영 씨를 웃으면서 만나는 그날까지 안녕히 계십시오.

　　　　　　　　　　소록도형무소에서 이춘상 올림

인영은 호사의 잠자리에 들어서도 이불 속에서 수없이 편지를 읽었다. 또덕이를 통해 전달받은 서신이라 믿음직스럽고 설레었다. 이춘상이란 이름은 이곳에서 생활한 이후 한 번도 들어보지 못한 이름이었다. 순임이 고모와 옥희가 무슨 편지냐고 물었지만 그녀는 웃음으로 얼버무렸다.

이춘상이란 이름을 떠올리니 가슴이 뛰었다. 그 남자는 어떻게 생겼을까? 사소한 죄를 지었다면 대체 무슨 죄를 지었기에 소록도 형무소에 갇혀 있을까? 인영이란 이름은 어떻게 알게 되었는지도 또한 궁금했다. 또덕에게 편지를 받은 그 날, 인영은 뜬눈으로 밤을 지새웠다. 한 번도 본 적이 없는 사람이 이렇게 그리워 본 적은 처음이었다. 새벽 동이 틀 무렵 인영은 겨우 눈을 붙였다. 호사戸舍 밖에는 첫눈이 내리고 있었다. 인영이 눈을 금방 붙였을 뿐인데 기상나팔 소리가 들렸다.

5

인영은 권종희와 김창옥의 빨래를 해주기로 결심했다. 권과 김은 티격태격해도 입소 때부터 인영의 수호천사를 자처自處했다. 수호 원장과 사또 주임의 꼬임에 넘어가 전라도 대표와 경상도 대표라는 이름으로 자주 분쟁을 일으켰지만 인영에 대해서는 합심해서 도와주었다. 수호 원장이나 소록도 관리자 측의 신임을 얻어 소록도에서는 제법 존재감이 높았다. 권과 김은 일제를 도우며 간신처럼 일했지만 환자 대표 박순주 고문과는 달랐다. 박순주는 눈이 먼 탓인지 오직 자신의 호의호식만을 위해 동료들을 괴롭혔다. 그러나 권과 김은 일제의 눈치를 살피면서 나름으로 동료 원생들을 배려하려고 애썼다.

김창옥은 사교술이 뛰어났다. 일본말도 유창해서 일본 직원들과도 끈끈한 관계를 유지했다. 김은 소록도에서 보통학교 교사로 임명받아 아이들을 가르치는 일도 맡았다. 그는 자기 밑에 직속 부하까지 심어놓았다. 일제의 앞잡이를 하면서 나름대로 자신의 세계를 구축했고, 환자들 위에 군림하는 단계까지 올라갔다. 그런데 김창옥의 힘이 세지자 상대적으로 경상도 세력이 밀리는 결과가 일어났다.

경상도는 환자 수나 원생 수부터 먼저 전라도에 밀렸다. 전라도 환자는 처음 자혜의원이 설립될 때부터 입소하였는데 반해 경상도 출신들은 시기적으로 전라도보다 늦게 입소했기 때문이다. 세력에서 밀린 경상도 출신들은 불만이 커졌다. 그래서 경상도 출신들의 시기와 질투가 하늘을 찔렀다. 인영은 이런 점들 때문에 김창옥과 권종희가 빨랫감을 부탁했을 때 동시에 두 사람의 빨래를 해주기로 약속했던 것이다. 어느 한 지역을 선택하지 않음으로써 나름으로 지혜를 발휘한 셈이었다. 남자의 빨래를 대신 빨아준다는 것은 가족을 의미했다. 어떤 경우에는 연인관계로 발전했다. 그래서 사랑 고백의 수단으로 빨래를 부탁했다. 빨래를 수락하고 거절하는 것을 통해 여자들은 속마음을 전달했다.

인영은 소록도에서 미모가 빼어나기로 소문이 난 터라 인영을 가족으로 삼으려는 원생들이 많았다. 권과 김이 인영에게 빨래를 맡긴 것은 예쁜 가족을 얻고 싶은 목적이었다. 나환자들의 경우 문둥병을 치료하는 약으로 DDS라는 약을 사용하고 있었는데 그래서 소록도에서 맺어진 가족을 DDS 가족이라고 부르고 있었다. 박순주 고문 역시 인영에게 빨래를 부탁해 노골적으로 가족이 되고자 하였으나 인영은 박 고문이 원생들을 괴롭힌다는 사실을 알고 단호히 거절했다. 박순주 고문은 인영이 김창옥과 권종희의 빨래를 빨아달라는 요청을 받아들인 사실을 알고 인영에게 반감을 지니고 있었다.

인영은 소록도에서 가장 세력 있는 사람들의 관심을 독차지했다. 권종희, 김창옥과 가족관계를 맺고 사랑받고 귀염을 받았다. 인영은 권과 김을 삼촌이라고 불렀다. 인영이처럼 옥희도 권과 김을 삼촌이라고 호칭했다. 인영에게 빨래가 벅찰 때도 있었지만 옥희와 순임 고모가 옆에서 도와주었다. 순임이 고모는 신경 손상으로 팔을 제대로 사용할 수 없었지만 인영의 빨래를 거들어주었다. 인영은 순임이 고모와 옥희와 더불어 빨래터에서 빨래하며 노래를 부르는 시간이 무척 정겹고 좋았다.

김창옥과 권종희는 서로 옥신각신 하는 경우가 많았다. 두 사람은 인영이 덕분에 비록 갈등 관계에 있으면서도 인영이 앞에서는 각별한 가족이었다. 인영은 둘의 사이에서 적절히 행동을 취했는데 누구 편에 치우치지 않았다. 인영은 소록도의 보이지 않는 힘의 구조 속에서 일찍 행동의 방향을 터득했던 것이다.

인근 주민들이 소록도에 진료를 받으러 들어왔다. 주위에 진료

시설이 없어서 외부환자들이 소록도에 들어와서 1주일에 한 번씩 진료를 받았다. 한 번 진료시 하루평균 20여 명을 넘는 환자들이 특별히 마련된 건강지대라는 공간에서 진료를 받았다. 주민들 가운데는 환부가 깊어서 입원하는 경우도 있었고, 의관醫官:질병을 치료하는 관원. 병원에 종사하는 사람이 직접 마을 환자들을 찾아 왕진을 나가는 경우도 있었다. 인영이가 소록도에 들어올 때 선착장에서 잠깐 만났던 금화라는 무당도 이곳에 들어와서 진료를 받았다.

금화는 간혹 형무소 부근의 나지막한 야산의 서낭당에 들어와서 치성을 드렸다. 정식으로 배를 타고 소록도에 진료받으러 들어오는 날을 제외하면 통통배를 타고 들어왔다. 금화는 치성을 드리러 통통배를 탈 때 통통배 주인에게 삯을 치렀다. 소록도 측에서는 금화라는 무당이 서낭당에 들어와 치성을 드리는 것을 반대했다. 금화는 진료를 받으러 오는 경우 이외에는 소록도에 정식으로 입도할 수 없었다.

소록도 경비대는 외부인이 배를 타고 섬에 들어오는 것을 철저히 금지했다. 그래서 해안 경비대는 밤새 해안을 순찰했다. 등대 부근의 관망대에서 밤새 바다를 살폈다. 밝은 불빛을 밝혀서 원생들이 헤엄을 쳐서 탈출하는 것을 막았다. 헤엄쳐서 탈출하다 걸리면 총살을 당하거나 감금실에 갇혀 죽었다. 하지만 헤엄쳐서 탈출하는 경우 파도가 험해서 경비대에 잡히기 전에 빠져 죽는 경우가 대부분이었다.

하루는 금화 무당이 진료를 받으러 소록도에 들어왔다. 그러나 금화는 진료를 받지 않고 구북리 서낭당으로 향했다. 서낭당으로 향하는 길에 빨래터에 들렀다. 소록도에는 금화 무당과 알고 지내는 원생들이 많았다. 해안으로 몰래 통통배를 타고 와서 서낭당에서 은밀히 치성을 드린다는 것도 알고 있었다.

금화가 빨래터에 왔을 때 마침 그곳에는 인영이가 빨래를 하고 있었다. 인영이가 빨래터에 오는 날은 사내들이 빨래터에 많이 왔다. 인영이 옆에는 늘 옥희와 순임이 고모가 함께 있었다. 이날은 마침 전라도 대표 김창옥이도 있고 경상도 대표 권종희도 있었다.

인영은 금화를 보고 반가워서 손을 흔들었다. 박순주도 길잡이에 의지하여 빨래터에 와 있었는데 순임이가 인영이와 함께 하고 있기 때문이었다. 박 고문은 하나이 원장이 사랑했던 순임에게 관심을 가지고 있었다. 인영과 가족이 되고 싶었던 것도 사실 순임과 친밀해지기 위함이었다. 원생들에 대한 박 고문의 짓을 알고 있기 때문에 순임은 박순주를 멀리했다. 금화는 원생들을 지나쳐 인영에게 다가왔다.

"실성한 사람이 빨래터에는 뭣하러 왔소?

금화를 보고 말을 붙인 사람은 박순주 고문이었다. 박의 말에 금화는 예사롭지 않은 눈썰미로 박을 꼼꼼히 살폈다. 금화의 눈빛이 날카로워 박은 비록 눈이 멀었어도 시선을 오래 받지 못했다. 객쩍은 나머지 헛기침을 하며 고개를 숙였다.

"집이는 제 명에 못살겠소."

"뭐여 쌍년아!"

박순주가 대번에 목에 핏대를 세우며 소리쳤다.

"남한테 욕부렁을 하는 것도 다 업보라오. 세상에 어쩔거나. 대낮에 급살을 맞을 운명인데 인제 내 말이 맞나 틀리나 보시오."

금화는 박의 기세에 전혀 위축되지 않았다. 그녀는 박을 아직도 뚫어지게 쏘아보고 있었다. 금화의 눈에 박의 목숨이 위태한 처지로 보였다. 금화의 생각이 입에 미친 것이 아니라 금화의 몸에 모신 서낭신이 금화의 입을 열었다. 금화의 입을 통해 나온 박 고문에 관한 말은 신이 인간에게 내려주는 공수 같은 것이었다.

"씨발년이 주둥이를 함부로 놀리고 지랄이야. 저리 썩 꺼져 이 씨발년아."

"박 고문님, 금화한테 너무 야박하게 쌍욕 하지 마쇼. 금화가 터진 입이라고 함부로 놀리는 소리는 아닌 모양인데~"

김창옥이 박을 향해 찰진 소리를 뱉었다. 김은 박의 행동이 못마땅한 데가 많아 항상 불만이었다.

"뭐여? 시방 창옥이 네가 나한테 시비 붙는 것이냐?"

박순주가 지팡이를 창옥이를 향해 휘둘렀다. 하지만 눈이 어두운 박의 지팡이는 창옥이에게 미치지 못했다. 길잡이가 박을 진정시켰다.

"시비는 무슨 시비라요? 소록도에 박 고문님 목 따겠다는 놈들이 어디 한둘인지 아쇼? 나는 금화 무당이 제대로 점을 치는 것 같소."

창옥의 몸을 종희가 붙들었다. 권종희는 이런 자리에서 눈먼 자와 실랑이를 하고 싶지 않았다. 박순주가 화풀이하듯 닥치는 대로 입을 열었다.

"창옥이 씨발놈아, 너는 인영이 키워서 잡아먹으려는 속셈이지? 야 이 구역질 나는 놈아. 너 같은 놈하고 같이 못 있겠다. 더러워서~"

"오늘 신입 원생들 들어오는 날이라 참으려고 했는데 이런 씨발놈이 속을 긁네."

창옥이 앞을 못 보는 박순주를 향해 황소처럼 덤벼들었다. 박의 몸이 지팡이와 따로 저만치 엉덩방아를 찧었다. 박 고문의 험담을 듣고 인영과 옥희, 순임은 자리에서 일어섰다. 인영은 공연히 이들의 다툼에 얽히고 싶지 않았다. 박이 땅바닥에서 돌멩이를 집어 창옥의 목소리를 향해 던졌다. 돌멩이는 창옥을 맞히기에는 턱없이 빗나갔다. 박순주를 증오하는 자들이 이런 모습을 보고 속으로 비웃었다.

빨래터는 순식간에 아수라장이 되었다. 전라도 대표와 박순주 고문이 치고받고 하는 틈을 타서 혈기왕성한 청년들이 여기저기에서 싸움을 붙었다. 바깥에서 시시껄렁하며 불량한 생활을 했던 자들은 기회를 잡았다는 듯 길길이 뛰었다. 금화는 얼른 자리를 떴고, 인영은 빨랫감을 옥희에게 맡기고 재빨리 금화의 뒤를 따라갔다. 이번 싸움은 선착장에서 목격한 싸움 이래로 인영의 마음이 불편한 싸움 중에 가장 큰 싸움이었다. 일본 직원들의 눈에 띄면 입장이 난처할 것이기에 얼른 자리를 떴다. 금화 무당을 오랜만에 봐서 반가운 마음이었다. 또한 인영은 금화의 따뜻한 눈빛에 끌렸다. 선착장에서도 처음 그녀의 따뜻함이 불안한 인영의 마음을 녹였었다.

금화는 뒤를 돌아보지 않고 뛰듯이 빨리 걷고 있었다. 인영은 금화의 뒤를 바람처럼 따르면서 생각했다. 박순주를 향한 금화의 내뱉는 말이 심상찮게 들렸다. 제 명에 살지 못할 것이라는 말은 무당의 말에서 쉽게 나올 수 없는 말이었다. 금화 무당의 말이 신의 예시가 아니라 하더라도 박순주는 충분히 그럴만도 했다. 박의 행패가 심해질수록 그를 노리는 원생들이 많아졌기 때문이다. 박순주는 뜻밖에 여성 편력이 강한 사람이었다. 그는 나병에 걸리기 전에 중등교육을 받은 사람이었다. 일본에서 생활한 경험이 있는 터에 일본인의 생리를 누구보다 빨리 알아차렸다. 일본어에 능통한 사람이었고, 비록 소록도 갱생원 규정에 의하여 따로 살고는 있었지만 부인까지 소록도에 데려온 상황이었다. 그런데도 자신의 권력을 믿고 순임이 고모를 차지하려고 은근히 알력을 행사하는 중이었다.

소록도에는 나환자들을 입소시킨다는 정책하에 은밀히 정상인들을 잡아들였다. 1930년대에는 조선뿐만 아니라 아시아의 다른 나라에서도 나병이 창궐했다. 조선총독부는 날마다 조선의 나환자를 파악하고 관리하느라 여념이 없었다. 다른 지역에서도 나병을 관리하고 있었는데 주로 외국에서 들어온 선교사들에 의한 것이었다. 부산, 대구, 광주 등지의 요양원에서는 겨우 3천명 이내의 나환자를 수용하여 치료하고 있었다.

조선총독부는 나병의 근절이 최상의 식민정책임을 통감하고 있었다. 조선의 지식층에서도 나병을 물리치기 위해 다양한 행사를 열었다. 하지만 총독은 조선인들이 주축이 되는 것을 싫어하였고, 조선총독부 내의 위생과를 중심으로 나병을 물리치고자 하였다. 이런 흐름은 평양에서 열린 총독부의 행사를 통해 추측할 수 있다. 평양의 경우, 도지사를 중심으로 평양공회당에서 음악회를 개최했다. 음악회를 통해 기금을 마련한 것이었다.

총독부는 경성에 본부를 두고 대대적으로 모금 운동을 벌이기 시작했다. 경성에서는 요정의 여자 종업원들을 시작으로 산발적인 모금 운동까지 벌이는 상황이었다. 영친왕이 해마다 2만 원씩 나환자를 위한 기금으로 기부 약속을 했다. 일본의 태후 역시 1만 원을 기부하면서 앞으로 2년 동안 매해 만 원씩을 약속했다. 조선의 나병 퇴치 운동에 열을 올리면서 총독부와 관리들은 솔선하여 자금을 모았다.

관리들은 친척이며 지인들까지 기부에 끌어들였다. 따라서 민간인 기부자들도 속속 등장했다. 소학교에 다니는 학생들도 이런 운동에 동참했다. 형무소에 수감된 수형자들까지 작업 수당으로 저축한 돈을 할당해서 기부에 동참했다. 총독부에서는 이를 독려하기 위해 열성 분자들에게 포상을 내리고 관할 도청에서 포상 전달식도 거행했다. 나환자들은 곳곳에서 창궐했다.

하지만 조선총독부는 이런 틈을 타서 많은 정상인들을 맘껏 잡아들여 노동력을 활용하고 사상이 불손한 부랑자들을 소록도에 잡아들인다는 은밀한 목표를 세웠다. 소록도는 겉으로는 나환자들이 들어와서 치료받고 나으면 퇴원한다는 명목이 있었지만 대부분 그곳에서 일본의 노예처럼 노동에 시달렸다. 멀쩡한 사람들이 영문도 모르고 끌려와서 환자 취급을 받는가 하면, 피부에 상처만 있어도 붙잡혀온 어린이들은 철저히 일본식으로 다스렸다. 아이들은 일본의 세뇌로 조선인이란 정체성마저 혼란스럽게 되었다. 아이들은 커서 일본을 위해 노동력을 제공했고, 아이들의 노동력으로 얻은 자금은 전쟁자금으로 사용되었다. 소록도는 나환자보다 어떤 의미에서 정상적인 사람들이 더 많은 셈이었다.

금화는 해안의 나지막한 야산 서낭당에 앉아 징을 치며 신령님께 치성을 드렸다. 소록도수용소에 진료를 받으러 오는 날이 금화는 가장 즐거웠다. 통통배를 타고 몰래 들어오는 경우도 있었지만 통통배 삯을 마련하기가 여간 힘들었다. 인영은 땀을 흘리며 비손을 하는 금화를 멀찌감치 떨어져서 바라보고 있었다. 서낭당에 앉아 바다를 바라보면 인영은 답답한 마음이 뚫렸다. 고향의 부모님 생각이 간절할 때는 쉬는 틈을 타서 은밀히 서낭당에 올랐다. 꿈속에 만난 부모님 얼굴은 수척했다. 고향에 편지를 보낼 수가 없어 고향을 떠나온 이후 부모님 소식을 듣지 못했다. 인후 오빠 역시 마찬가지일 거라고 생각했다. 우편소가 소록도에 개설된 이후 간혹 고향에서 전보를 받은 원생들이 있었다. 급한 전보가 소록도 우편소에 당도하면 바보 또덕이를 시켜 전보를 원생에게 알렸다.

"인영이는 아주 멀쩡한 처자가 다 되었네."

금화는 비손을 마치고 징을 한쪽에 내려놓았다. 금화가 인영이 곁에 다소곳이 앉으며 말했다.

"금화 언니, 어디 아픈 데는 없어요?"

"신령님이 보살펴주시니 아직 아픈 데는 없어. 쪼그려 앉아 밭일을 하려니 허리가 조금 아플 뿐이야. 핑계 삼아 수용소에 들어올 수 있어서 조금 아픈 게 나는 오히려 좋아."

"예, 다행이예요. 예전엔 통통배 타고 서낭당에 자주 들어오지 않았소?"

"뱃삯을 두둑이 쥐어줘야 통통배가 위험을 감수하고라도 서낭당 쪽에 태워다 주는데 벌이가 시원찮아서~ 아무래도 통통배 주인장을 서방 삼아야 할 모양이네."

"어머나, 금화 언니도 참~"

금화의 농담에 인영의 얼굴이 붉어졌다. 둘은 사람들의 시선을 피해 햇볕이 드는 쪽에 마주 보고 섰다.

"근데 인영이 처자가 나한테 뭐 궁금한 게 있는 모양이네."

금화는 주머니에서 담배를 꺼내 성냥을 그었다. 유황 냄새가 불꽃을 감쌌다. 인영은 성냥개비를 태우는 유황 냄새에 아늑한 느낌이 들었다.

"언니, 뭐 하나 물어봐도 돼요?"

"그려. 인영이 처자가 나한테 뭐가 궁금한데?"

처음 그랬을 때처럼 금화는 인영의 얼굴을 뚫어지게 살폈다. 인영은 자신의 팔자를 정면으로 맞대하듯 피하지 않았다.

"나를 처음 봤을 때 선착장에서 했던 말 기억해요?"

"하고 말고~ 도화살이 끼었다고 일러주지 않았어?"

금화의 말에 여전히 불길한 생각이 스쳤다.

"예. 한데 언니, 도화살이 뭐예요?"

인영은 처음 들었을 때처럼 여전히 불길한 마음이었다. 팔자가 사납다는 금화의 말이 아직도 인영의 뇌리에 박혀 있었다.

"인영이 처자처럼 인물이 반질반질한 여자한텐 사내들이 여럿 달라붙는다, 뭐 쉽게 말하면 이런 말이지."

"아이구 머니나 언니도 참~ 내래 사내 근처에 얼씬하기도 싫은 여자라오."

인영은 금화의 어처구니가 없는 말을 듣고 자신도 모르게 북쪽 사투리가 튀어나왔다.

"인영이 문둥병 걸려 여기 붙들려온 거 아니지?"

"예."

인영에게 떠올리기도 싫은 그날 새벽의 순간들이 떠올랐다.

"얼굴에 홍기紅氣가 돌고 복사꽃처럼 예쁘단 말이여. 여자는 얼굴에 홍기가 발그레하게 돌면 그저 사낼 홀린단 말이여."

금화의 말이 인영의 심장에 박혔다.

"아이구 머니나. 언니도 무장 장난을 치신다. 금화 언니 얘기 듣지 않은 걸로 하렵니다."

금화의 말을 듣고 인영의 머리가 복잡했다. 듣고 싶지 않은 말을 들으니 기분이 순간 울적해지는 느낌이었다.

"입방정 떠는 소리 아녀. 도화살이 끼어서 인영이 처자 이마빡에 아주 총각 귀신들이 다닥다닥 달라붙어 있단 말이여."

인영은 금화를 한참이나 바라보았다. 낯바닥이 붉어 올랐지만 이렇게 금화와 노닥거리는 시간이 싫지 않았다. 금화 역시 인영을 한참이나 쳐다보았다. 금화는 서낭당을 향해 정성껏 절을 올리더니 내려갈 채비를 서둘렀다. 시간에 맞춰 치료실 앞에 도착해야 배를 타고 뭍으로 나갈 수가 있었다.

갑자기 비가 추적추적 떨어지는 모양이었다. 비가 떨어지자 인영은 마음이 급했다. 서낭당에서 막 일어서려는데 한 무리의 사내들이 가방을 메고 저쪽 신작로에서 걸어오고 있었다. 소록도 형무소에서 형기刑期를 마치고 출소해 수용소갱생원로 이동하는 대열이었다. 인영은 씩씩하게 걸어오는 한 무리의 사내들과 마주치며 이상하게 가슴이 설레오는 것을 느끼고 있었다. 얼마 전에 소록도 형무소에 입소해 있다는 춘상이란 남자한테 받은 편지가 떠올랐다. 인영이 사내들을 보며 이렇게 가슴이 설렜던 적은 아마 없었을 것이다. 부락을 향해 이동하는 원생들의 무리를 보고 갑자기 금화가 제 흥에 견디지 못한 듯 타령을 뱉어냈다.

춘상이 몇몇 동료와 함께 소록도 형무소에서 출소하여 수용소 갱생원에 입소하는 날은 아침부터 날씨가 흐렸다. 소록도의 하늘은 같은 하늘인데도 형무소의 공기와 갱생원의 공기는 엄청나게 달랐다. 춘상은 마침 조선 팔도에서 갱생원에 입소한 한 무리의 다른 원생들과 함께 강제적으로 신사참배神社參拜를 하였다. 일본식으로 지어진 신사神社 앞에 나환자들은 4열로 길게 늘어서서 수호周防正季 : 4대 원장, 1933.9.1.~1942.6.20 원장의 훈시를 들었다.

"여러분은 대일본제국의 황국신민이다. 비록 나병에 걸려 여기 왔지만 천황께서 다스리는 나라의 백성임을 자랑스럽게 생각해야 한다. 이 소록도는 너희 같은 환자들에게는 더없이 좋은 지상낙원이다. 이 소록도를 세계 제일의 요양소로 만드는 것이 나의 꿈이니 잘 따라주기 바란다."

수호 원장의 훈시 중에 나환자들이 움직이면 일본 제복을 입은 사람들이 채찍과 곤봉을 휘둘렀다. 형무소에서 나와 처음 신고식을 하고 병사病舍 숙소를 배정받기 전에 이미 주눅부터 들어버렸다. 소록도 갱생원에서 펼쳐질 자신들의 운명을 내다보며 원생들은 속으로 한숨부터 흘렸다. 춘상은 대일본제국의 황국신민이란 수호 원장의 말을 들을 때 속에서 구역질이 올라왔다. 저도 모르게 삐딱한 자세가 되었는지 체격이 건장한 제복을 입은 병사가 개머리판으로 춘상의 가슴팍을 찔렀다. 춘상은 아이쿠, 하고 본능적으로 외쳤다.

이윽고 신사참배를 마치고 일본인의 인솔하에 병사를 향해서 대열이 움직이기 시작했다. 그런데 신사神社의 입구에서 다른 절차 하나가 기다리고 있었다. 사또라는 간호 주임과 제복을 입은 직원들이 세금의 명목으로 돈을 뜯고 있었다. 소록도에서 가장 악랄하다는 사또라는 간호 주임이 명령하듯 말했다.

"신사연보금들을 내고 가라."

참배를 마치고 병사로 돌아가는 원생들을 붙들어 놓고 저들은 연보궤헌금통를 들이밀었다. 원생들은 생전 듣도 보도 못한 신사연보금이란 말에 어리둥절하였지만 연보궤를 들고 주머니를 털어내는 저들의 모습에 다들 한숨이 나올 뿐이었다.

"신사연보금이 뭐요?"

춘상이 어눌한 일본 말로 저항하듯 물었다. 하지만 돌아오는 것은 어떤 설명이 아니라 폭행과 채찍이었다. 춘상은 채찍으로 얼굴을 얻어맞고 개머리판으로 옆구리를 차이면서 하는 수 없이 주머니를 탈탈 털어 연보궤에 동전을 집어넣었다. 이때, 수호원장이 춘상의 저항하는 모습을 곁에서 바라보며 야비한 웃음을 흘리고 있었다. 호루라기 구령에 맞추어 다시 병사를 향해서 대열을 지어 걷기 시작했다. 신사에서 멀어져 병사에 가까이 오면서 환자들은 조선말로 불평불만들을 늘어놓았다. 하지만 일본 직원들의 매서운 눈초리를 의식하고는 다들 입을 다물어버렸다.

병사病舍로 향하는 원생들을 대신하여 하늘이 울어주려는지 날씨가 잔뜩 흐렸다. 비가 내리기 직전이라 원생들은 마음으로 먼저 울음의 비를 맞았다. 비는 쏟아지지 않았지만 흐린 하늘에 번개가 번쩍거렸다. 소록도 하늘을 천둥소리가 울렸다. 원생들은 대열을 맞추어 먼지 일어나는 신작로를 걸었다. 신작로 건너편으로 단정한 집들이 보였는데 일본인 거주자들이 살고 있었다. 기모노를 입은 여인들이 아이들의 손을 잡고 신작로를 걸었다.

일본인들이 지나갈 때 원생들은 걸음을 멈추었다. 일본인들이 무사히 신작로를 건너자 인솔자는 호루라기를 불었다. 원생들은 열을 맞추어 계속해서 병사를 향해 걸었다. 사또 간호 주임이 짚

차를 타고 지나가다 대열의 중앙에서 속도를 줄이며 외치듯 말했다. 마사오正雄라는 덩치 큰 일본 병사가 짚 차의 운전석에서 거만한 표정으로 원생들을 노려보고 있었다.

"내일부턴 지상낙원 건설을 위해 일을 해야 한다. 하루에 5전씩 임금도 주니 열심히 일하도록 하라."

춘상을 비롯한 원생들은 소록도 갱생원에서의 생활이 만만치 않으리라고 생각했다. 짚 차가 저만치 멀어졌을 때 누군가 소리쳤다.

"씨팔, 나병 치료해준다고 해서 왔지 우리가 노역하러 왔나?"

"어째 악착같이 조선 사람들 잡아들일 때 알아봤어야 하는 건데~ 살아서 소록돌 빠져나갈 수나 있으려나?"

원생들의 말을 듣고 인솔하는 순시들의 눈동자가 사나워졌다. 순시 하나가 불평을 하는 원생에게 다가가더니 채찍을 휘둘렀다. 순시들에게는 채찍과 곤봉이 매달려 있었는데 순시들은 대부분이 조선인이었다.

"주둥이들 닥쳐라. 여기가 네놈들 안방인 줄 알아? 네놈들은 이제 대일본제국의 신민이란 말이다. 황국의 신민~"

"에이 니기미 씨팔~"

춘상의 입에서 저도 모르게 욕설이 튀어나왔다. 욕설과 함께 순시들의 채찍과 곤봉이 일시에 날아들었다. 채찍과 곤봉은 눈이 달리지 않았으므로 춘상의 몸은 성한 데가 없이 얻어맞았다.

"아악~"

춘상은 이를 악물며 신음을 참으려고 애를 썼다. 신음을 쫓아 채찍이 날아들었기 때문이다. 이런 모습을 지켜보면서 원생들은 찍소리도 내지 못하고 묵묵히 신작로를 걸었다. 이십 여분 걸어 들어갔을 때 검문소가 나타났다. 검문소에 도착하자 이슬비가 잠시 머리를 적셨다. 분무기를 등에 짊어진 사내들이 득달같이 다가오더니 입소하는 원생들을 향해 소독약을 뿌려대기 시작했다.

"에이~ 신사 입구에서 한번 뿌렸으면 됐지 몇 번씩 소독을 한 대여?"

"저놈들 눈에 우린 사람이 아니라 기생충으로 보이겠지~ 채찍 받기 전에 입들 닥치세~"

춘상은 온몸에 소독약 세례를 받으며 잠깐 호흡을 멈추었다. 숨을 내쉬려는 순간 펄럭이는 일장기의 모습이 그의 눈에 들어왔기 때문이다. 일장기는 원생들의 머리 위에서 고압적으로 펄럭이고 있었다. 춘상은 일본인의 채찍이나 무자비한 소독약 살포보다 일장기의 펄럭이는 기세에 놀라서 입이 다물어졌다.

소독을 마치자 각 부락의 대표들이 나타났다. 부락의 대표들은 할당된 원생들을 호명하여 자신의 부락으로 인솔해갈 모양이었다. 춘상은 동생리라는 부락에 배정되었다. 부락의 대표들은 조선의 나환자들이었다. 그러나 춘상의 눈에 부락의 대표자들은 나환자가 아니라 조선의 건장한 깡패들처럼 보였다. 부락별로 이동하는 동안 부락대표들이 입소자에게 중요한 사실을 통보하고 있었다. 삼십 후반쯤으로 보이는 중년의 사내가 자신을 소개하며 선전포고를 하듯 소리쳤다.

"나는 동생리 부락대표 최일봉이란 사람이여~ 매달 1일과 15일은 신사참배가 있고, 매달 20일은 동상 참배가 있다!"

"신사참배는 알겠는데 동상참배는 뭐다요?"

춘상의 삐딱한 물음에 동생리 부락 대표의 눈이 사납게 찢어졌다. 춘상은 순간 부락대표의 눈빛이 어찌나 매섭던지 간이 섬뜩하게 오그라드는 느낌이었다.

"매월 20일은 보은감사일이다. 수호원장 각하의 동상 제막일을 기념하여 전 원생들을 동상 앞에 집합시켜 참배케 한 후 원장의 훈화訓話를 듣는 것이다!"

"밑도 끝도 없는 보은에 감사한다니 참 한심한 노릇이네."

누군가 찌그럭거리는 말을 뱉어냈고, 최일봉이란 부락대표가 말의 주인을 향해 마구 발길질을 퍼부었다. 발길질을 멈추고 최일봉이 명령하듯 통보했다.

"동상참배에 빠지는 놈은 감금실에 갇힐 테니까 각별히 명심들 해라. 그리고 네놈들 하루 임금 5전에서 충성담보금으로 1전씩

제할 거니까 불평들 하지 말고~"

"충성담보금은 또 뭣이여? 아니 그렇다 치고 충성담보금이란 것은 나중에 돌려주시오?"

누군가 삐딱한 목소리로 부락대표를 향해 퉁명스럽게 물었다.

"에이 말 같은 소릴 해라. 그런 명목으로 떼어먹는 거지~ 에구 문둥병 치료받으러 들어온 우리 신세가 참말로 처량하다~"

동료 하나가 삐딱하게 말을 받았다. 그러자 부락대표의 채찍이 말소리를 찾아 사정없이 날아들었다. 여기저기에서 웅성웅성 피어나던 잡음들이 순간적으로 꼬리를 감추었다. 동생리에 배당된 입소자들은 입을 완전히 다물고 묵묵히 동료의 발자취를 밟으며 걸었다. 해안을 끼고 도는 낮은 산자락의 신작로를 따라 여전히 대열을 유지하며 그들은 걷고 있었다.

그때, 금화는 서낭당에서 내려와 산자락을 돌고 있었는데 춘상은 산자락을 돌아 내려오는 여자들을 바라보았다. 여자는 추위에 어울리지 않게 소복素服을 입고 있었다. 여자의 모습은 범상찮은 모습이었는데 여자의 곁에 꽃처럼 예쁜 여자와 눈이 마주쳤다. 춘상은 마을로 들어가는 산자락에서 여자들을 만난 게 마침 운명처럼 여겨졌다. 소복 입은 여자가 갑자기 노래를 불렀는데 춘상은 노랫소리를 들을 수는 없었다.

아이고 슬프다

어이 여기에 왔단 말이냐~

아이고 슬프다

저승길을 어이 찾아왔나~

금화의 사설을 듣고 놀란 사람은 인영이었다. 혼잣말처럼 타령을 하면서 산길을 내려오는 금화의 뒤에서 새들이 푸드득 날아갔다. 금화의 사설을 들은 사람은 소록도에서 산새들과 인영이뿐이었다. 춘상은 여자들을 바라보면서 까닭모를 슬픔에 잠겼다. 춘상은 먼빛으로 한번 소복 입은 여자를 곁눈질하면서 마을을 향해 걸어 들어갔다.

동생리 마을 앞에서 춘상은 입소를 환영하는 원생들을 만났다. 온전해 보이지 않은 여자가 나이를 묻고 이름을 물었다. 고향은 경북 성주고 나이는 스물다섯, 이름은 이춘상이라고 대답해주었다. 인영에게 편지를 전해준 또덕이도 춘상을 반겨주었다.

"난 소록도 바보 또덕이야~"

춘상은 또덕이가 결코 바보가 아닐 것이라 믿었다. 무슨 까닭인지 몰라도 소록도에서 바보 행세하며 관심을 독차지하고 있지만 절대 바보는 아니라고 생각했다. 춘상은 형무소 앞마당에서 또덕의 눈빛을 그윽이 들여다본 적이 있었다. 또덕의 그윽한 눈빛 속에서 춘상은 말로 표현하기 힘든 강렬한 의식 같은 것이 숨어 있음을 느꼈다.

춘상은 동생리 30호사에 배정이 되었다. 30호사는 여러 명의 원생이 생활할 수 있도록 퍽 넓은 집이었다. 소록도에서의 생활은 엄격한 군대식 생활이었다. 아침저녁으로 인원 점호를 했다. 밤에는 철저히 원생들의 이동을 제한했다. 원생들은 저녁 8시 이후 실시되는 소등과 통행 금지 때문에 많은 고통을 받았다. 춘상에게 가장 힘든 일은 역시 심득서를 암송하는 일이었다. 그래서 인원 점호 때가 되면 춘상은 주눅이 들었다. 심득서 암송은 원생들에게 보이지 않는 정신의 감금이었다. 춘상은 심득서의 황은皇恩을 잊어서는 아니 된다는 구절을 외울 때는 속에서 구역질이 올라왔다. 부락 대표 최일봉이 초장에 군기를 잡는다고 심득서를 종일 외우게 할 때는 바로 그 대목에서 수없이 틀렸다. 외우지 못해서 틀린 것이 아니라 구역질이 나와서 입을 더럽히고 싶지 않아서 틀린 것이었다.

야간 점호 시간에 춘상이가 입소한 동생리 30호에 부락 대표 최일봉이 완장을 차고 사또라는 간호 주임과 일본인 직원 그리고 순시들을 앞장세우고 나타났다. 채찍과 곤봉을 몸에 차고 사또는 소문보다 훨씬 포악한 모습으로 원생들 앞에 나타났다. 간호 주임인 사또가 곤봉으로 춘상의 옆구리를 찔렀다. 춘상은 다른 동료들처럼 크고 절도 있는 소리로 관등성명을 댔다.

"신입 이춘상!"

"너 저 위 형무소에서 썩다 왔지?"

춘상은 사또의 말에 기분이 나쁘다는 표정으로 째려보았다. 그러자 사또가 곤봉으로 춘상의 어깨를 후려쳤다. 팔에 스며드는 고통으로 춘상은 이마의 주름살을 끌어내렸다.

"너 잘하는 게 뭐야?"

"싸움밖에 잘하는 게 없습니다."

춘상은 저도 모르게 이렇게 대답했다. 사또가 춘상을 향해 그윽이 쳐다보며 비웃음을 쳤다. 시비 걸기 싫다는 듯 사또는 춘상을 지나치더니 판수라는 원생의 옆구리를 곤봉으로 찔렀다.

"심득서 1항 외워보라!"

"천황폐하의 은혜에 감사한다!"

판수가 조항 하나를 모두 외기도 전에 사또는 곤봉으로 옆에 있는 인후의 가슴을 쿡 찔렀다. 인후의 입에서도 심득서 조항이 기계처럼 튀어나왔다.

"불온사상을 지녀서는 안 된다!"

"어이 전라도 대빵!"

이번에는 사또의 곤봉이 중년의 김창옥을 향해 찔렀다. 사또의 곤봉이 자신의 가슴을 향하는 순간 김창옥은 잔뜩 날 선 모습으로 관등성명부터 읊었다.

"전라도 대빵 김창옥! 도박과 연애질을 금한다!"

김창옥의 입에서 심득서가 흘러나오자 점호를 받던 원생들이 일제히 웃었다. 도박과 연애질을 금한다는 규칙이 원생들에게는 아무런 의미가 없었기 때문이다.

"이것들이 여기가 어디라고~"

사또의 이마가 움찔거리자 원생들의 웃음소리가 사그라들었다. 사또가 다시 중년의 권종희를 곤봉으로 찔렀다. 권종희가 김창옥처럼 날카롭게 관등성명을 댔다.

"경상도 대빵 권종희!"

"심득서 마지막 조항 외어보라!"

사또의 지시에 권종희가 마지막 조항을 외었다.

"우리는 사망 시 시체 해부에 응하고 화장을 허락한다!"

"좋다. 최 대표는 신입한테 심득서 암송시키고 즉각 소등하고 취침한다."

사또는 마지막으로 지시를 하며 출입구를 향해 몸을 틀었다. 이때, 김창옥이란 전라도 대빵이 돌아서는 사또에게 물었다.

"거금도 산판장에 일 나간 대길이는 언제 돌아옵니까? 보름이 지났는데~"

김창옥의 갑작스런 물음에 사또는 당황해하며 얼버무렸다.

"네가 신경 쓸 일이 아니다!"

"예~"

사또 일행이 나가고 얼마 지나지 않아 사이렌 소리가 울렸다. 사이렌 소리가 요란하게 울리고서 불이 꺼졌다. 불 꺼진 창문 너머로 창옥과 종희의 목소리가 맥없이 들리고 있었다.

"대길이 아마 죽었을 것이여~"

"대길이가 부럽네. 죽어 혼이라도 고향에 갔을 거 아닌가?"

어디선가 훌쩍이는 소리가 들렸다. 판수와 인후가 잠꼬대하듯 말씨름을 하고 있었다.

"풍랑 만나 못 돌아온 사람들이 어디 한두 번이여?"

"아니야. 일이 늦어지겠지 설마 죽었을라고?"

사또 일행을 배웅하고 부락 대표 최일봉이 호사로 돌아왔다. 동생리 30호사에 다시 불이 켜졌다. 최일봉이 침상에 누워있는 춘상을 향해 다가왔다. 춘상은 침상에 누워 동료들의 얘기에 귀를 기울이고 있었다. 최일봉이 눈을 감고 누워 있는 춘상에게 시비조로 말했다.

"어이 신입, 쪼깐 일어나봐라이~"

춘상은 이마를 끌어올리며 누운 자리에서 게으른 동작으로 일어섰다. 최일봉이 기억을 떠올리며 춘상에게 싸움을 걸었다.

"네가 싸움밖에 잘하는 게 없다 했쟈이?"

춘상이 대답을 하기도 전에 최일봉의 발길질이 달려들었다. 최일봉은 정신을 수습할 여유도 주지 않고 신입을 향해 마구 발길질을 했다. 처음부터 신입의 기세를 꺾어놓으려는 속셈이었다. 하지만 춘상은 부락 대표의 발길질을 잽싸게 피했다. 몸을 일으켜 정신을 차린 다음 부락 대표의 허점을 찔러 공격했다. 춘상의 발질은 빨랐고, 부락 대표는 순식간에 나가떨어졌다. 30호사의 동료들이 놀라 입이 벌어졌다. 신입 중에 첫날부터 최일봉의 폭력에 맞서 싸우는 신입은 없었다. 원생들이 놀란 까닭은 눈 깜짝할 사이에 최일봉이 휴지처럼 짓이겨져버린 때문이었다. 소록도 갱생원 입소 첫날부터 춘상은 동료들에게 강한 인상을 남겼다. 부락 대표 최일봉을 납작하게 짓뭉개버리자 최일봉은 물론 호사의 동료들도 춘상을 함부로 대하지 않았다.

이튿날 새벽, 기상나팔 소리가 울렸다. 원생들은 새벽 일찍 청소를 하고 간단히 아침 끼니를 때운 다음 작업장으로 향했다. 바다와 맞닿은 선착장에는 소록도갱생원 원생들이 일찍부터 땀을 뻘뻘 흘리며 작업을 하고 있었다. 사내들은 지게에 모래를 가득 짊어지고 뛰듯이 걸음을 빨리 움직였다. 여자들은 머리에 임을 이고 모래와 자갈을 날랐다. 동작이 불편한 원생들은 2명이 1조가 되어 손수레에 돌과 황토를 가득 실어 운반하고 있었다.

춘상은 작업자들의 규모에 놀랐다. 나환자 수용소라는 곳이 씩씩한 청년들이 너무 많았다. 건강한 어린이도 보였고, 중년들도 보였다. 나환자라는 원생들은 특별관리를 하는지 다른 구역에서 감시 아래 작업을 하고 있었다. 나환자들이 작업하는 사이사이에는 장총을 어깨에 걸어 멘 일본 병사들이 고압적으로 감시를 하고 있었다. 그들은 게으름을 피우거나 작업을 하다 넘어지는 나환자를 향해 득달같이 달려가서 폭력을 사용하고 있었다. 춘상은 땀을 뻘뻘 흘리며 작업을 하면서 멀찍이서 그런 모습들을 바라보며 가쁜 숨을 들이마셨다.

바보처럼 보이는 또덕이가 자전거를 타고 선착장으로 전보를 가지고 왔다. 편지의 주인은 평양에서 내려온 구북리의 인영과 동생리의 인후였다. 춘상은 지게에 모래를 가득 짊어지고 곁눈질로 인영을 바라보았다. 30호사 동료 인후와 친해진 까닭에 인영이를 함께 만나볼 수 있었다. 소록도 형무소에서 동료들로부터 들은 소문처럼 인영의 모습은 매우 아름다워 보였다. 인영은 처음 만났을 때 또덕이에게 전달받은 편지에 대한 고마움을 표했다. 춘상은 인영이 친밀하게 대해주는 것을 보고 편지에 썼던 것처럼 죽는 날까지 수호천사가 되리라고 스스로에게 약속했다.

또덕으로부터 전보를 받아든 인영과 인후가 흐느껴 울기 시작했다. 춘상은 하염없이 울고 있는 인영과 인후에게 다가갔다. 인영의 손에는 〈김인후 김인영 환자 부친 사망〉이란 속달 전보가 들려져 있었다. 춘상은 전보 메모지를 접어 주머니에 넣었다. 인후와 인영의 아버지 부음을 접하고 춘상 역시 슬픔에 빠졌다. 고향에서 돌아가신 아버지 생각이 났다.

인영이가 하염없이 흐느끼는 모습을 보고 사또가 득달같이 다가와서 채찍을 휘둘렀다. 인영이 무릎을 꿇고 주저앉았다. 인후가 사또에게 덤벼들었다. 사또의 채찍이 인후의 어깨에도 매섭게 꽂혔다. 인영이 겨우 몸을 일으켜 세워서 손수레를 밀었다. 그러나 인영은 몇 걸음 걷지 못하고 다시 주저앉았다. 사또의 채찍이 더욱 매섭게 인영의 어깨에 얹히고 있었다. 춘상은 일본 놈들의 채찍이 정도를 지나쳤다는 생각에 이르자 화가 치밀었다. 춘상은 인영의 어깨에 얹히는 채찍을 팔로 가로막았다. 그러자 사또 간호 주임이 춘상을 향해 호통을 쳤다.

"너는 누구냐? 저리 비켜라 이놈아!"

사또의 채찍이 춘상의 뺨에 얹혔다.

"힘 없는 노동자들이오!"

춘상은 어깨에 짊어진 지게를 집어 던졌다.

"이 자식, 싸움밖에 모른다는 동생리 신입이로구나. 감히 여기가 어디라고 채찍을 가로 막느냐? 소록도에 너 같이 사상이 불량한 놈이 있다는 건 아직 정신무장이 덜 되었다는 얘기지~"

사또가 장총을 어깨에 멘 병사들을 불렀다. 고동색 제복을 입은 서너 명의 병사들이 잽싸게 뛰어왔다. 장총을 어깨에서 내려 고압적으로 집총자세를 취하자 춘상의 기가 순간 꺾여졌다. 사또는 일부러 보란 듯 인영을 향해 다시 채찍을 휘둘렀다.

"인영 씨를 때리려거든 차라리 나를 때리시오."

춘상은 죽음을 무릅쓰고 다시 달려들었다.

"저리 비키란 말이야 새끼야~ 너 이년 기둥서방이냐?"

사또의 채찍은 춘상에게도 어김없이 꽂혔다.

"부친이 사망했다는 전보를 받았는데 맘대로 울지도 못한단 말이오?"

"아니 이 새끼가~"

하며 사또가 춘상의 멱살을 불끈 잡았다. 그때, 저쪽에서 이런 광경을 묵묵히 지켜보던 수호 원장이 성큼성큼 걸어왔다. 수호는 춘상에게 바짝 다가와서 먼저 채찍부터 휘둘렀다. 그러자 춘상의 이마에 고통의 주름살이 겹쳐졌다.

" 이 새끼 봐라. 신사연보금 거부에 이제 작업 저항까지~"

수호 원장의 채찍이 다시 한번 춘상의 목덜미를 휘감았다. 춘상은 이를 악물었지만 더는 저항할 수가 없었다. 수호 원장이 주위의 원생들이 듣도록 큰소리로 외쳤다.

"소록도는 나의 명예이며 대일본제국의 숙원사업이다. 빨리빨리 움직여라!"

원생들은 이곳 소록도에서 완전히 노예나 다름이 없었다. 일제의 부당한 대우와 폭력에 어느 누구도 정당히 나서지 못했다. 수호 원장의 지시에 원생들은 더욱 부지런히 손발을 놀리고 있었다.

일반적으로 나환자들은 주로 오전에 치료를 받고 오후에는 각종의 작업에 종사하였다. 그러나 수호 원장은 소록도를 세계 제일의 요양소로 만들고 싶은 욕망으로 치료보다 작업 노동을 하는데 집중했다. 치적에 눈이 어두워서 쓰러지는 나환자들에게 잠깐의 휴식조차 허락하지 않았다. 심득서에 기록되어 있는 것처럼 나환자들은 작업하다 죽으면 시체 해부까지 당해야만 했다.

전국에서 영문을 모르고 잡혀 들어온 원생들은 소록도가 훌륭한 요양소가 아니라 노예나 다름없는 지옥 같은 공간이라는 것을 즉시 깨달았다. 소록도는 굶주림 속에서 나환자들의 치료는 외면당하고 끌려온 사람들은 온종일 노예처럼 일해야 하는 공간이었다.

원생들에게 가장 힘든 작업은 험악한 산악에서 무거운 돌을 작업장까지 운반하는 목도 일이었다. 소록도의 일본 관리자들은 건장한 사내들로 여러 팀을 만들었다. 원생들은 팀별로 온몸에 땀을 흘리며 채찍을 맞으면서 돌을 운반했다. 어깨에 멜빵을 메고 목도를 걸어 암석을 운반할 때 원생들은 일제히 흥을 돋우는 노래를 불렀다. 흥을 돋우기 위해 처음 매기는 소리는 악랄한 사또 간호 주임이었다.

야마모리~

사또가 먼저 선창先唱을 했다.

어기여차~

사또의 선창에 원생들은 일제히 후창後唱을 했다.

고봉밥이다~

사또가 다시 선창을 했다.

어기여차~

원생들이 일제히 후창을 했다.

사또는 이런 방식으로 원생들을 자극했다. 암석을 운반하는 목도 팀에게는 특별히 고봉밥을 배식했다. 수호 원장 이하 소록 도의 관리자들은 오직 혼연일체가 되어 공사의 기간을 단축하려 고 온갖 노력을 기울였다. 신체가 건강한 남성들은 한 끼의 밥을 가득 얻어먹으려고 힘이 들어도 불평하지 않고 묵묵히 일만 했 다. 목도로 암석을 나르는 사람들을 목도꾼이라고 불렀는데 이 들이 잠시 휴식을 취하려고 하면 사정없이 채찍을 휘둘렀다. 사 또 간호 주임은 원생들이 어깨에 짊어진 암석 위에 올라타서 작업을 지휘했다. 사또의 허락 없이는 누구도 쉬지 못했다.

춘상은 목도꾼무거운 짐을 나르는 일, 등짐을 지거나 어깨로 짐을 메어
다가 나르는 일이 되어 뼈가 으스러지도록 일을 했다. 목도 일을 시
작한 지 한 달도 안 돼 여러 명의 동료가 죽었다. 온종일 일을 하
다가 갑자기 피를 토하거나 들것에 실려 병사로 돌아오는 원생
들도 많았다. 암석에 깔려 죽는 것은 끔찍한 죽음이었다. 춘상과
같은 조組에서도 죽는 사람이 여럿 나왔다.

목도꾼들이 목 놓아 어기여차를 부르짖을 때 몇백 명의 원생들
이 목도꾼들의 옆으로 지나갔다. 숲속에서 송진을 채취하기 위해
굽이굽이 산길을 올라가는 동료들이 피를 흘리면서 죽어가는 목
도꾼들의 모습을 지켜보았다. 인영이도 구경꾼들 가운데 섞여 있
었다. 목도꾼들의 흥 돋는 소리를 다른 원생들이 옆을 지나가며
따라 하는 경우도 많았다.

춘상은 땀을 뻘뻘 흘리며 암석을 운반하고 있었다. 송진 채취
조에 속해 산길을 오르던 미친 여자애가 춘상을 보고 반갑다는
듯 소리쳤다.

"춘상이 오빠는 좋겠네."

"미순아, 네 눈엔 내가 좋아 보이냐?"

여자애들이 춘상을 보고 까르르 웃었다.

"힘들어도 고봉밥 먹으니 좋겠네."

춘상은 정신이 온전치 못한 미순이란 애를 잠깐 쳐다보았다. 사또의 채찍이 여지없이 춘상의 등에 얹혔다. 춘상은 여자애들이 보는 데서 체면이 무너졌다.

"어딜 쳐다봐 새끼야!"

채찍의 고통을 감당하지 못하고 춘상이 잠시 중심을 잃고 비틀 거렸다. 춘상이 중심을 잃자 어기여차를 외치던 목도꾼의 대열이 덩달아 중심을 잃고 흔들렸다. 인영은 그때 옥희와 함께 춘상이 채찍을 맞고 비틀거리는 모습을 멀찍이서 지켜보았다. 송진 채취 조를 인솔하던 일본 순시가 소리쳤다.

"오늘은 저기 십자봉까지 올라간다. 일제히 뛰어!"

일본 순사가 힘껏 호루라기를 불었다. 송진 채취조들이 먼지를 일으키며 일제히 뛰어오르기 시작했다. 그날, 인영은 옥희와 함께 송진 채취조에서 밤늦도록 송진을 채취했다. 밤이 깊을수록 달빛 은 창백했다. 달빛에 반사된 숲속의 기운은 푸른 연기처럼 피어 났다. 흰옷을 입은 원생들이 소나무에 매달려 열심히 송진 채취 를 하고 있었다. 사또 간호 주임은 이곳저곳을 기웃거리며 송진 통을 살피는 중이었다.

"잡담하지 말고 허릴 펴지도 말아라!"

사또는 원생들을 아예 노예처럼 부려먹고 있었다. 송진 통에 송진이 계획처럼 차오르지 않자 사또의 심술이 더욱 험해졌다.

사또는 무리를 지어 송진을 채취하는 원생들에게 성큼성큼 다가
가 꼼꼼히 살폈다. 그러면서 사또는 인영을 찾고 있었다. 이때,
소나무에 목화처럼 하얗게 매달려 원생들이 일제히 노래를 부르
기 시작했다.

새야 새야 파랑새야 녹두밭에 앉지 마라

달빛이 은은히 떨어지는 어둑한 솔숲에 이상한 노래가 흘러나
오자 사또는 펄쩍 뛰며 소리쳤다.
"당장 불량한 노래를 멈추어라!"
하지만 원생들의 노랫소리는 멈추지 않았다.

녹두꽃이 떨어지면 청포 장수 울고~

사또가 허리춤에서 권총을 빼내 허공에 빵! 하고 한 방을 쏘고
서야 노랫소리가 뚝 멈추었다. 사또가 쏘는 총소리에 솔숲에 둥
지를 틀고 있던 새들이 파드득 날아올랐다. 한순간 정적이 흘렀
다. 그러나 정적을 깨는 노랫소리가 다시 들렸다.

새야 새야 파랑새야~

노래를 부른 사람은 바로 인영이었다. 사또는 노랫소리가 울려 퍼지는 쪽으로 잽싸게 뛰어갔다. 사또는 노랫소리의 주인이 인영이란 것을 알고 채찍과 함께 엉큼한 미소를 지어 보였다. 인영은 채찍의 고통을 참아내며 사또의 얼굴을 피해 고개를 돌렸다. 사또 주임이 야비한 웃음을 입가에 지으면서 비아냥거렸다.

"네년을 언젠간 내가 짓밟아버릴 것이다! 자, 자, 당장 수호 원장 각하 노랠 불러라, 어서!"

사또의 다그침에 백여 명의 송진 채취조는 수호 원장의 노래를 부르기 시작했다. 하지만 그들의 노랫소리는 맥이 없었다.

나라의 정화 위해 몸을 바치신

우리들의 어버이 원장님 각하

혜택 받은 동산에서 우리 무리를~

원생들의 노래는 갈수록 맥이 없었다. 그래서 사또의 불호령이 떨어졌다.

"감히 원장 각하를 무시하다니, 큰 소리로 불러라!"

원생들이 사또의 기세에 눌려 큰소리로 노래를 불렀다.

구하고자 하시는 두터운 마음

이곳은 우리들의 갱생의 동산~

2절로 이어지는 대목에서 원생들의 목소리는 다시 맥이 빠졌다. 사또는 얼마나 화가 났는지 바로 작업을 끝내고 침통한 심정으로 달빛 자락을 밟으며 마을로 돌아왔다. 그러나 사또 주임은 송진 채취조를 곧장 호사로 들여보내지 않았다. 사또는 송진 채취조에게 화풀이를 하고 있었다. 인영을 포함해서 구북리 마을 사람 전체가 사또한테 벌을 받고 있었던 것이다.

사또 주임은 다양한 방법으로 원생들에게 벌을 가했다. 몸이 불편한 사람도 최대한 고통스럽게 벌을 받았다. 무릎을 꿇고 두 손을 머리 위로 번쩍 들도록 했다. 엎드려뻗쳐서 넘어지면 몽둥이를 휘둘렀다. 목발을 짚고 벌을 섰다. 어떤 원생들에게는 누운 채로 한쪽 발을 쳐들도록 하는 기발한 방식까지 동원했다. 아픈 원생들은 아픈 부위별로 구분하여 아주 요령 있게 벌을 가했다. 줄을 세워 벌을 받았기 때문에 사또의 구둣발이 엉덩이를 짓이기면 도미노처럼 연달아 바닥에 쓰러졌다. 고통의 신음과 함께 채찍소리가 들렸다. 추운 하늘에 차갑게 박힌 달이 쓰러지는 원생들을 어루만졌다. 해안가 숲속에서 소쩍새가 울었다.

한편, 동생리 30호사 환자들은 늦은 밤에 잠을 이루지 못하고 일어나 동료들의 몸에 대풍자유를 발라주고 있었다. 희미한 등불 아래서 춘상 역시 상체를 완전히 벗은 알몸으로 대풍자유를 바르는 중이었다. 부락대표 최일봉과의 대결에서 처음부터 납작하게 눌러버린 춘상은 동생리 30호사의 대장이 되었다. 동료들은 춘상에게 망설이지 않고 대장이라고 불렀다. 춘상의 주먹이 누구보다 세고 용감했기 때문이다.

춘상의 주먹은 소록도에 이미 널리 알려진 상황이었다. 전라도 대표 김창옥이나 경상도 대표 권종희 역시 춘상의 주먹을 알아보았다. 그들에게 없는 용기와 주먹이 있다는 것을 알고 나이가 자기들보다 어려도 철저히 대장으로 대접해주었다. 30호사 동료들은 힘든 노동을 하다가 온몸에 생긴 상처에 대풍자유라는 치료제를 서로 발라주고 있었다. 희미한 등불 아래서 동료의 몸에 대풍자유를 한창 발라주고 있던 바로 그 순간에 남생리의 이동과 바보 또덕이가 급히 30호사 문을 두드렸다. 부락대표 최일봉이 놀란 표정으로 물었다.

"2대 독자 이동이 동생리에 웬 일여? 바보 또덕이까지 데리고?"

이동이 힘껏 달려왔는지 춘상을 향해 숨이 넘어가는 소리로 대답했다.

"대장 형님, 얼른 구북리로 가보쇼!"

"아니 무슨 일인데 난데없이 들이닥쳐 호들갑이냐?"

최일봉이 상의를 끼어 입으면서 투덜거리듯 말했다.

"사또 개새끼가 구북리 원생들을 속옷까지 벗겨 돌리고 있단 말이오."

"뭐야? 사또 이 자식이?"

춘상 일행은 의복을 챙겨 입고 30호사 문을 박차고 구북리로 향했다. 구북리 마을 앞에는 희한한 광경이 벌어지고 있었다. 흐릿한 달밤에 구북리 주민 2백여 명이 일제히 벌을 서고 있었다. 춘상 일행이 가까이 다가갔을 때 사또는 보란 듯이 구북리 원생들에게 발길질을 하고 있었다. 춘상은 픽, 픽 쓰러지는 구북리 원생들 사이에 수호 원장이 있는 것을 보고 깜짝 놀랐다. 수호 원장 역시 춘상 일행이 구북리 앞마당에 나타난 것을 알아보고 일부러 약을 올렸다. 원생들을 마주 보게 세우고 서로 상대의 **뺨**을 때리는 벌을 가하고 있었던 것이다.

"더 힘껏 쳐라!"

수호 원장이 차가운 달밤에 소리쳤다. 사또 주임과 여럿의 병사들이 이런 장면을 구경하고 있었다. 수호의 지시에 원생들은 동료의 **뺨**을 세게 때렸다. 수호와 사또가 이곳저곳을 돌아다니며 마음에 들지 않은 원생들에게 화풀이를 했다. 수호가 어느 한 곳에서 우뚝 서더니 원생들을 향해 큰 소리로 소리쳤다.

"야야 잘 봐. 이렇게 치란 말이야!"

수호의 손바닥이 옥희의 뺨에 찰싹 얹혔다. 뺨을 얻어맞은 옥
희가 울면서 주저앉았다. 춘상 일행이 수호와 사또를 향해 위협
적으로 다가갔다.

"원장 각하! 밤이 깊었습니다. 이제 그만~"

최일봉이 난처한 표정으로 말했다. 최일봉의 말에 한마디 대꾸
도 없이 수호와 사또는 다른 대열로 향했다. 춘상 일행 역시 그쪽
으로 걸음을 옮겼다. 저쪽 후미진 곳에서 누군가 중심을 잃고 쓰
러졌다. 춘상은 쓰러지는 동료에게 달려가 부축하여 일으켜 세웠
다. 그런데 쓰러진 사람은 뜻밖에도 인영이었다.

"제가 대신 벌을 받겠습니다."

춘상이 인영을 일으켜 세우면서 수호 원장을 향해 간청했다.
그런데 춘상의 말이 끝나기가 무섭게 수호 원장의 발길질이 가해
졌다.

"벌은 각자의 몫이 있다. 감히 네놈이 계집년 역성을 들다니~
너 동생리 싸움밖에 잘하는 게 없단 놈 맞지? 야, 사또!"

"예, 원장 각하!"

사또 주임이 재빨리 수호 앞으로 뛰어왔다.

"당장 가서 마사오를 데려오라!"

"하이!"

수호의 명령을 받고 병사 하나가 급히 자전거를 몰았다. 사또가 수호 원장의 귀에 대고 뭐라 속삭이는 듯하더니 수호의 표정이 밝아졌다. 수호가 고개를 끄덕이며 혼잣말처럼 중얼거렸다.

"볼만한 대결이 되겠구나."

수호가 치아를 활짝 벌려 웃었다. 사또가 원생들을 향해 소리쳤다.

"전라도 대표 김창옥 경상도 대표 권종희 앞으로 나오라!"

영문을 모르겠다는 듯 창옥과 종희가 원생들 앞으로 걸어 나왔다. 창옥과 종희를 보며 수호가 다시 하얀 치아를 드러내며 웃었다. 그리고 모두 들으라는 듯이 수호가 이죽거렸다.

"전라도 대 경상도라. 그래, 네놈들끼리 맘껏 싸워 봐라. 하하하~"

사또가 수호의 귀에 대고 소곤거렸던 말이 무슨 말이었는지 이제야 춘상 일행은 짐작할 수 있었다. 사또는 병사가 마사오를 데려오는 동안 경상도 대표와 전라도 대표의 맞짱 대결을 즐기려고 했던 것이다. 창옥과 종희가 인상을 찌푸리며 상대를 향해 노려보았다. 둘은 수호와 사또의 비위를 맞추기 위해 꼭두각시처럼 싸움을 벌여야 했다. 전라도와 경상도 대표를 각각 선출한 것은 일본 관리자들의 방안이었다. 조선인들끼리 상호 대결을 하고 적대감을 키우게 함으로써 일본인에 대한 대결과 적대감을 줄이려는 의도였다. 창옥과 종희는 예전에 서로 적이 되어 싸움을 벌였던 적이 있었으나 지금은 아닌 밤중에 홍두깨라는 말이 옳을 것 같았다.

창옥과 종희는 열심을 몸을 움직였다. 수호 원장의 눈치를 슬슬 보면서 둘은 툭, 툭 잽을 날렸다. 헛손질만 여러 번 해대자 수호의 표정이 굳어졌다. 수호의 표정을 살피면서 종희가 먼저 창옥의 얼굴을 세게 강타했다. 그러자 수호의 얼굴에 미소가 번졌다. 창옥의 얼굴에서 퍽 소리가 들렸을 때 원생들은 한결같이 슬펐다. 대조적으로 수호와 사또는 함성을 지를 정도로 기뻤다.

이번에는 창옥이 종희의 얼굴에 주먹을 날렸다. 종희가 얼굴을 맞고 땅바닥에 주저앉았다. 일본사람들은 재밌어 웃었고 원생들은 슬펐다. 이때, 마사오가 병사를 앞세우고 나타났다. 창옥과 종희의 싸움은 이처럼 슬픔으로 끝났다.

일본 청년 마사오의 체격은 몹시 컸다. 마사오는 사또처럼 원생들에게 악마 같은 인물이었다. 원생들을 괴롭힐 때는 항상 사또와 마사오가 조를 이루었다. 이춘상의 다부진 몸이 마사오 앞에서는 초라해 보였다. 둘은 수호의 지시에 따라 대결의 자세를 취했다. 구북리 원생들과 수호 원장, 사또와 병사들이 지켜보는 가운데 일본과 조선의 싸움이 시작된 것이다. 싸움이 본격적으로 시작되기 전에 수호가 춘상을 향해 물었다.

"이춘상, 네놈이 마사오를 이기면 한 가지 소원을 들어주겠다. 네놈 소원이 뭔가?"

춘상이 머뭇거리지 않고 대답했다.

"구북리 인영 씨를 노역에서 빼주십시오."

"사내대장부끼리 약속하지~ 마사오, 네놈 소원은 무엇이냐?"

"인영이란 여자를 안아보고 싶습니다."

"하하하~"

일본인들이 호탕하게 웃었다. 마사오의 대답에 원생들과 춘상의 표정은 일그러졌다. 인영은 부글부글 끓는 수치심에 어쩔지를 몰랐다. 수호가 마사오를 째려보며 이런 상황을 즐기고 있다는 듯 말했다.

"마사오 네놈 취향도 독특하구나. 그래, 조선년을 한번 안아보는 것도 괜찮은 추억이지~"

이윽고 둘의 대결이 시작되었다. 벌을 서던 구북리 원생들은 모두 자리에서 일어나 두 사람의 대결을 구경하고 있었다. 춘상은 이를 앙다물며 반드시 마사오를 꺾어야 한다고 생각했다. 더군다나 이기기만 한다면 인영을 힘든 노역에서 빼줄 수도 있다니 죽기를 각오하고 싸울 명분까지 생겼다. 그런데 인영을 위해 목숨까지 걸겠다는 춘상의 각오 때문인지 마사오와의 정면 대결은 뜻밖에 싱겁게 끝나버렸다.

마사오는 체격은 놀라울 정도로 건장했지만 싸움 실력은 춘상에게 미치지 못했다. 대결을 시작해 처음 얼마 동안 마사오는 춘상을 향해 툭, 툭 펀치를 날렸다. 춘상은 주먹의 세기를 가늠하려고 마사오의 펀치에 일부러 오른쪽 뺨을 내주었다. 그러나 마사오의 주먹은 뜻밖에 그리 세지 않았다. 춘상은 마사오의 발차기 역시 피하지 않고 받아주었다. 발차기는 펀치보다는 강했지만 놀랄 정도는 아니었다. 춘상이 연거푸 펀치와 발차기를 허용하자 부락 대표를 비롯하여 원생들이 한숨을 쉬었다. 춘상의 씩씩한 용기와는 달리 마사오의 주먹과 발차기를 몇 차례 허용하자 인후 역시 실망이 컸다.

하지만 놀라운 장면이 다음에 이어졌다. 춘상은 마사오의 펀치와 발차기를 세 차례 이상은 허용하지 않았다. 마사오의 동작보다 춘상의 동작이 빨랐다. 마사오는 처음과는 달리 펀치와 발차기가 빗나가자 당황하기 시작했다. 춘상은 힘이 실린 마사오의 동작을 피하면서 예리한 시선으로 빈틈을 노렸다. 마사오는 생각보다 빈틈이 많았다. 펀치를 뻗은 뒤에는 어김없이 옆쪽 얼굴에 빈틈을 보였고, 발차기 이후에는 몸의 중심이 크게 앞으로 쏠리는 것을 춘상은 은밀히 알아차렸다.

춘상은 마사오가 크게 원을 그리며 펀치를 날릴 때 잽싸게 옆으로 돌아 텅 비어있는 뺨을 강타했다. 마사오가 춘상의 펀치를 맞고 비틀거렸다. 뺨을 얻어 맞고 흥분한 마사오가 오른쪽 발에 힘을 실어 춘상의 가슴을 공격해 들어올 때 춘상은 살짝 뒤로 빠졌다. 그리고 무게중심이 앞으로 쏠리는 힘을 이용해 슬쩍 옆으로 빠져서 마사오의 엉덩이를 힘껏 걷어찼다.

그러자 마사오의 몸이 급격히 앞으로 쏠리며 바닥에 곤두박질쳤다. 구북리 앞마당에 모인 원생들이 모두 탄성을 질렀다. 수호원장은 잔뜩 화를 내며 마사오의 몸을 구둣발로 짓밟았다. 수호와 사또 일행이 구북리를 떠났다. 원생들의 분통을 이렇게 시원하게 씻어준 사람은 소록도 갱생원에 아무도 없었다. 지금까지 소록도에서는 일본 관리자를 때려눕힌 적이 한 번도 없었기 때문이다. 원생들은 흥분한 나머지 밤새 잠을 이루지 못했다. 춘상은 비록 달밤이었지만 마사오를 때려눕혔을 때 인영이가 좋아서 펄쩍펄쩍 뛰는 장면을 놓치지 않았었다. 동생리 30호사에 돌아와 드러누웠지만 인영의 생각에 춘상은 잠을 이루지 못했다. 박꽃같이 하얀 인영의 얼굴이 밤새 어른거렸다.

7

인영은 작업장에 노역을 나가는 대신에 본관 간호실의 청소 등을 맡았다. 수호 원장이 마사오와의 대결에서 승리한 춘상과의 약속을 지킨 것이다. 본관 간호실에서 청소 같은 허드렛일도 편하지는 않았어도 작업장의 노역에 비길 바가 아니었다. 인영은 춘상이란 동료에게 감사하다는 인사를 하지는 못했어도 내심 고마워하고 있었다.

인영은 춘상을 생각하며 열심히 걸레질을 했다. 걸레질을 하다가 철재 서랍을 잘못 건드려 약품 상자를 바닥에 떨어뜨렸다. 쨍그랑하는 소리와 함께 수간호사 세이코가 황급히 인영에게 달려왔다. 약품 상자가 바닥에 떨어진 것을 보고 세이코는 인영의 뺨을 사정없이 올려붙이며 소리쳤다.

"이년이 정신을 어디다~ 너, 사내놈들한테 인기라며? 손끝에

티끌 하나 묻으면 알아서 해!"

수간호사의 손 맵시가 어찌나 사납던지 인영의 뺨이 순식간에 붉게 달아올랐다. 인영은 소록도에서 원생들에게 인기가 많았다. 경계선 안의 병사지대에 있는 나환자들에게도 인영의 빼어난 미모는 화제에 올랐다. 나환자가 아닌 데도 끌려 들어온 원생들 사이에는 말할 필요가 없을 정도였다.

"아, 알겠습니다."

인영이 벌벌 떨면서 세이코에게 용서를 빌었다. 세이코가 질투심이 잔뜩 담긴 목소리로 비꼬는 말을 하고 있었다.

"너, 일본말도 잘한다지?"

"아, 아니에요."

순임이 고모로부터 옥희와 함께 틈날 때마다 조금씩 배워둔 일본 말이었다.

"일봉이 아저씨보다 잘해?"

최일봉은 일본 말을 거침없이 잘해서 부락 대표를 맡고 일본인들의 하수인 노릇을 하고 있었다. 인영은 대답 대신에 고개를 저었다. 수간호사 세이코가 비아냥거렸다.

"그 잘난 혀로 사내들을 홀렸니?"

인영을 향해 흐응, 비웃어주고 세이코는 사라졌다. 인영은 분하고 떨리는 마음을 추스르며 열심히 간호실을 청소하고 있었다.

간호실과 연결된 치료실도 분주히 닦고 있었다. 세이코가 간호실에서 곧 치료실로 들어왔다.

"너, 당장 원장실 닦아!"

세이코의 목소리에 심술이 다닥다닥 붙어 있는 느낌이었다.

"네, 알겠습니다."

인영은 허리를 굽실거리며 대답했다.

인영이 원장실로 들어가니 수호 원장이 차茶를 마시면서 료코 凉子라는 간호사의 목덜미를 만지고 있었다. 료코가 인기척을 느꼈는지 귀찮다는 듯 수호의 짓궂은 손을 떼어내려다 인영임을 알고 일부러 수호 원장의 품에 찰싹 달라붙고 있었다.

"그래 료코, 내가 너를 비서로 뽑아주었는데 당연히 날 피하면 안 되는 거지~"

"원장님의 각별한 마음이야 잘 간직하고 있지요."

료코는 슬쩍슬쩍 인영이를 곁눈질하며 교태를 부리고 있었다. 그러면서 지난날 수호 원장과 사또가 참여했던 여자 간호부 견습생 선발 면접의 순간을 떠올려보았다. 견습생 20명 가운데 수호 원장의 비서를 뽑기 위해 뒤태도 보고 다리선도 보았다. 책상 위에 올라가게 한 다음 치마를 쓱 걷어 올리면서 선발을 하였다. 료코는 수호 원장의 낙점으로 비서에 뽑혔던 조선인 간호사였다.

"하하~ 료코의 향기에 이 수호가 취하는구나."

인영은 허리를 숙여 인사를 하고 걸레질을 시작했다. 수호는 인영이 허리를 숙여 인사를 하자 반색을 하고 있었다.

"인영 상, 힘든 노역에서 빠진 기분이 어떠한가?"

수호 원장의 비아냥거리는 듯한 말에 인영은 대답을 하지 않고 묵묵히 걸레질을 하고 있었다. 수호가 계속 말을 이었다.

"춘상이 놈하고는 어디까지 간 사이야~ 좋아하는 사이라면서? 그래, 그놈 맛이 어떻던가?"

인영은 수호를 한번 일별하며 속으로 혼자 비웃었다. 인영의 이런 태도를 넌지시 읽었던 것인지 수호가 간호사 료코의 몸을 밀쳐버리고 인영에게 다가왔다. 그리고 인영의 몸에 손을 대기 시작했다. 수호 원장은 거친 손으로 인영의 머리와 목을 만졌다. 인영은 얼굴을 찡그리며 몸을 비틀었다.

"사내놈들이 혹한 걸 보면 너한테 뭔가 있긴 있는 건데 난 그걸 잘 모르겠단 말이야~"

수호의 거친 손이 뿌리치는 인영의 몸을 덥석 끌어안았다. 바로 이때, 수간호사 세이코가 원장실로 들어오다가 놀라 소리쳤다.

"어머나, 원장님! 체신머리 없이 이 무슨 짓이세요? 야, 인영이 너, 당장 여기에서 나가!"

수간호사의 목소리에는 여전히 질투가 섞여 있었다. 수간호사의 호통에 인영은 황급히 원장실에서 빠져나왔다. 여자로서 치욕적인 순간이었다. 그러나 감히 누구에게 하소연할 수가 없었다.

저녁때가 되어 구북리 호사로 돌아와 하염없이 울었을 뿐이었다. 차라리 허리가 휘어지도록 노역을 하는 것이 훨씬 편안할 것이라는 생각이 들었다. 이런 치욕스러움을 당하다니 동생리 춘상이란 사람이 고마우면서도 한편으로는 원망스러웠다. 마음이 복잡한 탓인지 팔등에 생긴 상처의 고통이 더욱 깊어지는 밤이었다. 인영은 밤새 잠을 이루지 못하고 뜬눈으로 밤을 지새웠다.

새벽 동이 트기 전에 소록도 전역에서 요란한 사이렌 소리가 들렸다. 비상사태 발생 시에나 울리는 사이렌 소리, 사이렌이 울리는 날에는 원생들에게 어김없이 채찍이 돌아온다는 사실을 알기에 새벽의 사이렌 소리에 원생들은 잔뜩 긴장했다. 등대 쪽에서 사건이 발생한 모양이었다.

등대에서 병사들은 온종일 보초를 선다. 목숨을 걸어놓고 소록도에서 바다를 건너 탈출하려는 원생들이 많기 때문이다. 등대에서는 시야가 넓어서 바다를 건너서 녹동항까지 헤엄쳐 나가려는 탈출자에 대한 감시가 쉬웠다. 그러나 비록 감시가 없다고 하더라도 헤엄을 쳐서 살아나가는 경우는 매우 드물었다. 소록도에서 녹동 앞바다까지는 바다 물살이 아주 사나웠는데 사나운 파도를 헤치고 바다를 건너는 게 몹시 힘들었다.

등대에서 보초를 서는 병사들은 일정한 간격을 두고 바다를 향해 서치라이트를 비춘다. 서치라이트의 강렬한 불빛은 칙칙한 파도에 몸을 은폐하여 육지로 향하는 탈출자들을 어렵지 않게 식별해 낼 수가 있다. 간밤, 보초를 서던 병사들은 서치라이트를 비춰 파도를 거슬러 헤엄쳐 나가려는 두 명의 탈출자를 발견했다. 보초병들은 탈출자 두 명이 곧 시체가 되어 파도에 떠밀려올 것이라고 믿었다. 그래서 병사들은 경고음을 울리는 대신에 심심풀이 삼아 내기를 했다.

"나는 두 놈 모두 시체로 떠밀려온다에 5전 걸지~"

"난 흔적 없는 상어 밥에 5전 걸지~"

작은 널빤지에 몸을 의지하고 바다를 건너던 두 명의 원생들은 결국 시체의 모습으로 바닷가로 떠밀려왔다. 병사들은 본부에 이러한 사실을 보고했다. 보고를 받은 수호 원장은 머리끝까지 화가 치밀었다. 그래서 보고를 받자마자 비상 사이렌을 울렸던 것이었다.

새벽의 사이렌 소리는 소록도의 모든 마을을 혼비백산으로 만들었다. 원생들은 마을 앞에서 대열을 이루어 일제히 백사장으로 향하고 있었다. 새벽안개가 뿌옇게 해안선을 타고 올라오고 있었다. 부락 대표의 구령에 맞추어 원생들은 걸음을 빨리했다. 원생들이 바닷가 백사장을 향하여 걸어갈 때 마을의 확성기에서 일본의 군가인 '용감한 수병'이 흘러나오고 있었다.

원생들이 행진할 때는 약속처럼 일본의 군가가 흘러나왔다. 율동적이며 경쾌한 일본식 군가는 원생들에게 듣기에는 괜찮아도 기분은 좋지 않았다.

하늘에 웬 천둥인가 파도에 번쩍인 번개인가
연기는 하늘을 집어삼키고 하늘의 햇빛도 빛이 바랬네~

행진곡의 이런 구절이 원생들의 가슴을 먹먹하게 만들었다. 일본 병사들이 조선의 땅과 하늘을 짓밟아대는 모습이 머릿속에 떠올랐기 때문이다. 몸은 비록 일본의 노예가 되었지만 정신까지 일본의 노예가 되기는 싫었던 것이다.

동생리 사는 원생들이 대열을 이루어 바닷가 백사장에 도착했을 때 백사장에는 다른 부락 원생들이 차렷 자세로 도열을 하고 있었다. 각 마을의 나환자들도 경계를 나누어 도열하고 있었는데 나환자들의 수는 적었고, 대부분이 정상인 원생들이었다. 그들은 백사장의 저만치에서 주인을 기다리고 있는 커다란 목봉木棒을 바라보았다. 목봉 체조라는 명목으로 목봉을 어깨에 메고 뛰는 벌은 누구나 참기 힘든 최악의 벌이었다.

원생들은 침통한 표정으로 고개를 숙이고 있었다. 그들은 모두 백사장으로 걸어오는 숲길에서 소나무에 목을 맨 두 명의 시체를 보았었다. 소나무에 나란히 목을 매달아 죽어 있는 두 명의 시체를 보고 춘상을 비롯한 동생리 원생들은 커다란 충격을 받았다. 다른 부락의 원생들 역시 이동하면서 똑같이 보았던 장면이었다.

춘상은 간혹 소나무 숲에 목을 매달아 죽은 나환자들이 있었다는 소문은 들었지만 직접 목격한 것은 처음이었다. 아픈 몸으로 짐승처럼 일하고 숨도 제대로 쉴 수 없는 처지를 비관해 이런 극단적 선택을 한다고 했다. 소나무에 목을 매달아 죽어있는 시체를 보고도 일본사람들은 놀라지 않았다. 일본인들이 취하는 방법은 시체가 매달려 대롱거리는 소나무 옆을 지나갈 때는 쳐다보지 말고 일제히 뛰라는 명령이었다.

소록도의 원생들이 모두 백사장에 모이자 수호 원장이 일장 훈시를 했다. 그런데 백사장에 부락별로 열을 지어 모인 원생들 앞에 가마니에 덮인 시체가 보였다. 이런 상황인지라 아무리 정신이 온전치 못한 미순이라 해도 마음이 편하지 않을 것이었다. 미순은 거적 밑으로 튀어나온 퉁퉁 부은 사내의 발을 보고 눈물을 흘렸다. 수호 원장이 침통한 표정을 풀고 비꼬는 말투로 원생들을 향해 입을 열었다.

"이놈들은 어젯밤 지상낙원을 탈출하려다 떠밀려온 놈들이다! 두 놈 모두 서생리 사는 놈들이다."

수호는 담배 파이프를 깊게 빨아들였다. 탈출을 시도하다 시체로 돌아온 모습에 아주 가소롭다는 표정이었다.

"흥, 네놈들이 언제든 도망가도 좋지만, 보다시피 기다리는 건 초라한 죽음뿐이야! 서생리 부락은 열흘 치 임금을 삭감한다!"

수호의 말에 원생들은 침묵했다. 동료가 탈출하다 시체로 떠밀려왔으니 이제 무서운 벌이 가해지리라고 생각했다. 수호가 턱짓으로 사또 간호 주임에게 뭐라 지시한 모양이었다. 사또가 원생들을 향해 훈계했다.

"들어올 땐 몰라도 우리 허락 없이 나갈 수 없는 곳이 이곳 소록도다! 저 추악한 시체들을 보아라. 언제든 도망가도 좋다만 보다시피 기다리는 건 죽음뿐이란 걸 명심하라!"

사또의 말에 원생들이 웅성거렸다. 백사장 저쪽에서 철썩 파도가 밀려왔다. 리어카를 끌고 두 명의 작업자들이 도착했다. 건장한 원생들이 뛰어나가 시체를 리어카에 실었다. 가마니로 시체를 덮었는데 맨살의 발목이 드러났다. 대열에서 누군가 뛰어나와 수건으로 시체의 발목을 덮었다. 리어카가 두 구의 시체를 싣고 원생들의 대열 앞을 미끄러져 지나간다. 춘상은 리어카를 끌고 가는 인부를 바라보았다. 리어카의 손잡이를 끌고 가는 사람은 다름 아닌 인영이었다. 인영이가 작업장에서 노동을 하는 대신 허드렛일을 하는 것이었다. 춘상은 순간 가슴 한쪽이 찢어지는 느낌이었다. 시체를 실은 리어카가 백사장을 빠져나가자 수호 원장이 다시 훈시를 시작했다.

"나는 갱생원 초대 원장 수호이고 내 동상은 제2대로 새로 부임한 수호인데 감히 동상참배에 빠지는 놈들이 있다. 이 봐 사또, 호명呼名해라!"

춘상은 수호의 말에 머리카락이 빳빳이 일어서는 느낌이었다. 수호 원장의 동상참배에 불만을 갖고 여러 번 빠졌기 때문이다. 사람도 아닌 동상에 참배를 하는 것이 춘상은 몹시 싫었다. 조선인으로서 일본인 원장의 동상을 향해 허리를 숙여 참배를 한다는 것은 자존심이 허락하지 않았다. 춘상은 갱생원에 입소하면서 행해졌던 신사참배 때부터 일제에 대한 반항심으로 가슴이 찢어지는 느낌이었다.

춘상은 신사참배 거부자 명단에 올라 대열에서 앞으로 불려졌다. 수호는 동상참배 불참자 뿐만 아니라 숯 굽기 불량자, 송진 따기 불량자, 토끼 가죽 벗기기 미달자 등을 모두 호출했다. 호출된 원생들은 오십여 명이 넘었다. 남생리의 이동 역시 숯 굽기 불량자로 호명 당했다. 정신이 온전치 못한 미순이는 송진 따기 불량자로 호명되었고, 또덕이와 단짝인 막순이란 나환자는 토끼 가죽 벗기기 미달자로 호명 당했다.

춘상은 호명 당한 오십여 명의 원생들과 열을 지어 저쪽 모래밭으로 이동했다. 부락별로 대열을 이룬 원생들은 있는 자리에서 얼차려를 실시했다. 춘상이처럼 불량한 사람으로 불려나온 원생들은 나환자와 정상인의 구분을 짓지 않았다. 수호와 사또는 이들을 함께 섞어 5명씩 조를 만들었다. 5명당 하나의 목봉이 주어졌다. 150 킬로의 목봉을 다섯이서 어깨에 메고 목봉 체조를 한다. 키가 비슷한 순으로 조를 나누더니 곧장 호루라기를 불었다. 비슷한 체격끼리 조를 이룬 원생들은 일치단결을 외치며 목봉 체조를 시작했다. 목봉을 오른쪽 어깨에서 왼쪽 어깨로 교환하기를 20번 정도 했을 때 목봉의 무게를 견디지 못하고 쓰러지는 대열이 나타나기 시작했다. 수호와 사또는 마치 놀이를 즐기기라도 하듯 득달같이 달려와서 채찍을 휘둘렀다. 채찍을 휘두르다 성에 차지 않은지 몽둥이로 내리쳤다. 춘상은 사또가 휘두른 몽둥이로 어깨를 언어맞았다. 눈물이 쏟아졌고, 입술이 말랐다. 몽둥이는 두렵지 않았는데 춘상은 자신의 처지가 한심해 오기로 이를 깨물었다. 몽둥이가 엉덩이에 꽂힐 때 원생들은 신음을 흘리며 픽픽 쓰러졌다. 춘상은 이를 깨물면서 원생들을 독려했다. 일제에 대한 저항심이 목도 훈련을 하면서 자신도 모르게 성장하는 것을 원생들은 느끼고 있을 것이었다.

또덕의 단짝 막순이는 키가 작은 탓에 목봉 체조를 하면 몹시 유리했다. 막순이는 그래서 목봉 체조로 벌서기를 하면 마음이 놓였다. 목봉을 어깨에 메는 일은 작업장에서 돌멩이를 머리에 이는 일보다 훨씬 힘들었다. 목봉 체조를 처음 받던 날, 막순이는 꿈속에서 목봉 체조를 하며 구령을 붙였을 정도였다. 또덕은 그런 막순이가 안스러워 목봉 체조로 벌을 선 날은 소록도에서 닭을 삶아 막순이를 불러 먹이곤 했다.

수호나 사또가 막순이를 예리하게 살폈다. 수호나 사또는 막순이가 작은 키를 이용해 목봉 체조에서 날로 먹는다는 사실을 진작에 파악했다. 목봉 체조 기회가 오면 막순이를 골탕 먹이려고 벼르던 터에 마침 제대로 걸렸다는 생각에 입가에 미소를 지었다. 수호 원장이 사또에게 지시했다.

"사또야, 막순이 저년은 이번에도 날로 먹고 있으니 따로 불러내서 땀이 나도록 굴려라!"

"하이, 원장 각하!"

사또가 막순이를 불러내 따로 벌을 주기 시작했다. 막순이는 양쪽 귓불을 잡고 토끼 뜀을 하면서 백사장을 돌았다. 막순이가 작은 몸으로 사뿐사뿐 백사장을 도는데 사또가 바짝 붙어 동작이 느리다고 몽둥이를 휘둘렀다. 막순이는 백사장을 두 바퀴도 채 돌지 못해 기력을 잃고 쓰러졌다. 춘상은 땀을 뻘뻘 흘리며 목봉 체조를 하면서 막순이를 흘깃흘깃 쳐다보았다. 막순이가 몽둥이를 맞고 쓰러질 때 춘상은 저도 모르게 고함을 질렀다. 춘상의 고함에 수호 원장의 채찍이 날카롭게 달려들었다.

춘상은 조선의 청년과 어른, 아녀자들이 나병을 핑계로 붙들려와서 치료는커녕 노예처럼 노동을 강요당하고 있다는 사실에 피가 거꾸로 치솟는 느낌이었다. 탈출을 시도하다 시체로 돌아온 두 명의 원생들은 이제 해부를 당할 것이다. 바닷물에 빠져 한번 죽고, 해부를 당하면서 두 번 죽고, 화장을 당하면서 세 번 죽는다. 이처럼 소록도에서는 세 번 죽는다는 황당한 얘기까지 원생들 사이에 슬프게 떠돌아다녔다.

한편, 해부실에서는 막 들어온 시체를 깨끗이 닦고 해부 준비를 마치고 수호 원장이 들어오기를 기다리고 있었다. 수간호사인 세이코는 연신 시계를 쳐다보며 수호 원장이 도착하기를 기다렸다. 해부실 입구에서 간호사가 화닥닥 걸어오더니 말했다.

"원장각하께서 갱의실에서 환복換服을 하고 계십니다."

해부실로 들어오기 전에 의료진은 환복부터 했다. 나환자가 죽어 해부실에 들어오면 전염이 될까 염려되어 철저히 무장을 한다. 해부에 참여하는 의료진은 모두 마스크를 착용하고 위생장갑을 낀다. 무릎까지 올라오는 고무장화를 신고 모자까지 덮어쓰고서야 안심이 되는 듯 시체에 접근한다. 나병은 쉽게 전염되는 질병이 아니다. 하지만 당시에는 전염이 흔한 병으로 인식되어 경계가 엄했다. 수호 원장은 나환자를 두려워하지 않았다. 수호는 어쩌면 나병이 유전병이 아닐지도 모른다고 생각했다. 원생들을 나환자와 정상인 집단으로 경계구역을 설치하기는 했지만 형식적이었다. 수호는 나병이란 질병으로 조선인을 통제하는 기제로 삼기에 매우 효과적이라고 믿었다. 수호의 이런 깊은 뜻을 헤아리는 사람은 그가 가장 신뢰한다는 사또 주임밖에 없었다. 수호 원장이 환복을 하고 해부실에 모습을 드러냈을 때에는 깨끗이 닦인 두 구의 시체가 해부대에 눕혀져 있었다.

"수간호사, 시작하라!"

"예, 원장 각하!"

원장의 명령에 의료진과 간호사들이 분주히 움직이기 시작했다. 세이코가 흰 천을 걷어내자 깨끗하게 씻긴 두 구의 시체가 나타났다. 첫 번째 사내의 배를 의사 타다가 메쓰로 가른다. 쉬익~ 메쓰가 피부를 가르는 차갑고 날카로운 소리가 들린다. 배가 갈라지자 간호사들의 손이 분주히 움직인다.

"원장님, 붉은 반점이 보입니다."

"피부 결절이 심한 환자입니다."

간호사들은 시체로부터 수집한 정보를 앞다투어 수호 원장에게 보고한다. 수호는 안경을 끌어당기며 찬찬히 살폈다.

"붉은 반점에 피부 결절이라~"

의무기록지에 간호사가 열심히 기록한다. 이런 기록들을 취합하여 수호는 일본 본토로 나병에 관한 연구 보고서를 제출할 계획이다. 나병의 연구에 있어서 세계적으로 권위자가 되기를 일본은 바라고 있기 때문이다. 의사 타다는 좀 더 전문적으로 내부 장기를 관찰하고 있다. 의무과 해부의사 구리하라[栗原]가 수호 원장이 들으라고 말했다.

"외형상의 특이점은 없습니다."

구리하라[栗原]의 말을 받아 수호가 응대한다.

"그렇군. 십이지장은 어떠한가?"

"깨끗합니다, 원장 각하!"

수호와 타다, 구리하라 모두 약간 실망스런 표정이었다.

"변종이 됐으면 좋은 표본이 될 텐데~"

수호는 십이지장이 깨끗하다는 말에 아쉬움이 컸다.

"저놈 배를 갈라 볼까요?"

구리하라의 목소리는 호기심으로 가득찼다.

"쯧 쯧, 뭔가 나와 줘야 할 텐데~ 그럼, 저놈 배를 열어라!"

"예, 원장 각하!"

그들은 해부실에서 핏물을 튀겨가며 능숙한 솜씨로 해부를 마쳤다. 그들은 정상인 원생이 죽으면 이처럼 해부를 하지 않았다. 특별히 나환자의 해부에 집중한 것은 나병을 연구하려는 수호의 욕심 때문이었다. 해부 의사의 능숙한 동작은 나환자로 붙잡혀 들어와서 이렇게 죽어 나간 사람들이 많다는 것을 암시하고 있었다.

탈출자들의 해부가 끝나자 수호 원장과 의료진은 곧장 해부실을 빠져나갔다. 세이코를 비롯한 간호사들이 계속해서 분주히 움직이기 시작했다. 배가 갈라진 두 구의 시체를 처리해야 하기 때문이었다. 그들은 꺼낸 장기를 사체에다 대충 집어넣고 장기가 흘러나오지 않도록 주섬주섬 몇 바늘 꿰맸다.

"료코, 어서 인부들을 불러라."

수간호사가 말했다. 료코는 즉시 해부실과 연결된 뒷문에다 대고 소리쳤다.

"야, 시체 가져가!"

인영과 명자는 후문에서 리어카를 손질하고 있다가 외치는 소리에 몸을 부르르 떨었다. 죽은 동료의 시체를 해부하고 곧장 화장터로 향한다는 사실을 알고 있었지만 인영은 자신이 직접 이런 일에 가담하게 되니 몸서리를 쳤다. 대충 봉합한 탓인지 비릿한 냄새가 시체에서 올라왔다. 간호사로부터 넘겨받은 두 구의 시체를 인영과 명자가 힘을 합쳐 차례대로 리어카에 실었다. 인영은 이런 경험이 처음인 탓에 목에서 갑자기 구역질이 올라왔다.

"이년이 어디서 구역질이야!"

세이코의 손바닥이 인영의 뺨에 찰싹 얹혔다. 인영은 활활 불이 붙는 듯이 아려오는 뺨을 어루만질 새도 없이 허리를 숙였다.

"죄, 죄송합니다."

세이코가 잡아먹을 듯 날카롭게 쏘아보았다.

"당장 화장터로 운반해라!"

"아, 알겠습니다!"

인영과 명자가 동시에 대답했다. 인영은 거적에 덮인 시체를 리어카에 싣고 화장터로 향하고 있었다. 숲길을 돌아가는 데 몸의 힘이 빠졌다. 시체를 운반하는 인영의 표정은 넋이 달아난 듯이 보였다. 사내들의 발목이 거적 아래로 초라하게 드러났다. 시체의 발등에서 시뻘건 핏물이 흘러내렸다.

"저놈들은 인간도 아냐!"

명자가 눈물을 흘리면서 소리쳤다.

"명자야, 함부로 말하지 마~ 그러다 너도 죽어~"

구북리 옆을 지나면서 미순이를 만났다. 미순의 배는 볼록했다. 미순이는 제정신이 돌아왔는지 리어카에 실린 동료의 시체를 보고 눈물을 흘렸다.

"언니, 이 아저씨들 집에 가는 거야?"

미순이는 거적 밑으로 튀어나온 사내들의 발목을 내려다보았다.

"그래, 이 아저씨들 집에 간단다~"

인영이가 착잡한 목소리로 대답했다.

"미순아, 너 사또하고 붙었지? 너 뱃속에 있는 애기 사또 애새끼 맞지?"

명자가 미순이를 향해 장난스럽게 물었다.

"몰라 몰라~ 언니 아저씨들은 집에 가니 좋겠다. 하하하~"

"명자야~ 정신 나간 애 놀려먹는 게 그렇게 좋아? 애도 불쌍한 애잖아~"

"우리 신세 다 개통같은 신세지 뭐~ 미순아, 우리 사또 새끼 죽여 버릴까?"

"명자야, 제발 그만 하라니까~"

인영은 명자를 나무라며 빨리 걸었다. 그때, 마사오가 운전하는 짚 차가 사또를 옆에 태우고 부르릉 곁을 지나갔다. 인영은 리어카를 한쪽으로 세우고 짚 차가 지나가는 것을 바라보았다. 짚 차가 저만치 멀어져 갔을 때 리어카를 움직이기 시작했다.

"미순아, 사또가 네 몸 마구 만졌지?"

명자의 물음에 미순이가 자신의 가슴을 가리키며 말했다.

"응, 여기도 만지고 여기도 만지고~ 입술을 쭉쭉 빨고~"

명자는 벌어진 입을 다물지 못했다.

"어머, 사또 새끼 엉큼해~ 미순아, 또 뭐 했어?"

명자의 말이 계속되자 인영이 다시 말렸다.

"명자야, 그만 하라니까. 애 실성한 애야~"

"알았어 언니~ 속상해서 그런 거야. 미순아, 너 어서 마을로 돌아가. 어서~"

명자의 말이 끝나기도 전에 미순은 껑충껑충 뛰어 달아났다. 인영과 명자는 리어카를 멈추고서 미순의 뒷모습을 하염없이 바라보았다. 흐리던 하늘에서 비가 부슬부슬 내리기 시작했다.

인영이 끌고 가던 리어카가 화장장에 도착하자 화장장의 인부들이 밖으로 나왔다. 화장장 앞의 바다에는 갈매기들이 낮게 떠서 끼룩끼룩 울고 있었다. 소록도 나환자들의 죽음을 슬퍼해 주기라도 하듯 갈매기들은 화장장 앞의 해수면을 떠나지 않았다.

"서생리 서른두 살, 이종덕 시체 들어가요~"

"서생리 스물아홉 살, 한용채 시체 들어가요~"

인부가 시체의 이름을 큰 소리로 읊었다. 마지막 이승에서 불려지는 이름이었다. 인부의 손에 의해 시체가 불구멍으로 던져질 때 갈매기들의 울음소리가 더욱 요란했다. 불은 시체를 태우려고 혓바닥을 뜨겁게 달궜다. 불은 시체의 기름을 머금어 악마처럼 거침없이 타올랐다.

인영은 화장터 앞의 백사장에 앉아 화장터 뒤쪽에서 내뿜는 검은 연기를 오래도록 바라보았다. 저들은 얼마나 고향으로 돌아가고 싶었으면 목숨을 걸고 저 험악한 바다를 건너려고 하였을까. 죽어서 이렇게 시체가 되어 활활 타오르는 장작불에 자신의 몸이 태워질지도 모른다는 사실을 모르지 않았을 텐데~ 고향에 계신 어머니 생각이 났고, 돌아가신 아버지 생각이 뼈에 사무쳤다. 인영은 명자를 앞장세우고 비를 맞으면서 마을을 향해 천천히 걷기 시작했다.

$\mathcal{S}$

구북리에 사는 또덕은 소록도에서 알아주는 바보였다. 원생들은 또덕을 슬픈 웃음의 왕자라고 놀려 먹었다. 수호 원장이 부임한 이후 노동의 강도가 매우 심해지자 원생들의 불만 역시 자꾸 쌓였다. 나환자나 원생들의 얼굴에서 웃음기를 찾아보기 어려울 정도였다. 그런데 또덕은 누가 봐도 바보 같은 행동으로 노역에 지친 동료들을 위로했다. 수호 원장뿐만 아니라 사또 등의 일본 측 관계자들도 또덕의 행동을 보고 거침없이 웃었다.

또덕은 구부정한 허리에 걷는 모습이 멀리에서도 눈에 띄었다. 소록도 원생들은 누구나 또덕을 친구처럼 대했다. 원생들은 노동에 기력이 빠져도 또덕의 얼굴을 보면 힘이 솟고 맘껏 웃음을 지을 수가 있었다. 수호 원장 흉내를 기가 막히게 냈다. 수호 자신도 또덕이를 만나면 자신의 흉내를 내보라고 부탁할 정도였다.

또덕은 눈을 지그시 감고 수호의 목소리를 만들어냈다.

또덕은 허리가 구부정했다. 키도 크지 않았고, 힘도 세지 않았다. 부락의 잔치가 있는 날은 찾아가서 음식을 얻어먹었다. 음식을 얻어먹고 막걸리를 한잔 걸치면 수호 원장 흉내를 냈다. 노래도 바보처럼 불렀고, 말도 바보처럼 어눌하게 했다. 누가 봐도 또덕은 바보임에 틀림이 없었다. 과식過食을 하는 바람에 뒤뚱뒤뚱 걸었다. 연극무대의 배우도 또덕이 흉내를 내기 어려울 정도로 독특했다. 그런 또덕이를 소록도의 원생들은 어린이나 어른이나 할 것 없이 좋아했다.

또덕은 손을 제대로 쓰지 못했다. 다리도 걸을 때는 절뚝거렸다. 그는 말도 어눌해서 심부름을 시킬 때는 쪽지에 글씨를 썼다. 또덕이한테 원생 하나가 두통약을 받아오라고 쪽지에 써서 보냈는데 간호사가 약을 주지 않아 간호실에서 밤새도록 떼를 썼다. 그리고 또덕은 끝내 약을 타서 마을로 돌아왔다. 이 사건은 소록도의 전설처럼 전해오고 있었다. 또덕은 소록도의 환자들을 위해 잡다한 일들을 도맡아 해주었다.

또덕이한테는 특별히 노동을 시키지 않았다. 어슬렁거리는 데도 아무도 트집을 잡지 않았다. 또덕의 존재는 소록도에서 누구에게나 눈요깃거리로 만족했다. 그런데 또덕이를 절대 바보가 아니라고 단정하는 사람이 소록도에 둘이 있었다. 첫째, 인영은 사또에게 성폭행을 당하던 날의 모습에서 또덕이 절대 바보가 아니라고 단정하고 있었다. 둘째, 춘상은 형무소 앞마당에서 편지를 전해주면서 마주친 또덕의 눈빛을 보고 또덕이 결코 바보가 아닐 것이라는 확신을 가지고 있었다.

그러던 어느날, 남생리 숲속에서 싸움 잘하고 건장한 마사오란 청년 직원이 시체로 발견되었다. 시체가 발견된 것은 일요일 새벽이었다. 소록도가 발칵 뒤집혔다. 수호를 비롯한 간부 및 직원들은 당장 비상사태에 돌입했다. 나환자 치료를 전담하는 의사 타다와 의무과 해부 전문의 구리하라栗原는 마사오의 시체를 샅샅이 살폈다. 원생들이 근처에 얼씬하지 못하도록 일본 병사들은 일찍부터 감시를 게을리하지 않았다.

"팔뚝에 상처가 보이는데 사인死因이 무엇인가?"

수호 원장이 타다와 구리하라를 향해 물었다. 수호 원장의 표정은 몹시 침통했고, 사또도 수호의 곁에서 심각한 표정을 짓고 있었다.

"팔뚝의 상처는 이빨에 물린 자국입니다. 제가 보기에는 두부 손상頭部損傷이 직접적인 사인 같습니다."

구리하라가 단호한 목소리로 대답했다.

"이빨에 물린 자국이 있단 말이지?"

"하이!"

"사인이 두부손상 같다고?"

건장한 체격의 청년이 두부손상이라는 말에 수호는 머리를 갸웃거렸다. 이빨에 물린 상처라는 말에 수호의 얼굴이 붉어졌다.

"두부함몰頭部陷沒로 봐서 몽둥이에 의한 가격이 분명합니다."

타다가 마사오의 시체를 뒤적이며 덧붙였다. 타다의 덧붙이는 말에 수호 원장은 혀를 찼다. 시체를 옮기고 원장실에서 대책회의를 열었다. 그들은 건장한 마사오를 죽일 수 있는 자가 소록도에 누가 있겠는지 먼저 용의자들을 지목했다. 가장 먼저 용의선상에 오른 사람은 당연히 대결에서 마사오를 때려눕힌 적이 있는 동생리의 춘상이였다. 춘상은 비록 나환자에 속했지만 아주 경증이었기 때문에 정상인들과 같이 지냈다. 그들은 춘상이라면 충분히 마사오를 죽일 수 있다고 생각했다. 그들은 춘상을 데려다가 심문했다. 사망 전후 시시각각의 행적을 조사했다. 그러나 춘상의 행적을 샅샅이 살펴본 결과 마사오를 살해한 범인이 아니었다. 며칠간 머리를 맞대고 의견을 교환했다.

그들은 비교적 힘깨나 쓴다는 최일봉, 김창옥, 권종희 등을 불러다 심문했다. 심문 결과는 춘상이와 크게 다르지 않았다. 그들은 종잡을 수 없는 범인의 행방에 한숨만 내쉬었다. 이러다가 안개 속처럼 미제사건未濟事件으로 남는 것은 아닌지 안절부절못했다. 그러다가 판임관 관사에 근무하는 일본인 직원으로부터 단서가 될만한 새로운 정보를 얻게 되었다. 마사오가 남생리에 극 공연 연습하러 가는 구북리의 옥희를 따라갔다는 사실이었다.

수호는 사또를 시켜 옥희를 잡아들이도록 지시했다. 사또는 일본 병사들을 앞장세우고 해안가 작업장으로 향했다. 원생들은 마사오 살인사건 이후 침묵으로 일관했다. 묵묵히 작업에 몰입할 뿐 동료들과 잡담도 나누지 않았다. 소록도가 일촉즉발임을 알기에 누구도 불행한 일에 엮이고 싶지 않은 탓이었다. 인영이도 다른 원생들과 마찬가지 마음이었다. 인영은 더욱 조바심을 품고 허드렛일에 열중했다. 사또의 성폭행이 있던 날, 또덕의 공격에 쓰러진 사또를 보았기에 허리를 숙인 채 간호실의 잡일을 하느라고 열심이었다.

옥희는 인영이 허드렛일에 종사한 이후 다른 동료와 조를 이루었다. 인영이와 같이 노역에 임할 때는 힘이 들어도 힘든 줄 몰랐다. 옥희 역시 마음을 졸이며 노역에 열중했다. 마사오의 죽음 이후 옥희는 피가 말랐다. 남생리를 향해 극 공연 연습을 하러 가는데 누군가 자신의 뒤를 밟았다. 옥희는 바람처럼 앞만 보고 걷다가 두려움에 뒤를 돌아보았다. 어두운 나머지 옥희를 따라온 사람이 누구인지 분간이 가지 않았다. 체격은 마사오처럼 컸는데 갑자기 손목을 낚아채 산속으로 들어갔다. 옥희는 순간적으로 소리를 질렀다. 사내의 투박한 손이 옥희의 입술을 덮었다. 옥희는 속수무책으로 사내에게 끌려갔다. 솔숲에서 뺨을 때리고 넘어뜨린 다음 치마를 벗겼다. 옥희는 두려움에 입이 열리는 순간 소리쳤다.

"사람 살려!"

옥희는 몇 번 소리쳤다. 사내의 손이 다급했고, 옥희는 사내의 팔을 깨물었다. 사내는 팔을 물리자 반사적으로 고함쳤다.

"아악! 아니 요년이~"

사내의 손이 옥희의 얼굴을 강타했다. 옥희는 순간적으로 잠시 정신을 잃었다. 말려 올라간 치마 끝단을 본능적으로 끌어내렸다. 사내로부터 몸을 보호해야 한다는 강한 신념이 그녀의 뇌리에 박혀 있었다. 바로 그 순간, 둔탁한 소리가 들렸는데 소리와 동시에 옥희를 안으려던 사내가 바닥으로 쓰러졌다. 둔탁한 소리는 몇 번 반복되었다. 옥희를 범하려던 사내를 쓰러뜨린 또 다른 사내가 뛰기 시작했다. 옥희는 또 다른 사내를 정확히 바라보지 못했다. 옥희 역시 두려움에 떨면서 마을을 향해 뛰었다. 순식간에 일어난 일이라 옥희는 정신이 나간 듯 경황이 없었다. 호사에 도착했을 때 순임이 극 공연 연습 간다더니 벌써 끝나고 온 거냐고 물었다.

옥희는 자신을 따라와 숲속으로 끌고간 자가 누군지 모른다. 앞만 보고 걸었고 한번 뒤를 돌아다 봤을 때는 너무 어두운 나머지 누구인지 확인할 방법이 없었다. 일본 말을 쓰는 것으로 보아 일본인임은 직감했다. 옥희는 또한 자신을 욕보이려던 사내를 공격한 사람이 누구인지 몰랐다. 순식간에 일어난 일이었고, 그 사내는 일본 사내가 쓰러진 순간 곧장 사라져버렸다. 옥희는 자신을 도와준 사람이 누구인지 감을 잡을 수 없었다. 위험한 순간을 모면했다는 사실에 안도감에 빠졌을 뿐이었다.

옥희는 수호 앞에 끌려와서 달달 떨었다. 수호 원장을 비롯 사또 간호 주임과 해부 의사, 일본 직원들 앞에서 무릎이 꿇려졌다. 부락대표 최일봉이 옥희 곁에 앉아 있었는데 통역을 하려는 모양이었다. 옥희는 수호의 얼굴을 감히 쳐다보지 못했다. 수호뿐만 아니라 일본 직원들의 얼굴도 피했다. 옥희는 자신이 무엇 때문에 이곳에 불려왔는지 알고 있었다. 남생리로 향하는 솔숲에서 사람이 죽었다는 소문이 돌 때 간밤의 일과 관련된 일임을 직감했다. 옥희는 소문을 듣고 자신을 범하려고 했던 사내가 일본인 마사오란 사실을 알았다.

"남생리에는 뭣하러 갔느냐?"

수호의 말을 받아 최일봉이 물었다. 옥희는 처음에 얼른 대답하지 못했다. 사또 옆에 앉은 해부 의사의 말이 가팔랐는데 최일봉은 부드럽게 통역했다.

"마사오가 너를 어디서부터 따라왔느냐?"

"남생리에는 악극 연습하러 가던 길이었고, 누가 뒤에서 따라오는 것은 한참 후에 알았지만 마사오상인줄 몰랐어요."

옥희는 차분히 마음을 가라앉힌 다음 사실대로 대답했다. 최일봉이 옥희의 말을 따로 정리해서 일본 측에 통역하는 모양이었다. 옥희는 이곳에서 채찍을 맞고 싶지 않았다. 살점을 파고드는 채찍은 생각만 해도 아찔했다. 수호의 말은 거칠고 사또의 말은 날카로웠다. 해부의사의 감정을 읽을 수는 없었지만 구리하라는 자신의 예상과 다르다는 듯 고개를 여러 번 갸웃거렸다.

"몇 사람이 옥희 너를 뒤에서 따라왔는가?"

"나는 한 사람밖에 보지 못했습니다."

옥희는 차분한 마음을 유지했다. 절대 흥분하지 않으려고 다짐했다. 수호와 사또의 허리에 붙어 있는 채찍의 반대쪽을 바라보며 대답했다.

"너를 따라온 사람이 마사오라는 것을 정말 몰랐는가?"

"전혀 몰랐어요."

옥희는 최일봉을 바라보았다. 최일봉의 표정이 수호 원장과 사또 주임 등의 일본 측 감정 상태라고 생각했다.

"마사오를 만난 적이 있는가?"

"없습니다. 춘상 오빠와 구북리 앞마당에서 대결할 때 처음 보았어요."

옥희는 사실대로 대답했다. 옥희의 대답에 수호 역시 고개를 갸웃거렸다. 수호의 이런 행동이 옥희에게는 마사오의 사망에 대해 믿어지지 않는다는 뜻으로 읽혔다.

"너를 따라온 사람이 해안도로에서 너한테 어떻게 했느냐?"

옥희는 얼른 대답하지 못했다. 가슴에서 마음을 쉽게 열어 보이지 않도록 망설이게 만들었다. 그때를 생각하니 파랗게 소름이 돋았다. 최일봉이 어서 사실대로 말하라고 거듭 다그치자 옥희는 입을 열었다.

"솔숲으로 마구 끌고 갔어요."

"그놈이 바로 마사오야. 그래서 어떻게 했느냐?"

옥희는 그때의 장면을 생각하자 이마에 식은땀이 흘렀다. 옥희는 한참 동안 마음을 진정시켰다. 문득 일본 남자만 보면 속이 울렁거린다는 인영 언니의 말이 떠올랐다. 옥희가 말을 하지 않자 수호와 사또가 동시에 다그쳤다.

"사실대로 말을 해라."

"어서 말을 하라니까!"

"옷을 벗기려고 했어요."

옥희는 떨어지지 않은 입술을 놀렸다. 과거로 기억을 되돌리니 입술이 바싹 타들었다. 수호는 계속 꼬리를 물고 당시의 상황을 떠올리게 했다. 옥희는 저도 모르게 몸을 파르르 떨었다.

"옳지~ 그 말인즉 옷을 벗기진 못했다는 말이로군."

"예."

옥희의 대답에 수호 일행이 호탕하게 웃었다. 찔러보지도 못하고 뒈진 못난 마사오, 라는 말을 수호가 혼잣말처럼 하였으나 옥희는 무슨 말인지 이해하지 못했다. 최일봉은 통역을 하는 내내 부지런 떨지 않았다. 일본 측 말을 듣고 듣기 좋은 말로 통역했고, 옥희의 말을 듣고는 상황을 파악해서 통역했다. 최일봉 부락 대표이자 통역은 일본사람들 앞에서 허리를 크게 숙이며 굽신거렸다.

"너는 왜 옷을 벗기지 못했다고 생각하느냐?"

"게으름 피우지 말고 어서 말을 하라니까!"

수호 원장이 성질을 부렸다. 최일봉이 옥희를 향해 턱을 까불고 눈을 찡긋했다. 옥희가 입을 열었다.

"누가 나를 욕보이려는 사람을 공격했어요."

"그놈이 누구인지 짚이는 자가 있느냐?"

수호 원장이 의자에서 용수철처럼 일어나더니 옥희 곁으로 걸어왔다. 수호는 매우 무료한 표정으로 옥희의 턱을 쳐들어 이리저리 살피는 중이었다. 수호의 물음에 최일봉의 통역이 숨을 고르는 듯했다. 누구인지 짚이는 자를 물었다고 가닥을 잡았을 때 옥희의 한숨이 흘러나왔다. 옥희의 이마에서 식은땀이 흘렀다. 옥희

는 대답 대신에 고개를 크게 저었다. 옥희의 입에서 누구의 이름
이 새어 나온다면 수호는 당장 그를 범인으로 지목할 것이었다.

"에이 이런~ 이년을 감금실에서 실컷 조져라."

"하이!"

옥희는 병사들에 이끌려 감금실에 갇혔다. 하루 내내 고문 담
당이 옥희를 고문했다. 옥희의 몸은 성한 데가 없었다. 몽둥이에
맞고 달군 인두로 팔을 태웠다. 옥희의 입에서 범인으로 지목되
는 이름이 튀어나오지 않자 머리를 물속에 집어넣었다. 물을 몇
번 먹고 옥희는 의식을 잃었다. 그런데도 옥희는 끝내 입을 열지
않았다. 의심이 되는 어떤 사람도 떠오르지 않았다. 몇 번 더 고
문이 가해졌고, 이튿날 아침에 옥희의 생식기를 열어 단종수술
을 하였다. 단종수술을 하고서야 초주검이 되어 호사로 돌아왔
다. 사람들은 옥희의 사려 깊음을 입에 올렸다. 옥희가 아무나 이
름을 댔다면 소록도에 한바탕 소동이 일었으리라. 옥희는 자신을
희생하여 동료들을 구한 것이었다.

소록도의 분위기는 암울했다. 마사오의 장례를 치르고 일본사
람들은 몹시 예민해졌다. 범인을 지목하지 못한 상태에서 소록도
관리부는 원생들의 모두를 용의자에 올려놓았다. 그러면서도 용
의자로부터 제외된 인물이 있었다.

"누누이 얘기하지만 이제 조선 것들은 애들도 다시 봐야 한다."

수호 원장이 어금니를 깨물면서 곱씹는 말을 했다. 사또를 비롯한 일행이 차려자세로 경청했다. 수호를 비롯하여 사또와 다른 직원들은 마음속에 품은 생각들을 정리했다. 그들이 마음속에 하나씩 품은 욕망이 불행이 될 수도 있음을 깨달았다. 이런 깨달음이 가장 깊은 사람은 사또 간호 주임이었다. 인영이를 능멸하려다 일격을 당한 경험이 있기에 사또의 머릿속은 다른 사람에 비해 더욱 복잡했다. 사또는 원장의 허락을 받아 다른 동료들을 모두 회의실에서 내보냈다.

"원장 각하, 동생리 인후라는 청년이 의심이 갑니다."

동료들을 내보내고 사또 주임이 낮은 목소리로 말했다.

"이제와서 그 청년이 의심이 간다니 무슨 말이냐?"

수호 원장의 손에는 담배 파이프가 쥐어져 있었고, 파이프 끝에서 담배연기가 푸슬푸슬 피어올랐다.

"구북리 김인영의 오빠입니다."

"나도 그 정도 정보는 알고 있다. 그런데 단순히 오빠라서 의심이 간다, 뭐 이런 말이냐?"

수호는 사또의 눈을 건성으로 쳐다보았다.

"원장 각하, 실은 인영이와 얘기 좀 하려고 구북리 해안가를 함께 걷다가 저도 누군가한테 일격을 당했습니다."

"이놈아 그런 얘기를 왜 이제야 하는 거냐? 너, 인영이란 계집

애를 넘보고 있냐? 해안가를 걷는데 누가 일격을 가하냐? 몹쓸 짓 하려고 했던 거 아니냐?"

"아, 아닙니다."

사또의 뺨이 붉어졌다.

"뭐가 아니야 이놈아. 네놈 뺨이 달아오른 걸 보니 인영이란 계집한테 빠졌구나? 얼굴이 좀만 반반하면 사또 네놈이 군침을 흘린다는 소문이 소록도에 쫙 퍼져 있더라. 조선 년들 좋아했다간 하나이 원장처럼 객사客死한다."

"그럴 리 없습니다."

"너 조선 처녀들 따먹고 싶어 그런 거지? 인영이란 계집은 아직 처녀냐? 걔 평양에서 내려온 애 맞지?"

"맞습니다."

"한물 커서 들어온 애를 평양 총독부 놈들이 가만 내버려 뒀을 리가 없다. 인영이란 계집은 얼굴까지 반반하잖아?"

사또는 수호 원장의 말에 대꾸하지 못하고 머리를 숙였다. 계집의 미모에 반해 사또는 침대에 누우면 인영이 떠올랐다. 아껴주고 싶은 마음을 표현하는 방법을 몰라 채찍으로 인영의 관심을 끌었다. 하지만 그런 방식이 결코 좋은 방식이 아니라는 것을 알았다. 채찍을 가할수록 자신의 살점이 아프다는 것을 사또는 깨달았다. 조선 사내들 틈에서 인영이 지내는 것이 또한 사또는 몹시 불편했다. 인영에게 자신이 첫 남자가 되고 싶어 무모하게 덤볐다가 오히려 화를 키운 셈이 되었다.

수호는 인영과 옥희를 동시에 불렀다. 의사 타다에게 귓속말을 했다. 타다는 웃으면서 고개를 끄덕였다. 인영과 옥희는 동시에 불려와서 나란히 의무과 수술대에 눕혀졌다. 둘은 전혀 저항하지 못했다. 간호사들이 곁에서 엄포를 놓았다. 인영은 혹시 불알을 까는 것은 아닌지 불안했다. 불알을 까려면 감금실 단종대에 눕혀져야 하는데 의무과 수술대에 눕혀지다니 뭔가 이상한 느낌이 들었다. 옥희 역시 이상한 생각이 들었다. 옥희는 이미 감금실 단종대에서 단종斷種을 당해 생식능력을 상실한 이력이 있었다. 그래서 수술대에 눕혀진 순간이 너무 무서웠다.

수술대에서 둘은 흰 천으로 눈이 가려졌다. 저항도 하지 못하고 둘은 눈이 가려진 채 수술대에서 떨고 있었다. 타다는 간호사들 틈에서 스스럼없이 손을 놀렸다. 타다의 손은 즐겁게 움직이는 듯 보였다. 간호사들은 수술대에 나란히 누워 아랫도리가 벌어진 인영과 옥희를 수줍은 마음으로 바라보았다. 일본인 사내들의 관심을 한몸에 받고 있는 인영의 아랫도리를 바라보며 세이코의 질투심만이 심술을 부렸다. 타다의 손이 인영의 아랫도리를 만질 때 세이코는 인영을 비웃었다. 타다의 손이 조선년 인영에게 짓궂기를 세이코는 은근히 바라고 있었다.

타다는 인영의 외음부를 거친 손바닥으로 쓰다듬었다. 타다의 손바닥이 외음부를 쓰다듬을 때 인영은 온몸을 떨었다. 타다는 인영의 소음순을 쓰다듬으며 부드러운 감촉을 느꼈다. 질 안으로 집게손가락을 집어넣는 과정은 서두르지 않았다. 향긋한 냄새가 젊고 푸른 인영의 외음부에서 퍼져 나는 느낌이었다. 타다가 코를 움씰거릴 때 세이코의 눈꼬리가 한 뼘쯤 치켜 올라갔다. 타다가 허리를 숙여 자신의 입술이 인영의 외음부에 닿을락 말락 하던 순간 세이코가 놀란 듯 큼, 큼 헛기침을 뱉어냈다. 의사 타다는 숙였던 허리를 객쩍게 일으켜 세웠고, 간호사들이 눈치채지 못하게 한숨을 내쉬었다.

타다는 인영과 옥희라는 조선 계집의 처녀막 검사를 한번 해보라는 얘기에 처음에는 농담으로 들었다. 인영은 무르익었고, 옥희는 무르익고 있을 텐데 계집의 처녀막 검사라니 믿어지지 않았다. 하지만 수호 원장의 의지는 몹시 강했다. 인영이나 옥희나 설령 사내와의 경험이 없다 하더라도 처녀막이 보존되어 있을지는 의문이었다. 의사의 경험으로 보면, 십중팔구 인영과 옥희는 처녀막이 파열되었을 것이다. 소록도에서 그처럼 과격한 노동을 하면서 여성의 처녀막이 보존되어 있기란 결코 쉬운 일이 아니라고 생각했다.

처녀막은 생각보다 안쪽에 자리 잡고 있다. 따라서 처녀막이 찢어지려면 직접적인 마찰이 있어야 한다. 자전거를 타는 정도로 처녀막은 찢어지지 않는다. 처녀막은 여성마다 다양한 형태로 나타난다. 성관계를 하거나 자위행위를 통해 파열된다. 외음부에 강한 압박이 가해질 정도의 격렬한 활동으로 파열될 수도 있다. 처녀막이 막힌 폐쇄증도 있는데 이런 경우 수술이 필요하다.

타다는 손가락을 인영의 질膣 안으로 집어넣었다. 인영이 놀란 듯 소리를 질렀다. 세이코가 입가에 비릿한 웃음기를 담았다. 인영의 입을 다른 간호사가 막았다. 타다는 손가락을 깊숙이 넣어 도넛 모양의 처녀막을 살폈다. 그러나 인영의 처녀막이 손끝에 잡히지 않았다. 타다는 손가락을 이리저리 찔러보고 휘저어 보았지만 인영의 처녀막은 존재하지 않았다. 타다는 예상했던 대로 놀라지 않았다.

타다는 이번에는 옥희의 질 안으로 손가락을 집어넣었다. 인영에게 하던 방식으로 처녀막 검사를 하였는데 옥희 역시 인영이처럼 처녀막이 존재하지 않았다. 타다는 옥희의 처녀막이 찢어진 것에 대해 부정적인 생각을 하지 않았다. 옥희의 몸이 다른 사내의 손을 탔다고 생각하지 않은 것이다. 옥희의 처녀막 손상은 심한 노동에 의한 것이라고 생각했다. 타다는 검사를 마치고 가벼운 마음으로 원장실을 향했다.

"그래 결과는 어떻든가?"

"원장 각하, 말씀 드리기 송구하오나 계집년들 모두 처녀막이 파열되었습니다."

타다는 사실대로 보고했다. 아직도 수호 원장의 지시를 이해할 수가 없었다. 수호에게 기벽奇癖은 있는 줄 알았지만 이런 일까지 시킬 줄은 몰랐던 것이다.

"옥희 어린 계집도?"

"그 계집 이제 어리지 않습니다. 여자 나이 열일곱 살은 한창 무르익을 때죠. 몸이 익는 냄새가 질펀하였습니다."

수호 원장의 표정이 싸늘하게 식어가는 것을 보고 타다는 뒷말을 덧붙였다. 불똥이 어디로 튈지 모르는 일이었다.

"오호 그렇겠구먼. 옥희 그 애도 인물이 반반하지?"

"평양 계집이니 당연하지요. 남남북녀라는 말이 본토나 조선이나 아주 명언이 맞습지요."

타다의 목소리에 흥겨움이 고인 느낌이었다.

"옥희 그 계집 불알을 깠던가?"

"예. 감금실에 갇혔다가 겨우 살아 나왔지요."

요즘, 여자의 음부를 생각하면 타다의 몸이 달아올랐다. 여자 원생의 단종수술을 하면서 타다는 부쩍 마음에 담아둔 여자 원생을 떠올렸다.

"음~ 마사오가 그런 옥희를 노리다가 피살당했다?"

"원장 각하, 가만히 더듬어 보면 구북리 신병사 10호실이 문제가 많습니다. 인영이란 계집도 옥희란 계집도 다 10호실이죠. 무엇보다 하나이 원장을 잡아먹은 순임이란 여자가 바로 10호실에서 고모 행세를 하고 있습지요."

타다는 순임이란 이름을 입에 올리면서 가슴이 설렜다. 하나이 원장이 반한 조선의 여자, 처음에는 분노했지만 순임이란 여자에 대해 먼빛으로 은밀히 바라보면서 관심을 갖게 되었다.

" 그 늙은 여우 얘기는 꺼내지도 말게. 그러고 보니 10호실 계집들이 일본사람 잡아먹는 마귀들이로구먼."

수호의 한숨이 깊었고, 입술이 크게 떨렸다. 순임이란 조선 계집에게 마음을 빼앗겨 나병에 걸려 죽은 하나이 원장을 수호는 증오했다. 하나이 원장을 증오하며 순임이란 조선 계집 역시 증오했다. 그런데 나병에 걸린 조선 여자를 사랑한 하나이 원장을 증오할수록 순임이란 여자에게 관심이 커졌다. 그래서 순임의 나병을 집중적으로 치료해준 것도 수호 자신이었고, 나병이 치료되어 병사지역 밖으로 데려온 것도 수호 자신이었다. 수호는 순임이란 여자를 병사지역 밖에서 언제나 거리낌 없이 들여다보고 싶은 충동을 느꼈던 것이다. 그녀를 처음 마주한 순간 하나이 원장이 왜 조선의 나환자에게 목숨을 걸었는지 고개가 끄덕여졌다. 순임이란 조선의 여자에게는 말로 형용할 수 없는 품위가 느껴졌고, 사내라면 맡고 싶은 여자의 향기가 느껴졌다. 일본어에 능통한 것은 덤과 같은 것이었다.

"원장 각하, 순임 상에 대해 어떻게 생각하십니까?"

이렇게 묻는 타다의 얼굴을 수호는 뚫어지게 쳐다보았다. 수호의 눈빛이 강렬해서 타다는 고개를 떨구었다. 수호는 자리에서 묵묵히 일어나 원장실 밖의 무화과나무 정원으로 나왔다. 타다는 허리를 숙이며 수호의 말 시중을 들었다. 수호가 비난하듯 입을 열었다.

"타다, 자네 순임이란 늙은 여자한테 관심 있나?"

"아, 아니옵니다."

타다의 얼굴이 붉어졌다. 수호는 담배를 뽑아 물면서 길게 한숨을 토해냈다. 순임이란 계집을 생각하면 일본에 두고 온 아내 생각이 떠올랐다. 의대에 다니는 아들의 모습이 떠오를 때도 있었는데 아들이 생각날 때는 온통 머리가 혼란스러웠다. 수호는 그럴 때마다 관사에서 술잔을 기울이며 엔카메이지 시대 일본 전통가요를 들었다. 순임은 소록도의 원생들에게 매우 신망이 두터운 여자다. 그녀의 호의를 받을 생각으로 하나이 원장보다 더 베풀어줄 테니 수호를 맘껏 도와달라고 은밀히 부탁했다가 거절당했다. 수호는 순임으로부터 거절당한 상처가 아직 가슴속에 깊었다.

"타다, 사또 주임을 이리 데려오게."

"하이."

수호는 가슴이 답답하고 울적했다. 곧 사또가 타다와 함께 나타났다. 마사오의 죽음 이후 사또는 펄펄 끓던 활력이 떨어졌다.

"원장 각하, 부르셨습니까?"

"사또야, 우린 일본의 영웅이 되어야 한다."

수호 원장의 표정이 진지했다.

"무슨 말씀입니까?"

"쓸 데 없는 데다 힘을 낭비하지 말란 말이야."

수호는 이렇게 말을 하면서 얼굴이 붉어졌다. 자신 역시 조선의 여자를 마음속에 담아둔 사실을 부정할 수가 없었다.

"명심하겠습니다."

"마사오의 죽음은 이제 잊어버려라."

"하이."

"사또야, 조선 여자들을 마음속에서 걷어내라."

수호의 말에 사또는 고개를 숙였다. 수호는 사또에게 몇 발짝 걸어가서 숙인 고개를 쳐들었다.

"사또야, 네가 마음속에 품은 인영이란 계집 말이다. 처녀 아니다. 우리 일본인이 조선의 처녀를 잡아먹으려고 경쟁한다는 소릴 들었다. 타다, 사또한테 얘기해 주게."

수호는 자신의 입으로 인영과 옥희에 대한 말을 꺼내지 않았다. 원생이 입소하면 어린 계집들부터 살펴보았던 자신의 지난날 모습이 떠오른 탓이었다. 타다가 사또를 향해 말했다.

"구북리 10호사 인영이와 옥희라는 계집은 모두 처녀가 아니다."

"무슨 말입니까?"

사또는 타다의 말을 듣고 의아했다.

"처녀막 검사를 하였는데 둘 다 처녀막이 손상됐다."

"그걸 왜 내게 말하는 겁니까?"

사또의 말에 수호 원장이 끼어들었다.

"이봐 사또, 인영이란 계집을 넘보지 말란 뜻이야. 마사오란 놈이 옥희라는 계집을 넘보다가 변을 당한 게 아니냐? 그러니 너도 몸조심하란 말이다."

"하이!"

수호 원장의 나무라는 듯한 말에 사또는 다시 깊게 허리를 숙였다. 타다 의사의 말에 사또는 매우 실망하고 있었다. 인영이가 소녀 적에 소록도에 입소하였는데 사내의 손을 탔다고 하니 이해가 가지 않았다. 인영이를 곁에서 오래 지켜본 사또였기에 인영이가 처녀가 아니라는 말을 듣고 허탈했다.

"오늘은 마음이 울적하구나. 내 방에 가서 사케나 한잔 마시자."

"그러지요."

그들은 마음을 달래려는 듯 수호의 방으로 들어와서 술잔을 기울였다. 몇 잔 주고받은 다음 직원을 시켜 또덕이를 불러오도록 하였다.

"원장 각하, 바보 또덕이를 왜 부르십니까?"

"울적해서 그런다. 그놈을 불러서 배꼽 쥐고 한번 웃자구나."

"그런 뜻이라면 제가 당장 데려오도록 하겠습니다."

사또는 원장의 방에서 나와 또덕이가 기거하는 남생리로 자전거를 몰았다. 페달을 밟으면서 사또는 인영의 처녀막을 생각했다. 일본인들이 조선의 여자들을 겁탈하려고 온갖 수단을 가리지 않는 것은 사실이었다. 사또 또한 조선의 여자들을 습관처럼 겁탈한 적도 있었다. 하지만 인영에게 마음을 조금씩 빼앗기면서 여자들을 함부로 겁탈하지 않았다. 다만 몸에 쌓인 고통을 노역자들에게 채찍으로 풀었다.

또덕은 남생리 가축 사육장에 있었다. 하지만 사또는 또덕의 모습을 보고 얼굴을 붉혔다. 또덕이가 아랫도리를 하얗게 까발린 채로 가축 사육장의 한쪽 모서리에 있는 나무 기둥을 붙잡고 엉덩이를 흔들고 있었다. 사또는 바보 또덕이도 힘이 넘치는 청년이란 사실을 어렴풋이 떠올렸다. 또덕이 같은 바보는 여자를 붙여줘도 어떻게 할 줄 모를 것이라고 생각해 본 적이 있는데 이런 자신의 생각이 완전히 빗나간 것이었다.

또덕의 입에서 흐드러지는 소리가 계속 흘러나왔다. 사또는 발소리를 낮추며 또덕에게 바짝 다가갔다. 또덕은 엉덩이를 흔드느라고 사또의 존재를 전혀 눈치채지 못한 모양이었다. 손만 뻗으면 닿을 정도로 또덕의 가까이 다가갔을 때 또덕의 입에서 마치 말이 재채기하는 듯한 소리가 뿜어져 나왔다. 또덕의 발치에 흰 액체가 물총에서 쏟아지는 물처럼 떨어졌다. 또덕의 입에서 소리가 멈췄고 또덕은 한참동안 멍하니 앞을 바라보고 있었다. 사또는 끼어들지 않고 여전히 숨을 죽인 채로 또덕의 뒷모습을 바라보고 있었다. 또덕은 바로 서 있는 그 자리에서 질펀히 오줌을 갈긴 후에 내린 바지를 들어 올렸다. 사또는 바보 또덕이가 민망하게 생각할지도 모른다는 생각을 하다가 고개를 저으면서 인기척을 냈다.

"사또, 여기 뭣하러 왔어?"

또덕은 다른 사람과 달리 사또에게 반말로 지껄였다. 또덕의 말투는 누가 들어도 바보라는 느낌이 들었다. 수호 원장도 또덕의 반말에 토를 달지 않고 웃어넘겼는데 사또 역시 마찬가지였다. 반말을 지껄이는 또덕의 모습만 봐도 사또는 재미있다는 생각이 들었다.

"또덕이 바보야, 수호 원장 각하께서 부르신다."

"원장 각하가 어째서 나를 부르시냐?"

또덕이가 바보처럼 헤벌쭉 웃으면서 물었다.

"바보야, 원장 각하께서 심심하시단다."

"고고춤 춰줄까?"

또덕이가 엉덩이를 게으른 동작으로 흔들었다.

"그래 바보야. 어서 자전거에 올라 타거라."

"히히히히~ 또덕이는 바보다."

또덕의 얼굴 표정이 정말 바보를 연기하는 희극인처럼 보였다.

"그래 바보 새끼야, 네가 바보인 것을 너도 알지?"

"아다마다 사또 새끼야. 히히히히~ 또덕이 바보!"

또덕의 입에서 한 꺼풀 풀린 듯한 욕설이 튀어나왔다. 또덕의
욕설에 사또는 즐거워서 웃었다. 또덕은 원래 사람 흉내 내는 주
특기가 있어서 욕설을 일삼아도 사람들이 심각하게 받아들이지
않았다. 사또가 장난삼아 말했다.

"아이쿠 이런 병신 새끼야, 어서 자전거에 타라니까."

"알았다, 병신 새꺄. 히히히~"

"어이쿠 저런 병신 새끼하고 말싸움 할 수도 없고~"

사또의 재촉에 또덕이 바보처럼 웃으며 자전거 짐받이에 올라
탔다. 수호 원장의 흉내뿐만 아니라 소록도에 알려진 인물들은
또덕의 놀잇감이 되었다. 또덕은 어떤 사람의 특징을 말과 행동
으로 표현했다. 사또는 간혹 또덕이가 바보치곤 영리한 데가 있

다고 생각했다. 남의 흉내를 내는 것은 영리한 자들의 몫인데 바보 또덕이는 용케도 그럴듯하게 사람들의 흉내를 냈다. 또덕은 짐받이에 앉아 스쳐 지나가는 풍경들을 바라보았다. 사또가 심심함을 달래려는 듯 장난삼아 입을 열었다.

"또덕이 바보야!"

"흐흐 또덕인 바보야. 사또 주임, 바보가 노래 하나 불러줄까?"

또덕이 사또에게 밀리지 않으려는 듯 말을 걸었다.

"바보야, 네가 무슨 노래를 부른다고 그러냐?"

"바보도 노래할 수 있다, 멍청아!"

사또는 순간 인상을 찌푸렸지만 곧 마음의 평정심을 찾았다. 먼지가 풀풀 날리는 신작로는 울퉁불퉁했다. 자전거가 힘겹게 신작로를 달렸다. 한숨을 내쉰 다음 사또가 말했다.

"바보가 멍청이란 말은 어떻게 알았냐? 그래 바보야, 뭐든 한번 불러봐라."

"사또 주임, 또덕이 바보한테 얼마 줄 건데?"

"하하하~ 조선 바보 놈이 나한테 돈을 달란다."

사또는 돈을 흥정하는 또덕의 태도에 통쾌하게 웃었다. 돈밖에 모르는 또덕이란 말이 소록도에 돌았다. 또덕에게 심부름을 하면 항상 손을 벌렸다. 또덕이 심부름 값으로 돈을 요구해도 사람들은 웃고 말았다. 동전 하나라도 건네주면 또덕은 제법 심부름을 제대로 완수했다. 하나이 원장이 처음 순임에게 편지를 건넨 것도 또덕이를 통해서였다. 또덕이는 하나이 원장 때부터 소록도에서 생활했으니 명실공히 또덕이는 소록도의 터줏대감이었다.

사또는 페달을 빨리 밟았다. 짐받이에 앉은 또덕이가 두 팔로 감싼 탓에 숨이 막혔다. 또덕은 사또의 아랫배를 사정없이 감쌌다. 사또는 팔에 힘을 주어 또덕이 팔의 힘을 풀었다. 그런데 또덕이의 힘이 풀리지 않고 오히려 더 세게 조여들었다.

"또덕이 바보야, 손 좀 풀어라."

"사또야, 재밌다. 더 빨리 달려라."

바닷바람이 또덕의 귓불을 스쳤다. 또덕은 기분이 상쾌한 듯 콧노래를 흥얼거렸다. 사또는 문득 짐받이에 앉은 또덕이가 바보가 아닐지도 모른다는 생각이 들었다. 자신의 아랫배를 움켜잡고 의젓하게 콧노래를 흥얼거리는 또덕이가 새삼스럽게 여겨졌다.

사또는 본관 뜰앞에서 자전거를 멈췄다. 자전거를 한쪽에 세우고 가장 먼저 또덕이를 살폈다. 또덕의 얼굴을 보면서 사또는 괜한 걱정을 했다고 생각했다. 아무리 뜯어봐도 또덕은 천하에 바보의 모습이었다. 또덕이 짐받이에서 내리며 예의 바보처럼 말했다.

"사또, 고마워~ 내 자전거 보다 빠르다. 달걀 하나 줄게 이 자전거 나 주라."

"달걀 하나? 에이 내가 괜한 걱정을 했지. 또덕이 바보를 의젓한 조선놈으로 생각하다니 내 참~"

사또는 순간 안도감이 들었다. 바보 중의 바보를 가지고 괜한 걱정을 하는 자신이 한심했다. 자전거를 달걀 하나와 바꾸자는 놈은 분명 바보가 맞을 것이었다.

"사또, 의젓한 조선놈이 뭐야?"

"너 같은 바보가 아닌 놈들을 말하는 거다."

사또는 또덕에게 대답하며 머리를 갸웃거렸다. 또덕이 분명 다른 때와 달리 종잡을 수 없는 말을 지껄이기 때문이었다.

"고맙다, 사또. 나 바보 아니야?"

"병신아, 널 보니까 그냥 머리 아프다."

사또는 모든 게 귀찮아서 머리를 저었다.

"사또는 바보다. 또덕이 보고 머리 아프니 사또는 바보다."

또덕이 바보처럼 헤벌쭉 웃으면서 말했다.

"그래, 내가 바보다."

사또가 힘없이 응대했다.

사또는 또덕이를 데리고 원장실로 들어갔다. 수호 원장은 고향 생각이 간절했던지 집에서 듣던 엔카를 듣고 있었다. 축음기에서는 '그리운 센다이'라는 엔카가 흘러나오고 있었다.

숲의 서울 꽃 처녀

달에 배를 젓는 히로세 강

젊은 하룻밤 사랑의 마음

센다이 센다이 그립구나

수호는 눈을 감고 꿈결처럼 음악 속에 빨려들고 있었다.

아오바 거리에 가을이 오면

네온빛 물든 이치반쵸

샤미센의 음색도 눈물에 젖는

센다이 센다이 그립구나

수호는 특히 비가 부슬부슬 내릴 때면 고향 생각에 젖어 음악을 들었다. 그리고 기분이 한껏 고조되면 동료들을 불러 여흥을 즐겼다. 그러나 이날은 바람이 맑은 데도 고향 생각에 젖어 있었다. 수호가 가장 즐겨 듣는 노래는 바로 지금 흘러나오고 있는 '그리운 센다이'라는 곡이었다. 수호는 자신을 일컬어 새장 속의 새라고 자조하며 그리움에 갇힌 자신을 비난했다. 조선 반도의 남쪽 끝에서 호령하며 살아도 고향을 떠나온 새장 속의 새와 같다고 한탄했다. 그리움에 대한 원망이 가득한데 고향에 있는 가족에 대한 그리움, 인영이란 조선 계집에 대한 막연한 그리움의 너울이 함께 출렁거렸다.

"원장 각하, 바보 또덕이 데려왔습니다."

사또는 노래를 감상하는데 방해가 되지 않도록 조심스럽게 말했다. 음악 속에 깊게 빨려들었던지 두 번을 보고한 끝에 수호는 허리를 펴고 눈을 떴다.

"또덕이 왔냐?"

"바보 또덕이 왔다."

또덕이가 허리를 깊게 숙여 엉덩이를 하늘로 쳐들면서 인사했다.

"또덕아, 내 마음이 오늘따라 적적하구나. 고고춤이나 신나게 한번 쳐다오."

"춤 출게 돈 주라."

수호 원장이 대답 대신에 씨익 웃으면서 서랍에서 동전 하나를 꺼내 또덕의 손에 얹어주었다. 또덕은 손바닥에 동전이 빛나자 넉살 좋게 엉덩이를 흔들었다. 수호는 이렇게 적적할 때는 바보 또덕이를 데리고 놀만하다고 생각했다. 바보치곤 사람의 비위를 제대로 맞출지 아는 놈이라는 생각을 하면 그에게 또덕의 존재는 귀한 것이었다. 한편, 사또는 또덕의 모습을 보면서 자전거 짐받이에서 자신에게 했던 행동들을 되짚어 보았다. 또덕이가 자신의 신체에 위협을 가하리라고는 상상도 하지 못했다. 그런데 또덕이는 분명 자전거 짐받이에서 자신의 아랫배에 위력을 가했던 것이다. 일을 시키면 제대로 할 줄도 아는 놈, 막순이를 끔찍이 아껴주는 놈, 대체 이놈의 정체는 무엇일까. 사또는 또덕이 수호 원장 앞에서 재롱을 떠는 사이 그런 생각에 골몰해 있었다.

또덕이가 어쩌면 바보 행세를 하면서 막순이를 보호하고 은밀히 막순이와 밀회를 속삭이는지도 모른다는 생각이 문득 들었다. 막순이에 대한 또덕의 관심은 타의 추종을 불허했다. 막순이가 고된 노동을 마치고 들어오면 은밀히 닭을 삶아서 먹인다는 소문이 돌았다. 목봉 체조로 벌을 설 때에도 막순이 곁에서 맴돌며 경비병이 없는 틈을 타서 막순이를 거든다는 소문도 돌았다.

또덕이가 바보라고 하지만 소통은 가능하다. 또 좀 더 깊게 들여다보면 못하는 말도 없고 다른 원생들보다도 의협심이 강하다. 이런 점을 볼 때 어쩌면 또덕은 바보를 위장한 채로 소록도에 기생하는 기생충일 수도 있었다. 생각이 여기까지 미치자 사또의 이마에 땀이 배었다. 수호 원장은 또덕의 재롱에 순진하게 웃고 배꼽을 잡고 있었다. 사또는 멀찍이서 또덕의 재롱을 찬찬히 들여다보았다. 수호 원장 앞에서 저토록 천연덕스럽게 바보 행세를 하는 또덕의 머릿속에 어떤 생각들이 담겼을까. 사또는 문득 인영이를 산속으로 끌고 들어갈 때 당했던 공격의 힘을 떠올렸다.

손쓸 새도 없이 엄청난 공격을 가하고 자취도 없이 사라진 놈, 바로 그놈이 또덕일 수도 있겠다는 생각이 들었다.

수호 원장은 또덕의 재롱에 기분이 한결 풀리는 느낌이었다. 사또는 가축 사육장에서 목격했던 또덕의 장면을 떠올려보았다. 아랫도리를 까발리고 나무 기둥을 잡고 엉덩이를 흔들던 또덕이를 생각하면 소름이 돋았다. 또덕은 한참 수호 원장 흉내를 내고 엉덩이를 흔들며 고고춤을 추었다. 또덕의 이마에 땀방울이 맺히는 것을 사또는 곁에서 바라보았다. 수호는 간호사를 시켜 또덕에게 음료수를 가져다주었다.

"오늘 또덕이 고생 많았다."

수호는 주머니에서 종이돈을 꺼내 또덕에게 건넸다. 또덕은 재빨리 낚아채듯 종이돈을 받아들었다.

"원장 각하, 고마웁다."

또덕이 엉덩이를 천장으로 쳐들며 바보처럼 말했다. 이럴 때는 으레 바보의 모습이었다. 엉덩이를 우습게 쳐들어 바보임을 증명하는 또덕이를 생각하면 나무 기둥을 붙들고 엉덩이를 흔들며 수음手淫을 하는 아까의 광경이 결코 믿어지지 않았다.

"한결 기분이 나아졌군. 사또, 또덕이를 사이카에 태워 데려다 주어라."

"하이!"

수호 원장의 지시를 받고 사또는 마음이 불편했다. 바보에게
모두 속고 있는지도 모른다는 생각을 하니 다시 소름이 돋았다.
또덕은 천연덕스럽게 수호 원장의 손수건으로 이마의 땀을 닦았
다. 사또와 눈이 마주치자 또덕이는 바보처럼 히히 웃었다. 사또
는 원장실에서 나가기 전에 수호에게 귓속말을 했다.

"원장 각하, 또덕이가 수음手淫을 하는 것을 보았습니다."

"수음이라니?"

수호는 앉은 채로 사또를 쳐다보며 대수롭지 않게 말했다.

"기둥을 붙들고 자위하는 것을 보았습니다."

"또덕이가?"

사또는 아주 심각한 표정을 지으며 고개를 끄덕거렸다. 하지만
수호 원장은 역시 대수롭지 않다는 듯 말했다.

"바보라고 그런 욕구가 없는 건 아닐 테지. 근데 사또 너는 왜
그렇게 심각하냐?"

"아, 아닙니다."

사또가 고개를 숙였다. 수호는 밖으로 나가려는 또덕을 다시
불러세웠다.

"또덕아!"

"예이 원장 각하!"

또덕이 마치 재롱을 떠는 아이처럼 빙글 돌면서 거수경례까지

붙이며 대답했다. 누가 봐도 바보라는 몸짓이었다.

"나한테 네 고추나 한번 보여줄래?"

"부끄러운데~"

또덕이 수줍은 색시처럼 몸을 모로 틀었다.

"임마, 사내끼린데 뭐가 부끄러워?"

"알았다, 원장 각하. 볼 테면 빨리 봐라. 하나 둘 셋!"

바보처럼 숫자를 헤아리더니 셋에서 재빨리 바지를 벗었다. 사또는 곁에서 또덕의 아랫도리를 빠르게 훑었다. 또덕은 빠른 동작으로 바지를 벗은 의도와는 달리 바지를 올리지 않은 채로 똑바로 서 있었다. 또덕의 아랫도리가 시커멓게 우거진 것을 사또는 목격했다. 수호 원장 역시 또덕의 아랫도리를 향해 시선을 고정했다.

"헐었구나. 나병이 재발한 거냐?"

"아프다."

또덕이 고개를 끄덕거렸다.

"사또야, 또덕이 약 좀 챙겨서 데려다 주거라."

"하이!"

사또는 치료실에서 나환자들이 복용하는 약을 챙겨서 밖으로 나왔다. 약을 또덕에게 건네주고 사이카에 올라탔다. 또덕이는 마치 하인을 부리듯 의젓한 자세로 뒷자리에 앉았다. 사또는 자신이 바보 또덕에게 이처럼 관심을 갖게 될 줄 몰랐다. 사또는 속력을 내어 남생리를 향해 달렸다. 사또는 또덕이의 진실이 정말 궁금했다. 남생리로 향하는 해안의 중간에서 사이카를 멈추고 길가에서 소변을 갈겼다.

"또덕아, 이리 와서 같이 오줌이나 갈기자."

"나는 싫다."

바보 투의 말투였다.

"바보야, 내 앞에서 고고춤이나 한번 춰다오."

"싫다, 또덕이는 싫다 임마야."

또덕의 입에서 튀어나온 말투는 바보 말투였으나 욕설이었다. 사또는 또덕이가 수호 원장을 대할 때와 자신을 대할 때 다르다는 것을 깨달았다. 사또는 또덕이가 자신을 무시하고 있다고 생각했다. 또덕이는 결코 바보가 아닐지도 모른다. 사또는 순간 또덕이를 시험해보고 싶은 생각이 들었다.

"또덕아, 이리 와봐라."

"자꾸 왜 그러냐?"

또덕이가 뒷좌석에서 내려 사또를 향해 걸어왔다. 사또는 평소에 하던대로 또덕이 정강이를 구둣발로 한번 걷어찼다. 또덕은 저항 없이 사또의 구둣발을 받아들였다.

"사또 주임님, 용서해 주세요."

"또덕아, 뭘 용서해 달란 말이냐?"

사또는 또덕의 멱살을 잡았다.

"그냥 다 용서해 주라."

"너 바보 맞냐?"

"헤헤헤~ 또덕이 바보 맞다. 나는 소록도 바보 대장이다."

사또는 아무리 뜯어봐도 바보인 또덕이를 향해 팔을 크게 휘둘 렀다. 또덕은 이번에는 사또의 휘두른 팔을 피했다. 사또는 힘껏 다시 팔을 휘둘렀다. 또덕은 이번에도 사또의 팔을 피했다. 사또 와 또덕이 길가에서 이러고 있는데 환자대표 박순주 고문이 지팡 이를 띄엄띄엄 짚으며 걸어오고 있었다.

"누가 싸우느냐?"

"고문님, 바보 또덕이다."

또덕이가 재롱을 떨 듯 입을 열었다.

"또덕이 바보로구나. 너 지금 누구랑 싸움질하지 않았느냐?"

"사또 주임이랑 장난질했다."

"고문님, 길잡이도 없이 힘들게 어디 가세요?"

사또가 그제서야 고개를 숙이며 자신을 드러냈다.

"사또 주임이오? 나 답답해서 구북리 다니러 가네."

"순임상 보러 갑니까?"

사또는 박순주가 순임에게 집착하고 있다는 것을 알고 있었다.

"아닐세. 그냥 답답해서 나서는 길이라네."

"고문님, 순임상한테 치근대지 마세요. 마누라까지 여기 있는 분이 왜 그러세요? 수호 원장이 순임 상을 못 잊어 오매불망하시는 거 모릅니까?"

"순임이 그년 진즉 마음 정리했네. 나는 그럼 이만 가보겠네."

박순주 고문이 더듬거리며 걸어갔다. 사또와 또덕은 비틀거리며 위험하게 걸어가는 박 고문을 한참이나 바라보았다. 사또는 괜히 화가 나서 또덕의 정강이를 걷어찼다. 하지만 이번에는 또덕이가 재빨리 피했다. 또덕이의 주먹이 사또의 턱 앞으로 올라가려다가 힘없이 떨어졌다. 또덕은 주먹을 애써 참은 모양이었다. 사또는 다시 또덕의 정강이를 걷어찼다. 그런데 이번에는 또덕이가 피하지 않았다. 또덕이가 바보처럼 무릎을 꿇고 조아렸다.

"사또 주임님, 나는 바보다. 용서해 주라."

"또덕아, 뭘 용서해 주란 말이냐?"

사또가 내심 안심하며 물었다.

"모른다. 그냥 용서해 주라."

"알았다. 또덕이 너 바보 맞다."

"히히 또덕이 바보 맞다. 바보 대장이다."

사또는 또덕을 싸이카 뒷좌석에 태우고 남생리 가축사육장으로 돌아왔다. 또덕은 싸이카 뒷자리에서는 사또의 허리를 힘껏 조였던 그런 행동은 하지 않았다. 사또는 또덕이가 역시 바보임을 확인하자 마음이 한결 편안했다. 닭장을 향해 뒤뚱뒤뚱 걸어가는 또덕이를 향해 장난삼아 사또가 물었다.

"또덕아, 너는 누구를 좋아하냐?"

"나는 막순이가 좋다."

사또는 또덕의 말을 듣고 웃었다. 또덕이는 막순이를 악착같이 챙겼다. 목봉 체조 때에도 또덕이가 막순이를 챙긴다는 것을 사또는 알고 있었다.

"막순이 네 색시 해라."

"색시 할 거다."

또덕이 천진난만하게 웃었다.

"또덕아, 막순이 붙들고 엉덩이 흔들어 봤냐?"

"아니다. 막순이를 내가 지켜야 한다."

"또덕아, 미친 미순이 뱃속에는 아기가 들었다면서? 너 미순이 붙들고 엉덩이 흔든 적 없냐?"

사또의 말에 또덕은 한참동안 대답없이 사또를 쳐다보았다. 그리고 바보가 아닌 멀쩡한 말투로 소리쳤다.

"사또 네 아이다."

사또는 예상치 못한 또덕의 말에 얼굴을 붉히며 싸이카를 타고 본관으로 돌아왔다. 사또는 미순의 배가 불러오는 모습을 보며 마음이 편치 못했다. 소록도 원생들이 미순이 뱃속의 아이를 두고 자신의 아이라고 손가락질한다는 소문을 들어서 알고 있었다. 사또는 미순의 몸에 손을 댄 것을 미순의 배가 불러오면서 후회했다.

사또는 수호 원장의 말을 떠올리자 갑자기 기분이 우울해졌다. 인영의 처녀막이 손상되었다는 말을 듣고 몹시 아쉬웠다. 소록도에서 얌전하고 조용했던 인영을 누가 건들었을까? 아니면 소록도에 입소하기 전에 무슨 일이 있었던 것은 아니었을까. 인영의 오빠인 인후라는 청년에게 무자비하게 채찍을 가할 때 자신을 쏘아보던 인영의 시선을 지울 길이 없었다. 춘상이란 놈이 인영의 주위에 어슬렁거리는 것을 보면 가슴 한쪽이 무너지는 느낌이었다.

9

인영은 타다에게 음부를 농락당한 터라 수치심이 극에 달했다.
옥희 역시 여성으로서 겪지 않아야 할 수치를 겪은 이후 말이 사
라졌다. 농락당한 며칠 후에 인후 오빠를 만나 치욕적인 상황을
얘기했는데 그날 밤에 춘상이를 은밀히 만났다. 인영은 춘상과는
편지 이후 많이 친밀해졌다. 그리고 죽은 마사오를 꺾은 이후부
터 춘상과는 특별한 관계로 발전했다. 하루에 한 번 보지 못하면
힘들 지경이 되었다. 마침 인후 오빠와 같은 호사에서 생활하고
있어서 다행이었다. 춘상은 인후와도 가장 친한 친구 사이가 되
었다.

"춘상아, 내 동생이 당한 수치를 어떻게 갚아주면 좋겠냐?"

"인후 너는 가만 있어. 옥희도 똑같이 당했다면서? 이 새끼들
이 아주 조선 여자들을 자기들 노리개로 여기고 있단 말이야."

춘상은 인후와 함께 타다의 동선을 확인했다. 타다가 치료실에서 일을 마치고 귀가하는 시간을 점검했다. 그리고 적당한 날을 잡아 타다를 납치하여 백사장으로 끌고 갔다. 춘상은 타다를 혼내주고 다시는 조선인들을 힘들게 하지 않겠다는 다짐을 받아냈던 것이다.

며칠 뒤, 춘상은 야간 점호 이후 은밀히 구북리에 들렀다. 순시들의 눈을 피해 몰래 잠입했던 것이다. 춘상은 순시巡視에게 걸리면 제압할 힘이 있었다. 산을 끼고 도는 구북리 바닷가에서 춘상은 인영을 처음으로 안았다. 인영의 몸은 뜨겁게 달아올랐다. 춘상 역시 뜨거운 몸을 주체하지 못하고 인영을 받아들였다.

인영이 보기에 춘상이란 남자는 결코 보통 사람 같아 보이지 않았다. 비록 몸은 조금 불편해 보여도 조선 사람이란 의식이 똑바로 박힌 사람이었다. 춘상의 부친이 독립운동의 자금책이었다고 하니 그런 부친의 피가 몸속에 흐르고 있을 것이었다. 서대문형무소에서 출옥하지 않고 죽음을 각오하고 소록도로 왔다는 소문만으로도 춘상은 인영의 관심 안으로 들어온 셈이었다.

춘상과 인영은 바닷가에서 파도 소리를 들으며 오랫동안 끌어안았다. 그들은 누구의 눈치도 보지 않고 입술을 포갰다. 인영은 마음에 담아둔 사내에게 입술을 맡긴 것이 처음이었으므로 몸이 달아올랐다. 춘상 역시 태어나서 처음으로 맡아보는 여자의 냄새에 머리가 어지러울 지경이었다.

"인영 씨, 힘을 내시오."

"춘상 씨, 고맙습니다."

인영은 달밤에 얼굴이 붉어지는 것도 모르고 찰싹 달라붙었다. 의협심이 강한 남자, 일본 놈을 가볍게 때려눕히는 남자, 이런 남자라면 자신의 모든 것을 바쳐도 아깝지 않을 것이었다.

"인영 씨 괴롭히는 놈은 모두 내 손으로 처단할 것이오."

"혹시 일본인 의사 타다를 만났나요?"

인영은 짚이는 데가 있어 이렇게 물었다. 타다라는 의사가 인영의 곁에서 맴돌기를 여러 해였는데 아랫도리를 검사한 이후 그의 태도가 달라졌다. 인영을 대하는 태도가 예전과 달리 상냥했고, 희롱하는 말도 하지 않았으며, 가슴을 더듬는 눈빛도 사라졌다. 인영은 타다 의사에게 분명 무슨 일이 일어났다고 생각했다.

"인후하고 구북리 백사장에 은밀히 끌고가서 손을 좀 봐주었소."

"그러셨군요. 저놈들은 무서운 놈들이니 조심하세요. 소록도에서 우리가 약자라는 것을 절대 잊으면 아니 됩니다."

"나도 그쯤 잘 알고 있소. 인후도 그런 것을 염려하는 눈치오. 타다를 잡아다 발가벗겨서 목만 내놓고 모랫구멍에 처넣었소. 살아서 곱게 지내려면 앞으로 우리 원생들을 괴롭히지 말라고 다짐을 받았소."

인영은 고개를 끄덕였다. 춘상의 손가락이 인영의 가슴을 더듬었다. 그들은 몸을 끌어안은 채로 숲속으로 조금 깊이 들어갔다. 인영은 자신의 몸을 만지는 춘상의 손이 싫지 않았다. 인후 오빠로부터 인정받은 사람이 바로 춘상이란 사람이었다. 또덕이를 통해 처음 편지를 받았을 때는 어떤 사내인지 의문이었다. 마사오를 가볍게 때려눕히고 악착같이 힘없는 원생들의 바람막이 노릇을 하는 것을 보고 믿음이 깊어졌다. 인후 오빠와도 가장 친한 벗이라는 말을 듣고 인영은 춘상을 자신의 남자로 받아들이기로 작정했다.

춘상의 손을 인영의 손이 감쌌다. 인영의 가슴을 만지는 춘상의 손이 떨렸다. 인영은 춘상의 손을 끌어다 자신의 젖가슴 속에 넣었다. 인영은 이런 자신의 행동이 전혀 낯설지 않았다. 인영의 젖가슴은 물이 올라 볼록했다. 사또의 손가락이 인영의 젖가슴을 더듬었을 때 인영은 온몸에 소름이 돋았다. 일본 순사들에 이끌려 고향 동구 밖을 걸어 나올 때 있었던 치욕을 인영은 잊지 않고 있었다. 일본사람이나 제복을 입은 사내를 먼빛으로 보기만 해도 인영은 한숨이 흘러나왔다.

인영은 이제 춘상을 사내로 받아들이면서 지난 과거의 아픔을 잊을 생각이었다. 춘상이란 사내와 더불어 인생을 가치 있게 살아가야겠다고 생각했다. 인영은 춘상의 손을 거절하지 않았다.

춘상의 손이 몸을 더듬을 때 인영은 사랑스러운 마음으로 춘상의 손을 쓰다듬었다.

"춘상 씨, 손이 많이 거칠어요."

"날마다 노역에 시달려서 그래요."

춘상이 멋쩍게 대답했다.

"동생리 목표치가 최고라던데~"

인영이 춘상의 손을 쓰다듬으며 말했다. 수호 원장은 부락별로 짚신, 가마니, 멍석 등의 작업을 배당했다. 부락마다 할당량을 채우느라 밤잠을 자지 않고 작업에 매달렸다. 춘상과 인후가 생활하고 있는 동생리는 30 만장의 목표치를 할당받았다. 일 년 열두 달 하루도 빠짐없이 야간 작업을 해야 완수할 수 있는 엄청난 양이었다. 일본은 이렇게 원생들이 작업한 생산품을 시장에 내다 팔거나 직접 일본으로 보냈다. 일본은 중국과 한창 전쟁 중이어서 군수품의 부족에 시달리고 있었다.

"구북리도 할당량이 25만 장이라면서요?"

"예. 그래서 날마다 야간작업을 하고 있어요."

춘상은 인영이가 고생하는 것을 생각하면 마음이 아팠다. 인후와 가장 가까운 벗이 되면서 인영을 향한 마음이 더 애틋해졌다. 인후는 동생 인영을 춘상이더러 책임지고 지켜달라고 노골적으로 부탁할 정도였다. 인후는 인영을 만날 때 춘상이란 친구의 의리와 신용에 대해 입에 닳도록 강조했다. 인영은 편지를 곱게 간직하고 있었지만 춘상에 관한 인후 오빠의 피력에 더욱 마음이 끌렸다.

"아픈 데는 없어요?"

"소록도 형무소에서 이미 완전히 나았어요. 그러니까 병사지대로 보내지지 않은 거지요."

춘상은 팔뚝을 들어 씩씩한 시늉을 해보였다.

"그런데 뭍으로 내보내지 않고 여기 잡아둔 것은 무슨 일일까요?"

"그야 노동력이 필요했겠지요. 여기 나환자보다 정상인이 훨씬 많잖아요? 사상이 불량한 청년들도 나환자란 이름으로 닥치는 대로 잡아들이는 모양이에요."

춘상은 진작부터 일본의 술수를 알았다. 피부병이 있다고 소록도 형무소에 잡혀들어온 동료들을 보았다. 그들과 날마다 어울려서 생활했지만 나병은 전염되지 않았다. 형기를 마친 사람들은 단순히 피부병임에도 이곳으로 보내졌다. 그리고 바로 작업장에 투입되었다.

"인영 씨, 미순이 배가 아주 많이 불렀던데요. 사또 주임 애 맞죠?"

"다들 그렇게 알고 있어요. 춘상 씨, 우리 이제 그런 얘기 그만해요. 소중한 시간에~"

인영은 뜨겁게 달아오른 자신의 몸이 식어질까 염려하고 있었다.

"예~ 우리 시간 충실히 가져요. 목숨 걸고 만난 시간인데~"

달밤의 솔숲, 멀리 파도가 밀려왔다가 밀려가는 소리가 들렸다. 낮에 끼룩끼룩 울어대던 갈매기들도 밤에는 모두 잠이든 모양이었다. 파도가 부딪치는 소리만 들려온다. 춘상과 인영이 누운 나무숲 틈으로 하늘에 별들이 반짝거렸다. 춘상은 인영의 치마 밑으로 손을 집어넣었다. 인영은 기다렸다는 듯이 춘상의 손을 받아들였다. 춘상은 인영이와 함께 이렇게 누워있는 시간을 오래 가지고 싶었다. 춘상은 인영의 속옷 속으로 손을 집어넣었다. 인영의 입 새로 감미로운 신음呻吟이 빠져나왔다. 순간, 춘상의 몸이 뜨겁게 달아올랐다.

"인영 씨, 내 손이 밉지 않나요?"

"아니에요. 그냥 좋아요."

인영은 부끄럽지만 마음을 숨기지 않았다.

"처음이라서 떨려요."

"나도 처음이에요."

인영의 목소리가 떨렸다.

"예~ 그럼, 이런 내 행동을 이해해주세요."

"얼마든지요. 우리 맘껏 마음을 나누어요."

춘상은 인영의 말에 자신감이 생겼다. 서대문 형무소에서 동료들에게 들은 얘기와 소록도 형무소에서 동료들에게 들은 여자를 다루는 영웅담을 떠올리며 춘상은 인영을 다루었다. 여자의 몸은 젖가슴부터 귀밑까지 예민하며, 어떤 여자들은 발바닥이 예민하고, 까다로운 여자들은 배꼽 밑을 직접 애무해야 한다는 것이었다. 춘상은 동료들의 그런 얘기들을 떠올리며 몽롱한 기분을 절제하면서 인영의 몸속에 자신의 성기性器를 집어넣었다. 순간, 인영의 입에서 야릇한 신음이 분출했다. 춘상은 평생 여자의 입에서 나오는 소리 중에 이토록 감정을 뜨겁게 하고 가슴이 설레는 소리는 처음 들었다. 인영의 손끝이 춘상의 허리를 더듬었고, 춘상은 저절로 인영의 몸을 짓눌렀다. 인영의 입에서는 연신 야릇한 신음이 빠져나왔는데 춘상 역시 절로 야릇한 소리가 새어 나왔다.

춘상은 태어나서 처음으로 여자의 몸이란 게 이토록 사람을 환상적인 세계로 끌어올린다는 것을 깨달았다. 인영 역시 남자의 몸을 진정으로 맛보았다. 춘상의 몸을 받아들일 때 순간적으로 처음 일본 순사들에게 유린당한 상황이 떠올랐지만 오직 사랑하는 춘상 씨만 생각하니 그런 불안함보다 기쁨이 컸다. 오롯이 즐기는 마음 까지 이르지는 못했어도 사내의 몸이 여자에게 어떤 것인지 충분히 느낄 수가 있었다. 춘상이란 사내를 사랑하기에 가능했던 감정이었다.

인영은 춘상으로부터 충분히 희열을 느꼈다. 생애 다하도록 결코 잊을 수 없는 순간을 함께 만들었다는 게 몹시 뿌듯했다. 그들은 똑같이 몸속의 신음을 토하며 온몸의 기운을 상대를 향해 분출했다. 약속이나 한 듯 똑같이 달아오른 기분을 참지 못하고 마지막 신음을 토하면서 온몸에 땀이 흘렀다. 그들은 깊은숨을 토해내며 달아오른 격정을 가라앉혔다. 예민한 부분의 결합이 풀렸어도 가슴속의 격정은 남아 둘은 한참 동안 서로 끌어안고 있었다. 흥분은 가라앉았어도 기분은 말로 표현할 수 없을 정도로 상승했다. 그런 상태에서 오래 입술을 포갠 채 상대의 숨소리를 들었다. 차가운 밤공기가 피부에 스며들었을 때 알몸에 하나씩 옷을 걸쳤다.

"춘상 씨, 원장실에서 이상한 얘기를 들었어요."

"무슨 얘기를 들었는데요?"

인영은 몸을 허락한 이후 춘상에게 찰싹 매달렸다. 몸을 허락하자 이제 자신의 남자라는 생각이 들었다. 인영은 몹시 흡족한 마음이었다.

"조만간 만주 하얼삔 731부대 부대장이 소록도에 손님으로 온답니다."

"731부대라면 서대문형무소에서 소문 들었습니다. 세균전 부대라는 소문인데 포로들을 데려다 은밀히 생체실험을 한다는 부대 아닙니까? 근데 그 부대의 부대장이 손님으로 온다고요?"

"수호 원장이 누군가와 나누는 얘기를 분명히 들었어요. 이곳에 나환자가 얼마나 되느냐고 묻고, 정상인 원생들이 얼마나 되느냐고 묻는 눈치였어요."

"이거 낭패로군. 저놈들이 소록도에 잠입한다는 건 여기 원생들을 가지고 생체실험을 하겠다는 속셈인데 말이죠."

"대책을 세워야 할 텐데~"

"일단 저놈들이 이곳에 들어온 이후 우리 원생들에게 약을 먹인다든지, 주사를 놓는다든지 할 겁니다. 그걸 필사적으로 막아야 합니다. 인영 씨는 입을 봉하고 계십시오. 내가 부락 대표들에게 은밀히 접근해서 닥쳐올 사고를 한번 막아 보겠습니다."

"예. 우리 조선의 원생들 한 명이라도 불행하게 사고를 당하면 안 됩니다. 춘상 씨는 소록도에서 신용이 좋으니 잘 막아낼 수 있을 거예요. 저 춘상 씨, 저는 이제 춘상 씨의 여자예요."

"인영 씨, 저는 부족한 놈인데~ 그렇게 말해주니 너무나 고맙습니다. 저는 뼈가 가루가 될 때까지 이제 인영 씨를 지켜줄 겁니다."

"믿어요, 춘상 씨. 우리 오래오래 같이 행복하게 살아요. 약속해 주실 거죠?"

"예, 인영 씨. 약속하고 말고요."

하지만 춘상은 인영이와 행복하게 살아갈 자신이 없었다. 이곳에서 자신이 처한 상황이 너무 열악하기 때문이었다. 춘상은 대답은 하였지만 내심 인영에게 미안한 마음이 들었다. 그들은 서로 부둥켜안은 채로 오래 서 있었다. 새벽바람이 귓불을 스치며 지나갔다. 춘상은 자신의 인생에서 이런 기분은 처음이었다. 인영 역시 마찬가지 감정이었다. 그들이 부락으로 돌아갔을 때는 먼동이 텄다.

얼마 후 새벽, 007가방을 들고 731부대의 손님이 정말 소록도의 선착장에 당도했다. 직원과 병사들이 깍듯이 손님을 맞았다. 사또 주임이 직원 한 명과 함께 손님을 짚 차에 모시고 본부를 향해 달렸다. 해안가를 달리는 짚 차가 새벽안개를 뚫고 신작로를 달릴 때 뿌연 먼지가 일었다. 본관 앞에서 차가 멈췄고, 사또는 손님을 원장실로 안내했다.

"731부대 이시이 시로 부대장이오."

"이시이 부대장, 먼 길 오시느라 수고 많았소."

수호 원장이 이시이를 따뜻이 반겼다. 이시이가 의자에 앉자 다른 일행도 자리에 앉았다. 이시이 시로는 몹시 서두르는 사람처럼 007가방부터 열고 있었다. 이시이 시로가 주위를 한번 살피며 조심스럽게 입을 열었다.

"아시다시피 우리는 하얼빈에 주둔하고 있는 비밀부대요."

수호는 손님의 첫마디에 고개를 끄덕거렸다. 참석한 일행은 가방의 내부를 보고 몹시 흥미롭다는 표정이었다. 그럴 것이, 007 가방 안에서 기이하게 생긴 빨간색 병과 파란색 병을 꺼내 탁자

위에 올려놓았기 때문이다. 그들은 이 병들이 어떤 용도이며, 이 곳에서 어떤 작업을 수행해야 하는지 자못 궁금했다.

"우린 궁극적으로 생화학 무기 개발에 주력하고 있습니다."

"놀랍소."

수호 원장이 감탄을 자아내듯 말했다. 조선인 간호사는 이시이의 말을 알아듣고 온몸을 파르르 떨었다.

"미나미 지로 총독께서 특별히 소록도를 방문토록 허락해 주셨소. 미나미 총독께 731부대를 대신해서 감사한 마음을 전하고 싶소."

"총독께서 몸소 이곳에 왕림해주신 인연도 깊은데 이렇게 훌륭한 후배를 만나게 되어 오히려 내가 고맙소."

"수호 선배님, 이제 말씀 낮추십시오. 내겐 고향의 큰 형님뻘 되시는 것으로 알고 있습니다. 편히 대해주십시오."

"그렇게 여겨주어 고맙군. 미나미 지로 총독께서 중일전쟁 이후 내선일체를 앞세워 조선민족말살정책을 추진하고 있네. 조선인에게 황민의식을 주입시켜서 조선인으로 하여금 전쟁에 자발적으로 참여하도록 독려하고 있지. 또한 만주의 관동군과 조선총독부는 경제, 문화, 치안 등 모든 부분에 걸쳐 협력관계를 구축하고 있지 않은가? 이런 마당에 당연히 합심해서 대일본제국이 세균무기를 통해 세계와의 전쟁에서 승리하도록 힘을 보태는 것은 당연한 이치인 것이네."

"예, 그렇지요. 선배님, 내게 필요한 것은 실험의 재료입니다. 조선의 고흥반도 소록도가 나환자의 낙원이란 소문이 중국 하얼빈에 파다하게 퍼져 있는데 사실상 제게 필요한 실험재료는 나환자가 아니라 정상인인 조선의 청년들입니다."

"건강한 조선인 청년들이라면 걱정할 거 없네. 소록도는 말로는 나환자 요양소라 하지만 실상 불온한 조선의 청년들을 잡아들여 버릇을 잡는 곳이라네. 이곳에는 우리 제국이 다스리고 있는 여러 마을이 있는데 마을마다 건강한 청년들이 득시글거리고 있지. 그런데 이 용기들은 대체 무엇인가?"

수호의 물음에 이시이는 침착한 목소리로 또렷하게 대답했다.

"조선인 청년들에게 주입할 균액菌液이오. 영사기는 준비 되었습니까?"

"회의실에 준비해 놓았습니다."

타다 의사가 정중히 대답했다.

"그럼, 어서 회의실로 자리를 옮깁시다."

그들은 무거운 걸음걸이로 침묵을 한 채로 회의실로 향했다. 이시이 시로는 본관의 회의실로 이동하면서 여러 명의 조선인들과 마주쳤다. 얼굴을 수건으로 감싼 환자들도 있고, 팔에 붕대를 두른 환자들도 있었다. 그러나 건강한 청년들이 특히 많았는데 이시이는 이들의 모습을 보면서 뿌듯한 표정이었다. 회의실 복도에서 청소하는 인영을 보며 이시이 시로가 감탄하듯 혼잣말을 했다.

"소록도에도 놀라운 미인이 있군."

그들은 회의실에서 곧바로 영사기를 설치했다. 이시이는 미리 준비해온 필름을 걸어 영사기를 돌리면서 관동군 부대를 어필하기 시작했다.

"이 기기는 내가 발명한 세균배양 상자로 5리터의 농축액을 만들어 세균전을 승리로 이끌 수가 있습니다."

이시이는 손동작을 크게 하면서 영사기를 천천히 돌렸고 흑백으로 선명한 화면을 보고 설명을 하고 있었다. 화면에 나타나는 세균배양기는 몹시 독특한 모습이었다. 기계가 정교하게 조립이 되어 있었다. 화면이 바뀌면서 이상한 모양의 도구가 나타났다.

"이것은 통방이라는 도구인데 페스트에 감염된 벼룩을 세균무기로 사용하기 위해 고안된 쥐 잡는 도구입니다. 우리 일본의 찬란한 업적이 될 것이오."

영사기를 통해 화면을 바라보던 사람들이 일제히 박수를 쳤다. 이때, 아침 일찍 본관 청소를 나온 인영은 살며시 문을 열고 들어와 청소를 하면서 그들의 대화를 엿듣고 있었다. 수호가 감탄의 말을 뱉어내고 있었다.

"내 관동군 방역급수부의 정체를 짐작은 하고 있었지만 이 정도일 줄은 몰랐소."

이시이가 수호의 말을 이어받았다.

"선배님이야말로 몰핀 중독 연구로 박사학위까지 받지 않으셨습니까?"

수호가 감탄의 탄력을 더욱 끌어올리고 있었다.

"박사학위는 무슨~ 이시이 대장께선 조선, 중국, 만주, 몽고 게다가 소련까지 전쟁포로를 확보하지 않았소?"

수호는 전쟁에 관하여 많은 연구를 해온 모습이었다. 인영은 열심히 바닥을 닦으면서 완전히 알아들을 수는 없지만 은밀히 저들의 대화를 엿듣고 있었다. 수호와 이시이가 장단을 맞추듯 주거니 받거니 거듭하고 있었다.

"그러니 조선의 건강한 청년들을 비롯하여 더욱 다양한 재료가 필요한 것 아니오? 우리 대일본제국의 번영을 위해 우리는 기꺼이 짐승이 되어야 하오."

"알았소. 내 대일본제국의 번영을 위해서라면 뭐인들 못하겠소?"

인영은 일본어를 잘하지는 못하지만 오랫동안 익힌 덕분에 대충 무슨 말인지 알아들을 수 있을 듯했다. 이시이가 못을 박듯 힘을 주어 말했다.

"나환자의 피부 표본은 변형을 막기 위해 죽은 자의 것은 아니 되오."

인영은 이제 저들의 계획을 어느 정도 짐작할 수 있었다. 피부의 표본이란 말을 통해 저들이 살아있는 나환자를 통한 생체실험은 물론 건강한 청년들을 상대로 생체실험을 하리라는 확신이 섰다.

"하하하... 그거라면 자신 있소. 이시이 부대장, 나를 따라 오시오."

수호 원장의 말투에는 자신감이 묻어 있었다.

수호 일행은 이시이를 데리고 회의실에서 나왔다. 인영은 청소를 대충 마무리하고 자연스럽게 저들의 뒤를 쫓았다. 수호가 사또를 향해 소리쳤다.

"사또, 준비는 빠짐없이 하고 있나?"

"원장 각하의 명령이신데 여부 있겠습니까?"

수호는 사또의 대답에 흡족한 표정으로 이시이 시로를 쳐다보며 말했다.

"이시이 부대장을 위해 특별한 추억거리를 준비해 두었소."

"아니 날 위해 추억거리를 준비해 두다니... 아무튼 고맙소."

수호 원장의 말에 이시이는 만족한 웃음을 지었다. 이시이를 데리고 수호 일행은 수술실로 향하고 있었다. 간호사들이 수술복을 입고 미리 대기하고 있었다. 수술 침대에는 배가 부른 여자가 몸부림치며 누워있었다. 그들은 장갑, 마스크 등을 착용하고 곧장 수술실로 들어가더니 여자의 다리를 번쩍 들어 올렸다. 의무관이 턱짓을 하자 간호사가 여성의 다리를 힘껏 벌렸다. 수술대

에 누운 여자의 입에는 흰 거즈가 물려 있었는데 여자의 울음소리
는 밖으로 새어 나오지 못했다. 의무관이 장갑 낀 손을 여자의 생
식기 안으로 집어넣은 이후 곧 아이의 울음소리가 들렸다.

"응애 응애~"

아이의 울음소리는 힘이 없었다. 인영은 수술실 입구에서 안쪽
으로 주의를 기울였다.

"사내 아입니다."

"달 못찬 아이라서 몸무게가 형편 없군."

의무관이 아이를 거꾸로 들어 올리며 혼잣말처럼 말했다. 인영
은 수술실 문틈으로 아이의 울음소리와 그들이 나누는 얘기를 간
신히 들을 수 있었다. 의무관은 아이의 탯줄을 끊고 곧바로 아이
를 포르말린 용액이 담긴 병 속에 거꾸로 집어넣었다. 간진 아이
의 울음소리는 이내 멈추었다.

"사또, 이게 네 아이냐?"

"에이 원장 각하, 아닙니다."

일행들이 일제히 웃었다.

"하하하~ 아이의 눈이라도 기억에 담아두렴."

"선배님, 정말 놀랍군요. 이렇게 표본을 즉석에서 만들다니~"

"놀랄 일은 뭐~ 빙산의 일각인데~"

수호 원장은 이시이 시로의 감동어린 표정에 흡족했다. 인영은

사또의 아이라는 말에 머리를 망치로 얻어터진 느낌이었다. 그렇다면, 수술대에 누운 여자는 미순이란 말이었다. 미순의 뱃속에 자라고 있는 아이가 아마 사또의 아이일 것이라는 소문이 파다했다. 수호원장의 입을 통해서도 확인되고 있었다. 인영은 놀란 입을 다물지 못했다. 속으로 절로 욕설이 튀어나올 지경이었다. 지독한 놈들. 꿈틀거리는 생명을 포르말린 용액에 쳐넣다니.

수호 일행은 은밀히 수술을 시범 보인 후 태연한 모습으로 극비보관실로 향했다. 수간호사인 세이코는 서랍에서 놋쇠로 된 열쇠를 꺼내더니 극비보관실 문을 열었다. 인영은 청소를 하면서 극비보관실 열쇠를 눈여겨 보았었다. 수호 일행은 중대한 모의를 하듯 진지한 표정들이었다. 인영은 수호 일행이 모두 극비보관실로 들어가는 것을 보고 열심히 바닥 청소를 하며 출입문의 안쪽으로 주의를 기울였다. 인영은 완전히 닫히지 않아 살짝 벌어진 틈새로 안쪽을 살며시 살폈다. 얼핏 살펴본 인영은 깜짝 놀랐다. 먼빛으로 보는 것이지만 유리관들이 즐비하게 늘어서 있었다. 그런데 유리관 안에 들어있는 것은 사람의 형상이었다. 인영은 저도 모르게 입이 떡 벌어졌다. 하마터면 소리를 지를 뻔했다. 인영은 열심히 빗질을 하면서도 다른 장소로 이동하지 못했다. 그곳에서 발이 떨어지지 않았다. 안쪽에서 일행의 소리가 문틈을 통해 나지막이 들렸다.

"이것들은 내가 수 년 동안 수확한 표본들이오."

수호 원장의 설명이었다. 수호의 말투가 의기양양하게 들렸다.

"가히 실험용 사체들의 백화점입니다. 이 시료는 조금 독특한 것 같은데~"

이시이의 목소리가 심히 떨렸다. 이시이의 목소리에는 설렘마저 묻어 있는 느낌이었다. 인영은 아마 이시이의 눈빛이 빨갛게 타들어 가고 있으리라 생각했다.

"내가 가장 아끼는 시룝니다. 세이코 상, 이게 몇 개월 된 아이였지?"

인영은 순간 손에 쥐고 있는 빗자루를 바닥으로 떨어뜨릴 뻔했다.

"거의 만삭이었지요."

"탯줄로 하나 된 이 모습이 아름답지 않소?"

훈장을 뽐내는 듯이 수호의 목소리에 자신감이 넘쳤다.

"아름답다 뿐입니까? 내 정신이 다 맑아지는 것 같소."

이시이의 목소리에도 흡족함이 묻어 있었다. 이시이의 말끝에 극비보관실 내부에서 일제히 만족한 웃음소리가 흘러나왔다. 인영은 재빨리 치료실에서 빠져나와 거듬거듬 정리한 다음 마을을 향해 뛰기 시작했다.

이시이는 731부대만은 못하지만 수호 원장이 소록도에서 일군 업적을 보고 은근히 놀라고 있었다. 여자 원생의 뱃속에 들어있는 달 못 찬 아이를 그저 한낱 추억거리 삼아 긁어내어 포르말린 용액의 용기에 집어넣는 것을 보고 자못 놀랐다. 이시이는 수호 원장이 자신과 많은 부분에서 닮아있다고 생각했다. 수술에 임하는 군의들과 간호사들의 열정 역시 비록 규모는 작지만 도고부대에 뒤지지 않을 정도였다.

이시이는 여자의 다리가 번쩍 들릴 때 짜릿한 쾌감을 느꼈다. 731부대의 실험실에서 여자 마루타의 다리를 들어 올려 밑구멍을 쳐다보던 순간의 감정이 겹쳐졌다. 이시이는 하얼빈에서 행한 수많은 실험장면이 떠올랐다. 뱃속의 아이를 직접 꺼내 포르말린 용액이 담긴 용기에 집어넣는 과정은 예술이었다. 포르말린 용액에 잠긴 아이의 처절한 몸부림은 짜릿한 감동을 선물했다.

이시이는 수호 원장의 안내를 받아 소록도 병원의 이곳저곳을 시찰했다. 이시이는 소록도를 세계에서 최고 나병 요양소로 만들겠다는 수호 원장의 당찬 야심이 마치 세계를 제패하기 위해 세균무기를 개발하는 자신의 야망과 닮아있다고 생각했다.

"선배님, 정말 대단합니다. 우린 대일본제국을 위해 정말 악마가 되어야 합니다."

"이시이 후배의 말을 들으니 용기가 절로 생기오. 내가 특별히 이시이 후배를 위해 보여줄 것이 하나 있는데 괜찮겠소?"

"괜찮고 말고요. 선배님의 모습을 보고 나도 더욱 정진해야 하겠습니다."

수호 원장과 일행이 이시이 시로를 소록도의 북쪽 후미진 데로 안내했다. 바닷가에서 소금이 마르는지 짠 내가 코끝을 자극했다. 바닷가로 향하는 곳의 작은 언덕에 드럼통들이 몇 개 놓여 있었다.

"이 드럼통에는 소록도 나환자들이 저기 뒷산에서 채취한 송진松津:소나무 기름이 들어있소. 이봐, 타다 상, 어서 나환자들을 데리고 나오시오."

수호 원장의 지시에 타다가 어디론가 뛰어가더니 곧장 세 명의 나환자들을 데리고 나타났다. 나이 어린 여성 나환자 한 명과 나이 지긋한 두 명의 사내들이었다. 나환자들은 일본 병사들에 에워싸여 드럼통 앞에서 멈춰 섰다. 수호 원장이 병사에게 손짓으로 지시를 하자 병사가 드럼통에 불을 붙였다. 송진이 담긴 드럼통이 활활 불타올랐다. 병사들이 드럼통에 집어넣으려고 세 명의 나환자들을 붙들었다. 나환자들은 자신의 운명을 순간 직감한 듯 붙들리지 않으려고 발버둥 쳤다. 그러나 나환자들의 처절한 몸부림은 소용없는 일이었다. 나환자들에게는 병사들을 물리칠만한 힘이 없었다.

수호원장의 지시에 따라 병사들은 차례대로 나환자들을 드럼통에 집어넣었다. 두 명의 사내는 도살장에 끌려가는 황소처럼 버티며 저항하는 모양이었지만 끝내 드럼통에 처넣어지고 말았다. 마지막으로 체격이 작은 여자아이의 몸이 병사들에 의해 들려졌는데 이윽고 아이의 몸이 드럼통으로 던져졌다. 아이는 불 속에 던져지며 단말마숨이 끊어질 때의 마지막 고통의 비명을 질렀다. 아이의 비명이 드럼통의 불살을 잠재우지 못했다.

이시이의 입이 저절로 벌어졌다. 한참동안 이시이는 입을 다물 수가 없었다. 이시이는 수호 원장에게 부탁한 악랄한 세균실험을 염려하지 않아도 되리란 자신감이 섰다. 수호 선배가 저토록 악랄하다는 소문은 듣지 못했는데 직접 소록도에 와서 보니 치가 떨리도록 흉악했다. 이런 모습이 이시이의 눈에 아름답게 비쳐지는 것이었다. 그런데도 이시이의 가슴에 안타까움으로 남은 하나는 소록도 드럼통에서 타죽은 여자는 자신의 취향인 아주 어린 계집아이라는 점이었다. 하얼빈에 두고 온 미호 보다 매력적인 아이였는데 아쉬웠다. 이시이는 믿음직스러운 수호 원장에게 남은 과제를 부탁하고 유유히 소록도를 떠났다.

1△

이시이가 소록도를 떠난 다음 날은 소록도의 면회일이었다. 한 달에 한두 번 열리는 면회는 소록도 원생들에게 가장 기다려지는 날이었다. 소록도의 면회는 정상인들보다 거의 나환자들을 중심으로 이루어졌다. 팔에 피부병이 생기면 나환자처럼 분류하여 면회를 통제하는 촌극도 벌어졌다. 면회는 전염을 염려한 탓에 면회하는 숲이 따로 있었다. 바닷가 솔숲에서 면회가 이루어졌는데 면회객과 환자가 5~10미터의 간격을 두고 멀리 떨어져서 서로 바라보며 면회를 하였다.

면회를 하는 숲의 가쪽으로 병사들이 철저히 나환자를 통제했다. 나병을 앓고 있거나 완치된 사람들도 함께 면회를 실시했다. 아이들의 면회도 숲길에서 이루어졌는데 인영은 이날 자신에게 엄마라고 부르는 수철이와 면회가 예정되어 있었다. 면회객들과 나환자들은 서로 껴안을 수가 없었다. 손을 잡는 것은 더군다나 허락되지 않았다. 수호는 나환자가 아닌 원생들의 면회 역시 나환자처럼 통제했다. 따라서 소록도에서의 면회는 멀찍이 떨어져 얼굴이나 보고 몇 마디 얘기나 하는 게 고작이었다.

춘상과 인후 등 동생리 30호사 식구들은 일찍부터 면회장 근처에서 어슬렁거렸다. 면회 하는 원생들을 구경하는 것으로도 흡족하기 때문이었다. 동료 중에 누가 집에서 면회를 왔는지는 모든 이들의 관심이었다. 남생리의 이동은 죽고 못 사는 분녀와 함께 고향에서 면회 온 어머니를 만나고 있었다. 이동은 이대 독자로서 한때 분녀와 결혼해 아들을 낳고 사는 꿈을 꾸었었다.

"이동이 부럽다."

판수가 부러운 시선을 담아 말했다.

"뭐가 부러워. 분녀가 옆에 있음 머하냐? 불알을 깠는데~"

인후가 면회하는 이동을 놀리듯 말했다.

"하하하~"

춘상을 비롯한 30호사 동료들이 일제히 웃었다.

또덕이와 막순이도 손을 잡고 면회 장소를 돌아다니고 있었다. 또덕은 여전히 바보의 행색으로 면회객들을 바라보며 덜떨어진 사람처럼 웃었다. 웃는 또덕을 보는 막순이의 표정은 어두웠다. 판수는 또덕이와 막순이를 보자 은근히 속에서 화가 치밀었다.

판수는 빨랫감을 막순이한테 맡겼다가 퇴짜를 맞은 이력이 있기 때문이었다. 또덕은 가족이 면회를 오지 않았음에도 싱글벙글이었다. 또덕과 막순은 한참이나 면회장에서 배회하더니 손을 잡고 마을로 돌아가는 모양이었다. 이때, 아이와 부모의 면회장을 보고 판수가 갑자기 소리쳤다.

"대장, 저기 면회 숲에 인영이 누나 아니오?"

춘상은 눈이 휘둥그래졌고, 30호실 막동이가 껴들었다.

"맞네. 춘상이 대장~ 잘못 짚었어라. 저 봐, 자식 맞네."

인영의 앞에는 머리를 곱게 빗어넘긴 수철이가 면회를 하고 있었다. 춘상은 뜻밖의 광경에 어리둥절하고 있었다. 춘상은 인후를 바라보았다. 인후 역시 영문을 몰라 고개를 가로저었다.

"인후야, 저 모습은 뭐냐?"

춘상이 영문을 모르겠다는 듯 물었다.

"글쎄, 인영이가 왜 저기에서 면회를 하지? 난 전혀 모르는 일인데~"

인후 역시 고개를 갸웃거리고 있었다. 춘상은 순간 머릿속이 회오리바람처럼 어지러웠다. 화사하게 차려입은 장한 아들과 다정한 엄마로 변한 모습을 보니 머리가 어지러울 지경이었다. 이때, 일장기의 깃발이 펄럭거리더니 바람의 방향이 반대로 바뀌었다. 일장기의 모습을 유심히 쳐다보던 병사가 호루라기를 길게 불었다. 삐릭 삐릭~ 그리고 병사들이 소리쳤다.

"대열이동 12시 방향"

호루라기 소리가 요란하게 울리자 감시자들의 지시에 따라 면회자들은 쏜살같이 12시 방향으로 대열을 전환했다. 대열이 정리되자 여기저기에서 다시 면회가 시작되었다. 춘상 일행은 인영이쪽을 바라보고 있었다. 인후 역시 영문을 몰라 고개를 빠뜨리고 면회장 가까이 걸어갔다.

"엄마, 나 엄마하고 살면 안 돼?"

"수철아, 그건 안 돼. 엄만 아프잖아~"

인영을 향해 수철이란 아이가 어리광 섞인 말을 했다. 인영은 아이의 응석에 단호한 태도를 보이고 있었다.

"대열이동 9시 방향!"

호루라기 소리가 다시 요란하게 울렸다. 면회자들이 감시자들의 지시에따라 쏜살같이 바람의 방향인 9시 방향으로 대열을 전환했다. 동작이 늦은 사람들은 어김없이 채찍으로 목덜미를 얻어 맞았다. 수철이는 목덜미를 얻어맞으며 울었다.

"엄마, 나 일본 사람이야? 나 일본말 배우기 싫단 말이야."

"수철아, 엄마 말 잘 들어. 뭐든 열심히 배워야 착한 아이야."

인영의 말에 아이는 고개를 끄덕거렸다. 춘상 일행은 인영이쪽을 향하여 더욱 바짝 다가와 있었다. 면회객들이 많아 주위가 소란스러웠지만 인영이가 아이와 나누는 대화를 충분히 엿들을 수가 있었다.

"엄마, 손 한번 잡아보고 싶어."

"안 돼, 수철아."

아이에 대한 인영의 반응은 단호했다. 춘상은 인영에게 아이가 있으리라고는 생각지도 못한 일이었다. 오빠인 인후도 모르는 일이 아닌가. 소록도에서 몰래 연애를 해서 아이를 낳아 키우는 사람도 있다고 들었는데 인영이가 그런 사람이란 것을 예상하지 못했다. 수철이가 5미터 간격의 규칙을 어기고 순식간에 인영에게 달려들었다. 순간 다른 아이들도 부모를 향해 쏜살같이 대열을 이탈했다. 일본 병사의 채찍이 수철의 목덜미를 핥았다. 목덜미에 금새 붉은 줄이 생겼다. 인영의 어깨에도 채찍이 날아들었다. 일본 병사에게 채찍을 맞는 인영의 모습을 보며 춘상은 어금니를 깨물었다.

"판수 형, 인영이 누나한테 아들 있단 소문 혹시 들었어?"

동생리 30호실 막동이가 고개를 갸웃거리며 물었다.

"아니, 못들었지. 인후 형한테 물어봐."

막동이가 인후를 쳐다보았다. 인후는 상기된 얼굴로 고개를 저었다. 인후 역시 인영의 일을 전혀 알지 못했다. 인후는 평양에 있는 어머니와 한번 편지 왕래를 하였을 뿐 가족의 면회에 관한 것은 전혀 몰랐다.

춘상은 몹시 우울한 마음으로 부락을 향해 걸었다. 춘상을 뒤따라 일행들 역시 부락으로 향했다. 그들이 마을을 향해 한참 걸어서 해안가의 숲길에 도착했을 때 막순이와 또덕이가 숲속에 앉아 있었다. 하늘이 파랗고 맑았다. 갈매기가 날개를 치며 울었다. 또덕이가 말했다.

"막순아, 저 새들은 바다를 건널 수 있어서 좋겠다."

"에이 씨~ 엄마가 안 왔어. 우리 엄마 죽었나 봐."

막순이가 시무룩한 표정으로 대꾸했다. 또덕은 막순의 등을 두들겨주었다.

"아냐, 바빠서 못오신 거겠지."

"올 여름에도 바쁘셨나? 작년 겨울에도? 이놈에 손가락이 다 없어지면 오시려나?"

"막순이 너, 그런 말 하면 못써. 손가락이 없어지다니? 너 손가락 아픈 데 다 나았잖아? 자꾸 그런 말 하면 사또 저놈이 너 잡아다 병사지대에 처넣을 거야. 그럼 끝이야. 병사지대 가면 맘대로 돌아다니지도 못한대. 막순아, 노동을 해도 돌아다닌 게 낫지. 안 그러냐?"

"아저씨, 아냐. 나 손가락 또 아프단 말이야. 손가락이 아주 짓물렀어. 이것 볼래? 한번 부러뜨려볼까?"

"에이 막순아~"

막순이가 손가락 하나를 뚝 꺾었다. 손가락이 툭 부러졌다. 막순이는 울면서 부러진 손가락을 산자락에 버렸다.

"아무리 그래도 그렇지...땅바닥에 버리냐? 우리 숲속에 묻자."

또덕이와 막순이는 손가락을 숲속에 묻었다. 막순은 묻힌 손가락 무덤에서 한참동안 울었다. 춘상 일행이 한참 후에 도착했다.

"네들은 왜 울고 있나?"

"그깟 면회 안왔다고?"

창옥과 종희가 번갈아 물었다. 그래도 막순은 연실 훌쩍거리고 있었다.

"또덕아, 애 왜 우냐?"

"몰라 아찌~"

또덕은 바보처럼 말하며 활짝 웃었다. 또덕 웃는 모습에 춘상과 인후 역시 가볍게 웃었다. 춘상과 인후는 또덕이 바보가 아니라는 것을 어렴풋이 짐작하고 있었다. 그들은 인영으로부터 또덕의 일을 전해듣고 또덕이가 바보가 아님을 확신했다. 갑자기 판수가 엉엉 울었다. 춘상 일행은 갑작스런 판수의 울음에 영문을 몰랐다.

"판수 너는 또 왜 갑작시레 울어브나?"

전라도 대표 창옥이 물었다.

"이동이가 분녀하고 면회한 거 보니 부아가 나서 그러겠지?"

경상도 대표 종희가 창옥의 물음에 대답했다.

"분녀 그년 오늘 그냥 고부상봉姑婦相逢을 하등만."

창옥이 판수를 약올리며 말했다. 판수가 울면서 창옥의 팔을 치자 창옥이 아이구 아파, 하며 엄살을 떨었다.

"네들 쓸 데 없는 걱정 말고 어서 마을로 돌아가라."

경상도 대표 종희가 심란한 표정으로 말했다. 종희의 말이 끝나기도 전에 춘상이 정신없이 내달리기 시작했다.

"어허, 춘상이 저놈은 또 왜 저렇게 뛰는거?"

"대표님도 참 몰라서 묻는다요?"

판수가 창옥을 힐끔 바라보며 말했다.

"인영이 숨겨놓은 아들내미 봐서 저런다냐?"

"야~"

판수의 대답이 시무룩했다.

"네들은 인영이를 그렇게 모르냐? 인후 네 동생이 어디로 봐서 몰래 아들을 낳서 숨겨놓을 애냐?"

창옥이 입에 거품을 물었다.

"애 대표님, 나도 내 동생 일을 모르는 일이에요."

"뭔가 우리가 모르는 사연이 있을 것이여. 소록도에 십 년을 넘게 살았는데 사연이 없었겠냐?"

창옥의 말을 듣고 인후가 춘상을 뒤따라 뛰기 시작했다. 판수와 막동이가 이어서 뛰기 시작했고, 뒤를 이어 창옥과 종희가 뛰기 시작했다. 그 뒤를 또덕과 막순이가 손을 잡고 천천히 뛰기 시작했다.

오후의 햇살이 뉘엿뉘엿 기울고 있었다. 그날, 면회를 한 사람도 하지 못한 사람도 울었다. 소록도 하늘은 속절없이 맑았고 바다도 속절없이 푸르렀다. 하루종일 소록도 면회장은 눈물바다를 이루었다. 가족을 만나서 울고 병사들의 채찍을 맞고 울었다. 하루 내내 소록도는 눈물바다가 되었다.

11

춘상은 또덕이를 통해 은밀한 연락을 받았다. 인영이가 구북리 해안가에서 밤에 은밀히 만나자는 전갈이었다. 춘상은 종일 가슴 앓이를 했던 터라 밤에 만나자는 소식에 기뻤다. 저녁을 먹는 둥 마는 둥 하고 어둑한 해안도로를 걸어 약속장소에서 기다렸다. 그런데 인영이가 약속시간 전인데도 먼저 약속장소에 나와 있었다. 춘상은 온갖 복잡한 마음의 갈래를 추스르며 부드러운 목소리로 말했다.

"빨래터에서 보면 될 것을~"

어둠 속에 비치는 인영의 표정이 무겁게 가라앉아 보였다.

"급히 전할 말이 있어서~"

"수철이 얘기라면 듣지 않아도 됩니다. 애가 있어서 오히려 다행이에요. 변명하지 않아도 돼요. 수철이 그놈 참 똑똑하게 생겼던데요. 몇 살이에요?"

춘상은 인영의 가슴에 상처를 남기지 않으려고 조심스럽게 말했다. 하지만 뜻밖에 말이 길어졌다.

"지금 무슨 생각 하는 거예요?"

"왜요? 내 말이 틀렸어요?"

춘상은 여전히 인영에게 서운한 마음이었다.

"소록도에 지금 끔찍한 일이 일어나고 있단 말에요. 당장 예방접종부터 막아야 해요."

인영의 대답은 전혀 뜻밖이었다.

"아니 뭐라구요?"

춘상은 인영으로부터 731부대에서 손님이 은밀히 소록도에 방문하여 수호 원장 일행과 나누었던 얘기들을 들었다. 특히 극비 보관실에 대한 얘기를 듣고 한낱 아이를 시샘한 일이 몹시 부끄럽게 느껴졌다. 인영의 얘기가 끝난 후에 춘상이 다급한 목소리로 말했다.

"수호의 자부심이 하늘을 찌르기 전에 얼른 조치를 취해야겠어요."

"어떻게요?"

인영의 마음 역시 매우 다급해졌다.

"먼저 최일봉 대표하고 상의해서 막아내면 어떨까요?"

"부락 대표들은 결국 일본 놈들 편이에요."

인영의 말은 틀림없는 말이었다. 소록도에서 수호 원장을 비롯한 일본 관리자들은 무엇보다 부락대표와 환자대표 고문들을 이용해서 환자들을 다스리고 있었다.

"그래도 우리 마을 대표는 나빠 보이지 않아요. 인영 씨를 넘보는 것 빼면~"

춘상은 인영 씨에 대한 서운한 감정이 아직도 남아 있었다. 최일봉이란 부락대표와 여전히 빨랫감을 공유하고 있으며 자신이 몰랐던 아이가 있었다는 것도 서운했다. 그런데 춘상의 하소연이 끝나기도 전에 인영이 갑자기 그에게 매달리며 키스를 퍼부었다.

춘상은 저번 날처럼 끌어안고 오래오래 몸부림치며 솔숲에서 뒹굴었다. 비릿한 미역 냄새를 맡고 퍼덕이는 파도 소리를 들으며 인영의 입가에서 삐져나오는 가느다란 신음소리를 들었다. 춘상은 인영 씨와의 이런 순간을 온몸이 기억할 수 있도록 인영 씨 머릿결에서 맡아지는 냄새까지 맘껏 들이마셨다. 그리고 인영의 몸에서 나오는 온갖 야릇한 냄새와 미세한 떨림의 소리들을 머릿속에 새겨 넣었다. 비록 나병은 나았지만 수용소에서의 삶이란 노예의 신분이나 다름이 없다는 생각에 이르자 이런 모든 것들이 말할 수 없을 정도로 소중하게 느껴졌다.

숲속에서 은밀히 애정을 나눌 때는 죽음도 두렵지 않다는 생각이 들었다. 이대로 죽어도 여한이 없다는 생각은 인영 역시 마찬가지인 모양이었다. 병사들이 해안이나 숲속 오솔길을 거닐며 플래시를 비추고 순찰을 하는 데 하나도 두렵지 않았다.

"수철이 같은 아들이 있었으면 좋겠어요. 그 아이는 내가 낳은 애가 아니랍니다. 수철이 엄마는 걔가 두 살 때 죽었지요. 수철일 부탁한다고 제대로 눈도 감지 못했어요. 수철이 엄마 넋은 저 만령당에 잠들어 있지요."

"아니 뭐~ 그, 그렇군요."

만령당은 소록도에서 죽은 나환자와 죽은 원생들의 넋이 잠든 곳이었다. 춘상은 인영 씨로부터 이런 말을 듣고 한편 가벼운 마음도 있었지만 당장 소록도에서 벌어질 일들을 생각하면 결코 편할 수는 없었던 것이다.

춘상은 마을로 돌아오는 내내 복잡한 생각으로 머리가 어지러웠다. 호사에 들어와서도 내내 잠을 이룰 수가 없었다. 그럼에도 흡족한 마음은 인영 씨의 몸과 자신의 몸을 또다시 한데 섞었다는 데서 오는 책임감이었다. 혼인은 하지 못해도 이제 마음속에 영원히 지켜야 할 가족이 생겼다는 생각 때문에 잠이 오지 않았다. 춘상은 수철이를 자신의 아이로 받아들일 수 있으리란 생각을 하면서 노곤한 몸을 잠시 눕혔다.

이튿날, 이른 아침부터 부락대표들이 수호 원장실 회의 탁자에 모여 회의를 하고 있었다. 수호는 마을 유지들을 불러 대일본제국에 충성할 기회를 주겠다며 회유를 하고 있었다. 마을 유지들 중에서도 수호 원장의 취지에 가장 적극적인 사람이 앞을 보지 못하는 박순주 고문이었다. 박 고문은 부락 대표들보다 먼저 충성맹세를 했다.

"원장님의 뜻이라면 뭔들 못하겠습니까?"

박 고문의 말을 이어받아 수호 원장이 칼로 무를 자르듯 단호히 명령했다.

"각 부락에서 환자 40명씩을 차출하시오."

수호 원장의 말에 일봉이 토를 달 듯 덧붙이고 나왔다.

"노역은 할당대로 잘하고 있는데 어인 일로~"

일봉의 말에 수호 원장은 약간 난처한 듯 머리를 공연히 어루만지면서 시선은 사또를 향하고 있었다. 사또에게 설명을 하라는 눈치인 모양이었다.

"탁월한 치료제를 상부로부터 공수 받았소."

사또가 마을 유지들의 표정을 조심스럽게 살피며 낮은 목소리로 말했다. 사또의 말에 중앙리 부락 대표 노양춘이 눈을 크게 뜨며 애걸조로 말했다.

"중앙리는 중증환자가 많으니께 100명 정도 혜택을 주면 안 되겠소?"

노양춘의 요청에 수호 원장이 단칼로 자르듯 말했다.

"중증환자는 제외시키시오. 되도록 안전지대 사람들로 준비하시오."

노양춘이 대표를 맡고 있는 중앙리 부락은 대개 중증환자들이 살고 있었다.

"밤마다 잠 못 이루는 환자가 부지기수라서~"

"닥치시오. 중앙리는 제외하고 가능한 안전지대 건강한 사람으로 부락 당 40명씩 내일 아침 9시까지 치료실 앞에 대기시키시오."

사또의 무례한 말을 듣고 부락 유지들은 이해가 되지 않았다. 탁월한 치료제를 상부로부터 공수받았다면 중증환자부터 치료받는 게 옳다는 생각이었다. 그런데 단칼에 중앙리 환자들 치료를 거부당하니 어리둥절했던 것이다.

그날 밤, 춘상은 마을 뒤쪽 나무 아래에서 최일봉 부락대표와 이야기를 나누고 있었다. 마을을 등지고 밤바다를 향해 앉은 춘상이 최 대표를 향해 무시무시한 말을 했다.

"대표님, 저놈들은 지금 우리한테 주사 실험을 하려는 겁니다."

"무슨 흰소리여? 만병통치약을 공수해 왔다는데~"

최일봉 대표의 마음을 춘상은 읽을 수가 없었다. 일본 놈들의 계략을 아무것도 모르는 것인지 아니면 알면서도 일부러 모르는 척하는 것인지 얼른 분간이 서지 않았다.

"만병통치약은 무슨 만병통치약입니까. 인영 씨가 똑똑히 듣고 봤답니다. 혹시 극비보관실 얘길~"

춘상이 말을 하고 있는데 최 대표의 손바닥이 급히 춘상의 입을 틀어막았다. 이런 행동으로 봐서 최일봉 역시 극비실에 관해 알고 있는 모양이었다.

"내 말 잘 들어 춘상이~ 살아서는 그 얘길 뻥긋하면 안 되어."

최 대표의 이런 말을 통해 춘상은 최일봉이 극비보관실에 대한 무서운 비밀을 알고 있는지도 모른다는 확신이 섰다.

"왜요? 우리 같은 원생들은 벌레취급 당해도 된답니까?"

"누가 그 속을 모르나~ 어쩔 도리가 없지 않은가~"

소록도의 원생들이 일본인의 노예라는 것을 최 대표 역시 부정하지 않고 있었다. 춘상은 화가 나서 주먹을 불끈 쥐면서 말했다.

"저놈들 생각하면 치가 떨려요."

"그 맘 나도 안다. 여기 소록도에서 조선 놈치고 저놈들한테 당해보지 않은 사람 있냐? 괜한 객기 부리들 말아~ 죽는 놈이 아니라 사는 놈이 이기는 거여."

최 대표의 말이 춘상에게는 비겁하게 들렸다. 목숨을 붙들려고 노예처럼 굽실거리며 살아야 하는 처지를 두둔하면서 일본인들의 앞잡이 노릇을 하는 부락 유지들을 생각하면 구역질이 올라왔다. 춘상이 이처럼 증오의 마음을 담아 욕설을 입에 올렸다.

"성님은 저놈들 똥구멍 빨면서 오래오래 사시오."

"예끼 이놈아~ 인영이를 품었다는 놈이 그딴 말을 하냐?"

춘상이 주먹을 말아 쥐었을 때에는 일봉은 이미 자리를 떠버리고 없었다.

아침 일찍부터 각 마을에서 차출되어 나온 사람들이 치료실 입구에서 웅성거리고 있었다. 차출되어 나온 원생들은 탁월한 만병통치약이 공수되어 왔다는 말에 몹시 들떠 있었다. 수간호사의 지시 아래 다른 간호사들 역시 부락별로 할당된 인원을 확인하느라 바빴다. 간호사들이 부락별로 열심히 호명을 하고 있었는데 호명 당한 원생들은 주사 맞을 순서대로 대열을 이루었다. 구북리, 남생리, 서생리, 동생리, 신생리 등 중앙리를 제외한 모든 부락의 원생들이 줄을 서서 주사 투여 순서를 기다리고 있었다.

그런데 주사를 맞기 위해 대기하고 있는 사람들은 아주 건강한 원생들이었다. 젊은 청년, 장년, 노인들도 건강한 노인들이 뽑혔다. 면회 때 부모까지 만난 분녀와 이동도 대열에 섞여 있었다. 춘상과 판수, 인후와 막동이 등도 뽑혀서 대열에서 서성거리고 있었다. 인영은 여느 날과 다름없이 열심히 청소를 하고 있었다. 또덕이와 막순이가 헐레벌떡 뛰어왔다. 또덕이가 먼저 말했다.

"나도 주사 맞고 싶다."

막순이가 또덕을 향해 대꾸했다.

"DDS보다 좋담서, 나도 주사 맞을래~"

DDS는 소록도 나환자들을 치료하는 탁월한 치료제였다. 이 때, 인영이 또덕과 막순을 막아섰다.

"네들은 안 돼! 명단에도 뽑히지 않았잖아~"

"어째 우린 안 되어? 주사 맞고 건강하게 살고 싶은 데~"

막순이가 떼를 쓰듯 말했다.

"글쎄 안 되어, 내 말 들어 막순아, 이 주사 맞으면 큰일 나, 어서 돌아가. 또덕이도~"

인영이가 막순이와 또덕이를 저쪽으로 밀어붙이며 말렸다. 이 때, 옆을 지나가던 박순주 고문이 지팡이를 짚고 가다 인영의 소리를 듣고 멈칫거렸다. 박 고문이 지팡이를 더듬으며 다시 치료실 쪽으로 걸어가고 나서 인영이가 막순에게 소리쳤다.

"막순아, 어서 돌아가라. 또덕아, 막순이 데리고 어서 마을로 돌아가, 어서~"

"예~"

막순이와 또덕이가 투덜거리며 돌아가는 것을 보고 대열 중에서서 순서를 기다리고 있던 이동이 분녀를 향해 말했다.

"분녀야, 우리도 그냥 가자. 이 주사 맞지 말자."

"오라버니, 난 주사 맞고 건강하게 사는 게 소원이에요."

분녀는 정말 건강한 몸을 갖는 게 소원이었다. 건강한 몸으로 이동의 아이를 낳아주는 게 소원이었다. 이동이 비록 불알을 까였지만 분녀는 여전히 아이를 낳아주는 꿈을 버리지 못하고 있었다.

"난 안 맞을 겨~ 그럼 분녀는 소원이니까 맞아 보드라고~"

이동이 분녀를 남겨두고 혼자 대열에서 이탈했다. 춘상이 판수와 인후, 막동에게 눈치를 주었다.

"야, 우리도 가버리자."

춘상이 눈을 찡긋거리자 판수와 막동이, 인후가 살며시 대열에서 이탈했다. 다른 원생들은 순서를 기다리다 호명을 당하면 치료실 안으로 들어갔다. 간호사가 남생리 이동의 이름을 호명했지만 이동은 자리를 이탈하고 없었다. 동생리 이춘상 역시 호명을 당했지만 자리를 이탈하고 이미 없었다. 호명 당한 분녀는 몹시 설레는 마음으로 팔을 내밀었다. 간호사들은 호명 당해 불려온 원생들의 팔을 올리고 주사액을 주입했다. 춘상 일행과 이동은 마을을 향해 터벅터벅 걷고 있었다.

"춘상아, 저 주사 맞으면 안 되는 거 맞지?"

"예감이 좋지 않아요."

"에이 악착같이 분녀를 끌고 왔어야 하는 건데~"

판수와 막동은 안타까워하는 이동의 모습을 보고 고소하다는 듯 서로 마주 보고 웃었다. 그들은 창옥과 종희를 누르고 분녀를 낚은 이동을 보니 은근히 질투심이 일었다. 그러면서도 그들은 주사를 맞지 않아 다행이라는 생각이 들었다.

　그런데 그날 오후, 그들에게 문제가 생겼다. 731부대의 부대
장이 은밀히 가져온 예방접종을 회피한 원생들을 색출하는 것이
었다. 수호는 원장실에서 일본 엔카 새장의 새 籠の鳥를 감상하고
있다가 보고를 받았다.
　"예방접종을 거부한 놈이 있다고?"
　간호 주임 사또가 대답했다.
　"네, 남생리 1명, 동생리 4명입니다."
　보고를 받은 수호 원장은 화가 머리끝까지 차올라 사또의 정
강이를 걷어찼다.
　"당장 잡아들여! 당장!"
　수호는 이놈들을 불에 태워 죽여도 분이 풀리는 않을 듯이 사
또에게 고함을 쳤다.
　사또는 당장 병사들을 데리고 예방접종 회피자를 체포하러 나
섰다. 동생리 이춘상, 판수와 막동, 인후 그리고 남생리의 이동
등은 순식간에 병사들에 체포되었다. 그들은 당장 포박당한 채로
감금실로 끌려 들어갔다. 말로만 듣던 감금실에 끌려온 그들은
감금실이 지옥이라는 것을 깨달았다. 살아서는 밖으로 나올 수
없다는 말이 전혀 무색하지 않았다.

고문을 전문으로 하는 듯한 병사들이 그들을 알몸으로 만들었다. 뜨거운 불구덩이에서 빨갛게 이글거리는 고문 도구를 보는 순간 온몸이 바들바들 떨렸다. 녹슬어 무디어진 쇠고랑이 그들의 발목을 굴비처럼 엮었다. 몸의 곳곳에 채찍이 떨어졌다. 온몸에 진물보다 징그러운 핏줄이 섰다. 발목에서 족쇄를 풀고 철봉에다 손목을 묶어 거꾸로 매달리게 했다. 몇 분을 매달렸을 정도인데 온몸에서 땀이 흘렀다. 춘상을 비롯한 원생들은 모두 숨을 헐떡였다. 이때, 수호 원장을 비롯하여 사또 주임 등이 감금실에 들이닥쳤다. 수호 원장이 구둣발로 춘상의 머리통을 짓밟으며 소리쳤다.

"네놈들이 감히 대일본제국의 나아가는 길에 반기反旗를 들어?"

사또가 흔들리는 백열전등을 머리통으로 툭, 툭 치면서 수호를 향해 보고한다.

"원장 각하! 이놈은 서대문 형무소 출신으로 아주 악질입니다."

"나도 잘 알고 있지~ 마사오를 때려눕혔던 놈이 네놈이지? 인영이 년을 붙어먹었다면서? 아주 그냥 하나이 원장의 여자를 붙어먹지 그랬어, 응?"

"서대문 형무소에서도 아주 요주의要注意 인물이었답니다!"

"그래~ 소록도 감금실이 어떤 곳인지 이놈들한테 확실히 보여줘라, 사또! 이제 보니 이동이란 놈은 감금실이 누구네 안방이냐? 한 번도 아니고~"

수호 원장은 단단히 지시를 내린 다음 감금실에서 나가버렸다. 사또는 이제 제대로 고문을 시작하기라도 한다는 듯 상의를 벗었다. 사또는 병사를 시켜 펄펄 끓는 물을 그들의 목덜미에 들이붓도록 하였다. 판수와 막동은 이를 악물고 신음소리를 참아냈다. 이동과 인후는 고통을 참지 못하고 버럭버럭 고함을 치고 있었다. 춘상은 이러다가 죽을지도 모른다고 생각했다. 그러나 일본 놈들에게 약한 모습을 보여주고 싶지 않았다. 그들은 감금실에 갇혀서 두 시간을 넘게 고문을 받았다. 춘상을 비롯한 일행 모두 쭉 뻗어버렸는데 아무래도 소문처럼 살아서는 나갈 방법이 없는 듯했다.

바닥에 뒹굴던 그들에게 저녁 고문이 다시 시작될 모양이었다. 그들은 발가벗은 몸으로 다시 철봉 끝에 굴비처럼 발목을 엮고 대롱대롱 매달려 있었다. 춘상은 자신이 사람이 아니라 한 마리의 짐승만도 못한 듯이 여겨졌다. 이때, 인영이 최일봉을 앞장세우고 감금실 입구에 도착했다. 경비병에게 뇌물을 주고 춘상 일행을 만나려고 하였지만 거절당했다. 인영은 일본 병사에게 전했다. 춘상과 인후 오빠가 단종 수술을 받고서라도 반드시 살아서 나오라는 말이었다.

춘상 일행은 한바탕 몸이 가루가 되도록 고문을 당했다. 두 번의 혹독한 고문을 당한 이후 더는 살아서 나갈 방법이 없다고 여긴 나머지 절망에 빠져들었다. 이때, 감금실 입구에서 병사가 지나가며 말했다.

"여기서 살아나가는 방법이 하나 있다~"

그들 중 가장 상태가 좋은 판수가 짐작은 하고 있었지만 재빨리 물었다.

"뭐입니까?"

감금실 복도에서 병사가 황당한 대답을 했다.

"네놈들 불알을 까는 것이지, 불알을 까면 당장 꺼내줄 테다~"

병사의 대답에 일제히 욕설을 내뱉었다.

"씨부랄 놈들!"

하루종일 그들은 생각에 잠겼다. 아무리 생각을 해봐도 감금실을 살아서 빠져나갈 수 있는 방법은 불알을 까는 방법밖에 없는 것 같았다. 저녁 무렵 수호 원장 일행이 들어와서 혀가 빠지게 고문을 하고 나서 제의를 했다.

"불알을 깐다면 당장 밖으로 내보내 줄 테다. 그대들의 의견은 어떤가? 불알을 까는 일은 나병 요양소에 갇힌 사내놈들이 대일본제국에 충성할 수 있는 유일한 방법이다."

이렇게 말해놓고 조롱하듯 히죽거렸다. 일본은 한때 나병이 유전이라고 생각했다. 나병을 앓고 치료가 되었더라도 다시 재발할 수 있다고 생각했다. 그래서 되도록 소록도의 남녀 사이에는 연애라는 것을 금지당했다. 일본은 가능한 많은 수의 원생들에게 불알을 까도록 권유했다. 나병을 앓지 않던 나병을 앓다 치료가 되었든 많은 사람들의 불알을 까는 것이 제국에 충성하는 것이라고 여겼다.

판수와 막동은 이미 마음의 결정을 해버린 모양이었다. 춘상을 바라보며 애원하듯 말했다.

"성님, 우리 불알 깝시다. 여기 감금실은 살아서는 못 나간다고 안 하요."

"그래. 우리 불알 까자. 춘상이 대장, 우리 불알 까고 나가자."

인후가 춘상을 향해 간절히 요청했다. 춘상은 부하들의 간청에도 불구하고 전혀 동요하지 않았다. 천정을 물끄러미 바라보며 길게 한숨을 쉬었다. 이동 역시 춘상의 곁에 누워 천정을 물끄러미 바라보았다. 이동으로서는 불알을 까는 일은 가문의 핏줄을 끊는 불효나 다름이 없었다. 당장 목에 칼이 들어온다고 하더라도 불알을 까는 짓은 있을 수가 없는 일이었는데 목숨만은 살려고 이미 한번 불알을 까인 몸이었다. 이동이 경비병을 향해 한심한 목소리로 물었다.

"나는 한번 까였는데 어떻게 해야 하오?"

"걱정하지 마라. 두 번 까고 살아서 나가면 된다."

경비병의 대답에 이동의 입에서 한숨이 흘러나왔다.

"오매 한번도 아니고 두 번 씩이나 까요?"

"하하하~"

경비병이 복도에서 배꼽을 잡고 웃었다. 판수는 이런 상황에도 장난기가 발동해 이동에게 물었다.

"이동 아저씨, 분녀하고 한 번이나 해봤소?"

이동이 판수의 장난질에 울면서 팔을 툭 쳤다. 팔을 치면서 이동은 고개를 저었다.

"에이 불알 까이기 전에 분녀 눕혀버리지 그랬소? 면회까지 했으면서 얼른 눕혀 버리지~"

이런 마당에 막동이까지 장난질을 하자 이동이 흐느끼면서 막동의 어깨를 툭, 툭 쳤다. 판수가 애가 탄 듯 춘상을 바라보며 말했다.

"성님, 우리 불알 저당 잡히지 않으면 여기서 물귀신 되요. 그냥 눈 찔끔 감고 불알 까버립시다~"

그런데 바로 그때, 춘상이 갑자기 간수를 불렀다.

"어이 간수 양반, 좀 봅시다."

간수의 걸음보다 마음이 바쁜 사람은 이동이었다. 춘상의 목소리에서 불길한 느낌을 받았던지 이동은 춘상을 원망스럽게 바라보았다.

"춘상이~ 안 되어! 불알을 두 번씩이나 까는 짓은 조상님한테 불효를 하는 짓이여. 나는 죽었으면 죽었지 이제 불알 안 깔라네~"

이동의 펄쩍 뛰는 말에 판수와 막동이 번갈아 말대포를 쏘았다.

"이동 아저씨는 그럼 혼자 여기서 죽으시오."

"불알 지키면서 여기서 장하게 죽으시오. 그래도 사는 놈이 여기 물통에서 물귀신 되는 것보다 낫겠지~"

감금실에서 가장 살벌한 것이 물통에 사람을 집어넣고 물을 채워 익사시키는 방법이라고 했다. 목구멍에 물이 차오를 때는 의연한 척해도 코밑에 차올라 숨을 막아대는 순간에는 살려고 무슨 짓이라도 한다는 것이었다. 이때, 감금실 복도에서 어슬렁거리던 경비병이 문을 열고 말했다.

"그래 나를 불렀나?"

춘상이 대답했다.

"불알을 까고 나가겠소."

"오호 그래~ 아주 좋은 생각이야. 진작 결정했으면 괜한 고문을 피했을 텐데~ 자, 네들 다섯 놈 모두 불알을 까는 거냐?

나이 젊은 경비병이 조롱하듯 말했다. 이때, 이동이 경비병을 향해 퉁을 주었다.

"나는 아녀 새끼야. 불알을 저당 잡히느니 그냥 여기 물통에서 죽을 테야~"

하지만 경계병들이 감금실에 들어와서 혼자 버텨보려는 이동의 몸을 강제로 밖으로 끌어내렸다. 이동 역시 반강제적으로 감금실에서 나와 단종대斷種臺로 향했다. 단종대는 감금실 바로 옆에 마련되어 있었다. 감금실에 갇히는 환자는 죽어서 나와야 하고, 살아서 나오려면 단종대에 누워 불알을 까야했기 때문에 단종대는 감금실 바로 옆에 붙어 있었다.

수호 원장을 비롯하여 의사 타다, 수간호사 세이코 등이 장화를 신고 마스크에 장갑과 모자까지 무장을 하고 단종대에 누운 환자를 내려다보았다. 단종대에 누워 가장 먼저 가랑이를 벌리고 불알을 저당 잡힌 사람은 판수, 이어서 막동의 순서였다. 불알을 까는 데는 오랜 시간이 걸리지 않았다. 춘상 역시 단종대에 눕자 저절로 울먹이기 시작했다. 사내의 구실이란 집안의 핏줄을 잇는 것임을 모르지 않기에 차가운 칼날이 가랑이 사이로 들어와 차가운 사타구니를 찢을 때 울컥 목이 메었던 것이다.

"이동, 누워라!"

수호 원장보다 사또가 명령했다. 사또는 특별히 이동에게 폭력적이었다. 소나무를 옮겨 심어달라는 그의 명령을 무시해버렸기 때문이다. 사또는 단종대에 눕는 이동의 몸에 방망이를 내리쳤다. 한때, 분녀를 넘보다가 이동이란 놈한테 빼앗겼다고 생각하니 더욱 증오심이 일었다.

"소나무만도 못한 자식아~"

사또의 구둣발이 이동의 아랫도리를 짓밟았다. 이동은 이를 악물고 참아냈다. 고통을 호소하는 것은 자존심에 흠이 가는 일이라고 생각했다.

"가랑이를 벌려라!"

이동은 일부러 발가벗은 가랑이를 오므렸다. 사또의 사악한 손이 이동의 가랑이를 쩍 벌렸다. 이동은 저들의 힘에 눌려 두 번씩이나 가랑이를 벌려주고 말았다. 치욕스런 순간이었다. 사또는 조롱하듯 이동의 사타구니를 주물럭거렸다. 이동이 몸부림을 쳤다. 곧 차가운 메스가 국부에 닿아 정관精管을 자를 때 엄청난 통증이 깊은 심장을 찢었다.

"아악!"

이동은 버럭 고함을 쳤다. 정관수술, 즉 불알을 까고 그들은 모두 감금실에서 풀려나올 수가 있었다. 불알을 까여 어기적어기적 걷는 춘상 일행의 모습은 몹시 우스꽝스러웠다. 뒤뚱뒤뚱 걷는 그들의 뒷모습이 서글퍼 보였다. 그들이 마을을 향해 조심스럽게 걸어 들어갈 때 부락의 동료들이 손가락질하며 껄껄 웃었다.

이동은 남생리로 돌아가고 춘상을 비롯한 일행은 동생리로 돌아왔다. 동생리 마을 앞에는 가마니를 치는 여자들이 저만치 보였다. 가마니틀 소리가 둔탁하지만 규칙적으로 들렸다. 춘상은 무엇보다 부락대표 일봉에게 자존심이 상했다. 불알을 지키면서 죽을 용기는 없었기 때문이다. 춘상을 기다렸다는 듯 일봉이 입을 열었다.

"오늘 일은 안 됐구나. 핏줄까지 끊겨 불효자 낙인찍히고~"

"성님, 이놈들의 만행을 세상천지에 알려야 합니다!"

춘상은 끓어오르는 감정을 진정시키며 소리쳤다. 울음을 보이지 않으려고 하는데도 자꾸 눈물이 흘렀다.

"어허 춘상아, 괜한 객기 부리지 말라고 안했냐? 어째 자꾸 명재촉을 혀~"

춘상이 이를 앙다물며 소리치듯 일봉을 향해 대꾸했다.

"이깟 목숨 하나도 아깝지 않소. 성님이 힘 좀 써서 나 딱 한 번만 밖에 나가게 도와주십쇼."

"아니 이 사람이 시방, 어째 자꾸 입장 난처하게 혀? 어서 들어가 어서~"

일봉은 일본인들의 앞잡이 노릇을 하는 부락대표가 맞는다는 듯 춘상에게 마음을 열어 보이지 않고 있었다. 춘상은 성질 같아서는 당장 주먹질을 하고 싶었지만 그러지를 못했다. 동료들이 모두 호사로 돌아간 이후에도 춘상은 가슴이 진정되지 않아 마을 앞에서 서성거렸다. 판수가 어기적거리며 춘상을 데리러 나왔을 때에야 편하지 않은 발걸음을 호사로 향했다.

며칠 뒤, 춘상이 호사로 돌아오니 동료들이 김이 모락모락 나는 냄비를 밥상 위에 올려놓고 춘상을 기다리고 있었다. 냄비 안에는 닭 두 마리가 몸에 양념을 두르고 공손하게 주인을 기다리고 있었다. 최일봉이 의젓한 목소리로 말했다.

"네들 몸보신은 해야 않겄냐?"

판수가 얼른 먹고 싶어 몸이 닳듯 말했다.

"아이고 성님밖에 없어라이~"

막동이가 닭다리를 하나 집어 들면서 장난삼아 말했다.

"씨암탉 본께 한 번 더 까야겠네."

일봉이 막동의 머리통을 쥐어박았다. 동료들이 떠나갈 듯 웃어재꼈다. 춘상은 냄비에 김이 모락모락 올라오는 닭고기를 차마 먹을 수가 없어 보자기에 쌌다. 일제히 춘상을 바라보았다. 춘상이 성의껏 마련해준 일봉에게 허리를 굽실거렸다.

"성님, 미안합니다."

일봉이 삐딱한 표정으로 춘상에게 물었다.

"누굴 가져다주려고?"

춘상은 겸연쩍은 표정으로 머리를 긁적였다. 판수와 막동이가 마치 약속이나 한 듯 동시에 지껄였다.

"인영 씨~"

일봉의 눈동자가 순간 요란하게 움직거렸다. 춘상이 묵묵히 보자기를 들고 자리에서 일어섰다. 창옥과 종희 등 호사 동료들이 멀뚱히 춘상을 바라보았다. 일봉이 빈정거리는 투로 말했다.

"불알은 네놈이 깠는데~"

창옥이가 춘상의 난처한 상황을 알고 일봉을 향해 실없는 말을 꺼냈다.

"빨래 보답은 해야 하겠지라우."

종희가 입을 헤벌리며 춘상을 향해 물었다.

"춘상이 참말 그러는교?"

종희의 말을 받아 빈정거리듯 일봉이 대꾸했다.

"빨래보답이라면 내가 먼저지?"

춘상은 순간 일봉을 날카롭게 쏘아보며 기분 나쁘다는 듯 소리쳤다.

"그 더러운 손으로 씨암탉 삶아준다고 넙죽 받아먹겠습니까?"

"아니 보자보자 하니까 부락대표 알기를 아주~"

춘상은 일봉의 말이 끝나기도 전에 문을 박차고 나와 자전거 페달을 밟았다. 페달을 정신없이 밟아 구북리를 향하고 있었다. 순찰을 도는 순시들의 모습을 피해 잠깐 숲속으로 몸을 숨겼다. 순시들의 모습이 보이지 않을 때를 기다려 다시 자전거 페달을 밟았다. 춘상은 구북리 인영의 호사에 도착했다. 늦은 밤에 갑자기 나타난 춘상을 보고 인영은 기뻤다. 단종 수술을 받고 감금실에서 나오게 되었다는 소식을 들은 터라 안타까운 마음이 들었다.

춘상이 겸연쩍은 표정으로 냄비 싼 보자기를 인영에게 건넸다.

"뭐예요?"

"닭 한 마리 잡았소. 많이 야윈 것 같아서~ 미순이 처지도 그렇고~"

인영은 속으로는 감격스러웠지만 진심에서 춘상이 걱정을 해주었다.

"몸보신은 나보다 그쪽이 해야 할 텐데~"

춘상은 희미한 미소를 지으며 고개를 저었다. 인영은 춘상이가 건넨 냄비를 받아들었다.

"잠깐 기다리세요."

하고 인영이 안으로 들어간다. 문이 열리자 가마니 치는 소리가 멈췄다. 춘상은 문 앞에서 안쪽의 소리를 듣고 있었다.

"언니, 이게 뭐야?"

미순이가 철없는 목소리로 물었다. 인영은 냄비를 열고 닭고기를 가늘게 찢어발겼다.

"한 점씩 맛만 보고 양 다리는 미순이가 먹어~"

인영의 말이 떨어지기가 무섭게 미순이가 걸신들린 사람처럼 주워 먹기 시작했다. 인영은 미순이가 이렇게 먹는 모습을 보며 밖으로 나왔다. 춘상과 함께 바닷가 백사장을 걸었다. 파도가 어둠 속에서 혀를 날름거리듯 출렁거렸다. 춘상이 품속에서 하모니카를 꺼내 '고향의 봄'한 소절을 불고 멈추었다. 개펄 냄새가 바다 쪽에서 훅 끼쳐온다. 인영이 조심스럽게 입을 열었다.

"주사 맞은 이후 갑자기 사라진 사람들이 많아요."

"시체 운반하는 일이 얼마나 더 바빠졌습니까?"

바다는 칠흑처럼 어둡다.

"이 일을 맡기 전엔 몰랐지만 엄청나게 죽어나가요."

인영의 입에서 저절로 한숨이 새어나왔다.

"화장하지 않고 수장시킨 사람들도 많다던데~"

"배가 뒤집혀 수장된 사람들이 한둘인가요?"

"쳐 죽일 놈들!"

하고 춘상이 욕설을 뱉어냈다.

"시체 운반 일도 허드렛일치곤 목숨이 위태로워요. 놈들의 비 밀을 많이 알고 있어서~"

"허드렛일이란 것도 참 이래저래 힘든 일이네요."

춘상은 인영과 나란히 팔짱을 끼고 바닷가 나무 의자에 앉았 다. 검은 바다에서 들리는 것은 오직 파도 소리뿐이었다. 조선의 나환자들과 청년들을 대상으로 생체실험을 했다는 것이 분명해 지자 춘상의 가슴이 마구 타들고 있었다.

"관사지대 지도는 구할 수 없을까요?"

인영은 이렇게 묻는 춘상을 이윽히 쳐다보았다. 관사지대는 수호 원장을 비롯한 일본인 직원들의 숙소가 자리하고 있는 곳이다. 춘상이 인영의 입술에 자신의 입술을 가져다 비볐다. 인영이 겸연쩍어하는 것을 보고 춘상은 기회는 이때라고 생각하며 자연스럽게 말했다.

"수호 원장 동선을 살펴보려고요."

하지만 인영의 반응은 몹시 부정적이었다.

"클 날 소리예요. 관사지대는 경비가 삼엄해요."

관사지대는 항상 경비가 지키고 있었다. 외부인의 출입을 철저히 통제했다. 인영이 춘상의 팔을 붙잡아 끌어당겼다. 춘상의 팔이 불편하다는 것을 알기에 하는 행동이었다. 인영은 사랑하는 춘상의 팔을 오래오래 붙들어주고 싶었다. 춘상이 팔을 움직여 인영의 가슴을 더듬었다. 청춘 남녀의 자연스런 감정의 발로였다. 인영이 수줍어 고개를 숙이는데 이때, 저쪽에서 인기척이 났다. 깜깜한 밤인데 박순주 고문이 안내자의 손을 붙들고 걸어가고 있었다. 인영의 입에서 갑자기 재채기가 터졌다. 박 고문은 청신경이 남달리 발달한 터라 가다 말고 멈춰서 말했다.

"구북리 인영이냐?"

"예 고문님~"

인영이 흥분을 가라앉히며 대답했다.

"어서 들어가. 통금시간 지났는데~"

하고 박이 저만치 걸어가자 춘상이 본능적으로 욕설을 입에 올렸다.

"뼛속까지 사쿠라 자식~"

박순주는 터벅터벅 지팡이를 짚고 저쪽으로 멀어졌다.

"인영 씨, 극비보관실에 몰래 들어갈 방법이 있소?"

춘상의 물음에 인영은 대답 대신에 고개를 저었다. 극비보관실을 환자들이 드나든다는 것은 곧 죽음을 의미하는 것이다. 춘상은 인영의 태도에 몹시 실망하고 있었다.

"내가 괜한 의협심을 품었네요. 벌레처럼 살다 죽기엔 너무 억울할 거 같아서~"

"왜 그런 생각을 하세요. 내게 방법이 있기는 해요."

"정말이요?"

춘상의 머리에 번개가 치는 듯했다.

"하나만 약속해 줘요. 내 곁을 떠나지 않겠다고~"

이런 말을 하는 인영의 가슴속으로 슬픔의 덩어리가 밀려 들어온다.

"인영 씬 언제나 내 가슴 속에 있을 겁니다."

인영은 춘상의 이런 대답을 듣고 마음이 불편했다. 하지만 춘상을 우울하게 만들고 싶지는 않았다.

"나학회가 열리면 기횔 잡을 수 있어요."

"나학회?"

"세계적인 나학회가 여기서 열린다고 들었어요. 그땔 틈타 극비보관실에 잠입할 수 있을 거예요."

춘상은 이제야 가슴을 틀어막고 있던 한숨을 내쉬었다.

"유리관을 꺼내온들 무슨 수로 바깥에 알릴 수 있겠습니까?"

"그야 찾아봐야죠. 근데 극비보관실 잠입 문제라면 나한테 방법이 있어요."

춘상은 인영 씨 앞에서 당당한 사내가 되고 싶었다. 일본 관리자들의 횡포를 두고만 볼 수 없는 일이었다. 춘상은 인영으로부터 극비보관실 열쇠에 대한 얘기를 듣고 기회가 되면 극비보관실에 잠입할 수 있을 것이라는 믿음이 생겼다.

소록도에는 계속해서 엄청난 일들이 벌어지고 있었다. 각 마을에서 차출되어 예방주사를 맞은 환자들에게 지속적으로 이상한 반응이 나타난 것이다. 호사에서도 픽, 픽 쓰러졌고, 작업장에서도 많은 환자들이 픽, 픽 쓰러졌다. 특히 작업장에서 노역을 하다가 목을 꺾고 쓰러지는 환자들이 많았다. 일본인들이 탁월한 치료제라고 선전했던 주사는 사실 소록도 나환자를 대상으로 은밀히 생체실험을 했던 것이었다. 그리고 예방접종이란 것도 건강한 사람들을 대상으로 은밀히 생체실험을 하기 위한 수단이었다. 벽돌을 나르던 판수와 막동이가 동시에 소리쳤다.

"오메, 저기 보소. 목이 꺾이네~"

리어카를 끌고 가던 원생이 목이 꺾이며 쓰러졌다. 지게에 짐을 지고 가던 사람이 거품을 물고 쓰러졌다. 사또를 비롯한 감시자들이 득달같이 달려와 채찍을 휘둘렀다. 구북리 마을 앞에서도 가마니를 치던 분녀의 목이 갑자기 꺾였다. 동료들이 분녀를 부축해서 치료실 본관을 향해 달렸다. 치료실 복도에는 각 마을에서 실려 온 환자들로 가득했다. 대부분 목이 꺾인 환자들이었다. 목이 꺾이거나 입에 거품을 물고 의식을 잃은 환자들이 치료실로 몰려들었다. 건강한 사람들을 선발해서 주사액을 투여한 수호 원장 일행은 당황한 나머지 어쩔 줄을 몰랐다.

간호사들의 발바닥이 눈코 뜰 새 없이 움직였다. 환자들이 침대에 아무렇게나 나뒹굴었다. 신음 소리가 가득하고 환자들의 얼굴이 잔뜩 일그러졌다. 분녀의 고통은 그녀의 고함소리를 통해 가늠할 수가 있었다.

"아이고 나죽네. 나 좀 살려줘요."

"엄살떨지 마 이년아. 너만 아픈 거 아니야."

분녀의 엄살을 지켜보던 수간호사가 너스레를 떨지 말라고 소리쳤다. 이때, 소록도의 상황실은 비상사태에 돌입해 있었다. 병사들이 열심히 상부에 무전을 쳤다. 상부에서 소록도에 전해진

무전의 내용은 '소록도 상황을 당일 자정까지 보고하라'는 내용이었다. 이런 위기 상황에서도 수호 원장은 축음기에서 흘러나오는 엔까 '새장의 새 籠の鳥'를 감상하고 있었다. 조국에 대한 향수, 고향에 대한 향수를 불러일으키는 가요였다. 사또와 의무관 타다가 원장실에 들락거리며 생체실험의 상황을 보고했다. 사또가 보고했다.

"파상풍 균액 200명 접종 후 절반 이상에서 목 당긴 증상이 나타났습니다."

여기에다 타다가 덧붙였다.

"전신경련 30명, 나머지는 발열, 오한으로 유감인 것은 목 당긴 환자 전원이 사망했습니다."

부하들의 가슴은 타들었지만 수호 원장은 크게 놀라지 않았다. 어차피 생체실험을 통해 많은 수의 사상자가 발생하리라는 예상을 했기 때문이다. 수호는 의자의 팔걸이에 두 손을 걸치고 눈을 지그시 감은 채로 부하들을 향해 지시했다.

"음~ 사망률 50%라~ 생존 환자들 각별히 관찰하고 바로 상부에 보고하라."

사또와 타다가 동시에 네! 하고 대답했다. 서두르듯 원장실을 나가는 사또와 타다를 불러 세워놓고 수호가 아주 작은 소리로 지시했다.

"시체는 해부하지 말고 곧장 소각하도록 하라~"

사또와 타다는 상황실로 돌아와서 무전병에게 지시했다. 무전병은 주사를 맞고 소록도의 나환자와 원생들에게서 다음날 발생한 상황에 대해 사실대로 열심히 모스 신호를 보냈다. 그날 밤, 소록도의 소각장에서는 밤새도록 시체 태우는 냄새가 났다. 삼엄한 감시 속에 일본 병사들은 죽은 시체를 소각했다. 마을의 주민들이 몰래 숨어서 시체 태우는 장면을 넋 놓고 구경했다.

다음날, 소록도에는 하루종일 비가 뿌렸다. 이동은 리어카에 실려 화장터로 향하는 분녀의 시신을 붙들고 목이 터지도록 통곡을 했다. 분녀의 시체가 화장장에 던져지는 순간 이동은 그만 정신을 잃었다. 춘상과 인영 등 몇몇 일행이 모여 비를 맞으며 울면서 소록도를 떠나는 분녀를 위해 마지막으로 장송곡을 불러주었다.

12

수호 원장은 긴장된 마음으로 수화기를 집어 들었다. 미나미 총독의 전화였다. 미나미 총독은 이번 생체실험에 대해 매우 만족하고 있는 느낌이었다. 미나미가 낄낄 웃으며 말했다.

"대일본제국의 압도적 의술발전에 그대의 공로가 크오."

수호가 굽실거렸다.

"총독 각하의 큰 은혜 덕분입니다."

"내가 심은 나무는 잘 자라고 있소?"

"잘 자라다 뿐입니까? 아주 물이 올랐지요."

미나미 총독이 소록도에 방문했을 때 자혜의원 앞의 화단에 기념 식수한 단풍나무를 말하는 것이었다. 단풍나무는 요즘 비를 듬뿍 맞은 탓에 더욱 울창해진 모습이었다. 미나미 일행이 소록도에 당도했을 때 1천 5백여 명의 원생들 앞에서 훈시한 일은 두

고두고 잊지 못할 것이다. 내선일체, 황국신민을 외치며 천황폐하를 향해 모든 소록도의 주민들이 머리를 숙였던 장엄한 순간이었다. 수호는 정중히 예의 삼아 미나미 총독이 언제든 찾아주기를 간청했다. 수화기 너머로 미나미 총독의 또렷한 음성이 가슴을 설레이게 만들었다.

"생체실험의 공적은 사망자 증감으로 판단하오."

"총독 각하께서 다녀가신 이후 꾸준히 사망자가 늘었습니다. 이번에 보내주신 731 부대장 방문 이후 기하급수적으로 늘었지요."

수호는 사망자 수를 총독에게 보고하며 가슴이 뿌듯했다.

"훌륭하오."

수화기 너머로 감탄 섞인 미나미 총독의 목소리가 들렸다. 미나미의 목소리는 곧 다급해졌다.

"요즘 전투기의 연료가 턱없이 부족하오."

"거금도 소나무까지 샅샅이 뒤져 드럼통을 채우겠습니다."

수호는 확실하게 허리를 굽혔다.

"내가 나환자와 건강한 원생들을 통제할 더욱 강력한 징계권과 검속권을 주겠소."

수호 원장에게 있어 가장 듣기 좋은 말이었다. 수호는 자신의 궁전 같은 소록도에서 강력한 권력을 통해 소록도를 세계 제일의 나환자 동산으로 만들고 싶었다. 그러나 수호는 속으로 미나미 총독을 비웃고 있었다. 미나미가 권력을 주지 않는다고 하더라도 수호는 이미 엄청난 권력을 누리며 소록도를 통치하고 있었기 때문이다.

"총독 각하의 은혜에 반드시 보답하겠습니다."

"고맙소."

흡족한 미나미 총독의 목소리였다.

수호는 전화를 끊었다. 그리고 혼잣말을 했다.

"징계 검속권은 뭘~ 내가 알아서 잘하고 있는데~ 흐음~"

수호는 축음기를 돌렸다. 새장 속의 새라는 노래가 다시 흘러 나오고 있었다. 내일 당장 나환자들과 건강한 원생들을 다그쳐서 온종일 송진을 채취할 생각이었다.

이튿날, 소록도의 주민들이 벌떼처럼 숲속으로 들어갔다. 마을의 길목에서 자란 소나무까지 몸속의 피를 빨렸다. 송진을 채취당한 소나무들은 몸의 군데군데 혹이 자라났다. 달빛이 밝은데 나환자들과 건강한 원생들이 소나무에 매달려 밤새 송진 채취를 했다. 소나무의 혹은 소록도 나환자들과 원생들의 땀과 눈물이었다. 소록도 주민들의 한과 흘린 피가 일군 결과물이었다.

일본인들의 패악이 심해지면서 소록도 주민들의 저항 역시 끊이지 않았다. 그들은 비록 나병에 걸렸다고 끌려온 자들이지만 모두 같은 조선의 백성이었다. 몸은 망가져도 정신은 바로 섰다.

일본의 앞잡이 노릇 하는 몇몇 조선인을 제외하면 하나같은 마음이었다.

한편, 소록도 원생들의 정신은 종교를 통해 다져졌다. 종교는 형식이고 종교를 가장하여 의식을 키웠다. 특히 소록도에 반입된 종교잡지 '성서조선'은 소록도 나환자들과 건강한 원생들의 정신을 한껏 무장시키는 역할을 하였다.

성서조선의 주필은 소록도에서 구독자가 늘어나자 고무되었다. 소록도에서 원하는 만큼 부수를 늘려 보내주었다. 소록도와 성서조선의 인연이 해가 거듭될수록 깊어져서 나중에는 성금도 보내고 축구공 같은 것도 보내주었다. 하지만 성서조선의 발행인은 제185호의 권두문에서 조와弔蛙라는 글을 게재하였는데 이 글이 사상적으로 문제가 되었다.

죽은 개구리를 애도한다는 의미의 이러한 글이 실리자 성서조선 잡지와 서신 등을 압수했다. 김교신 등의 주동자들은 총독부 경찰서에 구류되고 소록도 독자들도 가택수색을 당했다. 나라를 빼앗긴 조선이 지금은 개구리처럼 겨울잠을 자고 있지만 곧 봄이 오면 세상 밖으로 나오게 된다는 의미가 담겨 있다는 뜻에서 온갖 핍박을 받게 된 것이다. 조선의 백성들이 독립을 꿈꾸면서 지금의 상황을 애도한다는 의미로 해석한 탓에 소록도에서도 야단법석이 났던 것이다.

수호 원장이 펄쩍 뛰면서 박순주 고문을 향해 물었다.

"얼음장 밑에서 살아남은 개구리를 보았는가?"

"저야 눈이 보이질 않아서~"

수호 원장이 이번에는 일봉을 향해 다그치듯 물었다.

"최 대표, 살아남은 개구리는 일제에 저항하는 조선 놈을 말하는 거지?"

최일봉이 천연덕스럽게 대답했다.

"개구리야 얼음장이 아니라 땅속에서 겨울을 나지요."

"총독부 위생회의 때 성서조선 주필 김교신을 만나 잡지반입을 허락했건만 감히 배신을 하다니, 이봐 사또!"

"네!"

하고 사또가 잔뜩 긴장하며 대답했다.

"당장 신사참배 거부자들을 색출하고 불량한 성서조선을 압수하라!"

"네!"

하고 사또는 있는 힘껏 배에 힘을 주어 대답했다. 소록도의 원생들이 자신을 배신한 것만 같아 사또의 속이 부글부글 끓었다. 무엇보다 인영이란 계집에게 자신의 마음이 배신당한 듯한 기분에 몹시 화가 치밀었다.

"샅샅이 뒤져서 임신한 년들도 잡아들여라!"

사또 일행은 마을을 돌아다니면서 사상의 배반자들을 수색하기 시작했다. 무엇보다 신사참배를 거부하는 사상불량자를 색출해내는 게 관건이었다. 그래서 수호 일행은 병사지대와 안전지대로 구분하여 부락별로 시간을 정해 신사참배를 하도록 지시했다. 그리고 멀찍이 숨어 신사참배에 거부하는 자를 색출할 생각이었다.

부락별로 대열을 이루어 차례대로 참배를 했다. 그날, 사또 일행은 온종일 숨어서 참배객들을 살폈다. 환자 1열이 고개를 숙였다. 2열도 모조리 고개를 숙였다. 그런데 3열 중 고개를 숙이지 않는 자들이 눈에 띄었다. 사또는 이런 방식으로 부락 대표에게 불성실한 자를 기록하도록 하였다.

구북리의 차례가 되었다. 인영은 언제부턴지 신사참배를 거부하고 있었다. 절대 고개를 숙이지는 않을 생각이었다. 1열부터 5열까지 빠짐없이 신사참배를 했다. 인영은 6열에 속해 있었다. 동료 가운데 서서 인영은 고개를 숙이지 않았다. 신사참배는 신념의 문제요 조선인 양심의 문제였다. 인영이 신사참배를 거부하는 것을 멀찍이 서서 수호 일행이 보고 있었다.

그날 밤에 인영의 호사로 신발을 신은 채로 병사들이 득달같이 들이닥쳤다. 닥치는 대로 세간을 파헤쳤다. 방의 구석에서 〈성서조선〉을 한 무더기 발견하고 환자들을 발로 찼다. 병사 하나가 원생들을 향해 소리쳤다.

"미련한 조선 것들이~"

다른 병사가 꽥 소리쳤다.

"죽은 개구리를 애도하다니~"

사또가 인영의 호사에 나타나서 인영을 끌어냈다.

"김인영, 너는 신사참배를 거부한 사상불량자다. 당장 감금실로 끌고 가라!"

병사들이 사또의 명령이 떨어지자마자 인영을 체포했다. 손목을 묶어 감금실을 향해 짚 차를 몰았다. 수호 원장이 직접 감금실에 나와 신사참배 거부자들을 고문하고 있었다. 수호 원장이 다그쳤다.

"정달수! 신사참배를 계속 거부할 텐가?"

"고로시데 구다사이!죽여주세요!"

"문석두, 너는 궁성요배도 거절했다고?"

궁성요배란 일본의 왕이 사는 동쪽을 향해 허리를 숙여 인사를 올리는 의식이다.

"고로시데 구다사이!"

"아니 이 조선 놈들이~"

다시 고문이 시작되었다. 감금실에서는 살아나올 수 없다는 말처럼 가혹한 고문이었다. 인영 역시 처음에는 고문을 견뎌보았다. 하지만 인내에는 한계가 있었다. 어떻든 살아서 나가야 한다고 생각했다. 감금실에서 고문을 당해 죽는다는 것은 정말 가치 없는 죽음밖에 되지 않을 것이다. 〈성서조선〉 사건과 관련하여 결국 정달수와 문석두는 무릎을 꿇었다.

"불알을 까겠소."

"진작 그렇게 나올 일이지~"

인영은 밖에 있는 춘상이를 생각하며 경비병에게 말했다.

"나는 단종 이력이 있는데~"

"여자라고 못할 게 없지. 두 번 까도 된다. 하하하~"

인영은 병사의 웃음에 굴욕과 창피를 느꼈다. 인영은 다른 동료와 같이 결국 단종대에 눕게 되었다. 두 번의 단종이 무엇을 의미하는지 모르지만 인영은 자신의 아랫도리를 일본놈들에게 맡겼다. 입에 재갈이 물려졌고, 인영은 본능적으로 몸부림을 쳤다. 아랫도리에서 무슨 일이 벌어지는지 몰랐지만 인영은 굴욕을 느끼면서도 살고 싶은 마음에 아랫도리를 놈들에게 내주었다. 인영은 어떤 아픔보다 수치스러움이 가장 견딜 수가 없었다. 살아서 나와야 한다는 일념으로 온갖 고통을 견뎌냈다.

그날 밤, 소록도의 나환자 10여 명과 건강한 청년 30여명이 교회의 예배당에 모였다. 예배당에 몰래 숨어 기도라도 하지 못하면 미칠 것만 같았기 때문이다. 달빛이 새어들고, 창문에 드리워진 커튼 자락으로 촛불이 펄럭거렸다. 인영은 마음속으로 이런 기도를 올렸다.

은총이 넘치는 주님이시여, 우리가 무슨 죄를 지었는지 말씀해 주소서.

하느님에 뜻으로 이런 시련을 주시는 것이옵니까?

바로 이때, 교회당 앞에 사또 주임과 십여 명의 병사들이 나타 났다. 사또와 병사들은 병사지대의 나환자들과 안전지대의 원생 들이 예배당에 함께 모여 은밀히 기도를 하고 있다는 정보를 입 수한 뒤 들이닥쳐 마구 짓밟고 기물을 부순 다음 해산시켜버렸 다. 그리고 다시는 예배당으로 사용하지 못하도록 예배당을 없앤 다음 부락의 치료소로 사용하겠다고 엄포를 놓았다.

13

춘상은 이튿날, 교회 예배당 소식을 들었다. 춘상은 인영이가 또 한 번 여성성을 잃었다는 것에 대한 자괴감이 일었다. 그는 감옥 같은 데서 노예처럼 살다 죽어갈 소록도 나환자들과 원생들의 처지를 생각하면 한숨부터 흘렀다. 소록도에서 일본인들의 온갖 횡포를 가슴속에 묻어둘 수는 없다고 생각했다. 소록도의 실상을 밖에 알려야 한다는 생각이 들었다. 춘상은 고민 끝에 심산 김창숙 선생께 장문의 편지를 썼다. 춘상의 손이 부르르 떨렸다. 편지를 곱게 접어 봉투에 넣고 급히 자전거 페달을 밟았다.

소록도의 만행을 차마 눈 뜨고 볼 수가 없어 급히 아룁니다.

소록도는 나환자 치료는 허울 뿐이고 건강한 사람들을 잡아들여 노예요 벌레처럼 대하고 있습니다.

소록도의 나환자들과 죄없는 원생들을 대신하여 급히 아뢰는 것이
니

부디 이 비리의 역사를 조선 방방곡곡에 알려 무모한 조선의 백성들이

억압에서 자유를 찾을 수 있도록 부디 도와주시기 바랍니다.

소록도 동생리에서 이춘상 올림

춘상의 편지는 구북리 인영에게 전달되었다. 그들은 해안가를
걷고 있었다.

"인영 씨, 빠를수록 좋습니다."

"알겠어요. 아, 이건 관사지도예요. 수호 원장의 동선도 어느
정도 파악했어요. 저는 솔직히 두려워요. 그쪽이 어떻게 되리라는
것을 아니까~"

인영의 목소리에 슬픔이 묻어 있었다.

"이 한 몸 희생해서 6천의 환자들과 무고한 조선의 백성들이
사람답게 살 수만 있다면~"

춘상이 다짐을 하듯 말했다. 인영이 이 말을 듣고 뼈 있는 말을
흘렸다.

"금화 언니가 그랬지요. 그쪽한테 정 주지 말라고 상처뿐이라
고~"

춘상이 마지막이듯 인영을 꼭 안아주었다. 그들은 서로의 눈속으로 빨려들 듯 그윽이 바라보다 앞을 다투듯 키스를 퍼부었다. 춘상은 바로 관사지대를 향했지만 수호 원장을 저격하는 데는 실패로 끝나고 말았다. 수호가 묵는 관사주변에는 이중 삼중의 경비병이 포진하고 있었던 것이다.

인영은 춘상의 편지를 서낭당에 올라온 금화에게 은밀히 건넸다. 소록도에서는 환자는 물론 모든 원생들의 편지를 검열하였기 때문에 이처럼 소록도의 횡포에 관한 얘기는 은밀히 바깥으로 내보내야 하는 것이었다. 금화가 통통배를 타고 뭍으로 돌아갔고, 금화는 심부름꾼을 시켜 은밀히 편지를 심산 김창숙 선생에게 전달했다. 경북 성주의 한옥에서 감옥에서 망가진 심신을 보살피고 있던 심산 김창숙은 춘상의 편지를 읽고 향교의 뒤뜰 방에서 독초가루를 싼 꾸러미와 편지를 심부름꾼의 손에 전달했다.

한편, 남생리 앞마당에는 잔치가 벌어지고 있었다. 숯가마의 깜깜한 어둠 속에서는 시뻘겋게 목재가 타고 있었다. 앞마당에 멍석들을 펼치고 마을 사람들이 조촐한 음식을 먹고 있었다. 소록도에서 환갑을 맞은 사람이 있으면 다른 부락 사람들까지 초대해서 음식을 만들어 먹었다. 한쪽 구석에서는 부침을 부치고 파전을 부치느라 김이 모락모락 올랐다.

"아픈 몸으로 영광스러운 환갑을 맞이하신 조공례 어르신께 큰 박수 부탁드립니다."

소록도 전체 부락 대표 최일봉이 말하자 일제히 박수를 보냈다. 전국 팔도에서 들어온 사람들이기에 온갖 재주를 지닌 탓에 소록도 악극단까지 집합했다. 바보 행세를 하는 또덕이는 악극단들 앞에서 연주가 시작되기도 전에 요란하게 몸을 흔들었다. 드디어 악극단의 연주가 시작되었다. '홍도야 울지마라'가 흘러나오자 배가 남산만큼 부른 미친 여자 순금이가 먼저 몸을 흔들며 술렁거렸다. 미순이는 뱃속의 애를 도둑 맞고 홀쭉한 배에 배게를 넣고 잔치에 나왔다. 분위기가 점점 무르익고 흥타령이 흘러나온다. 이때, 올망졸망 앉은 사내들 중 전라도 대표 김창옥이가 이동을 바라보며 입을 열었다.

"분녀 죽은 것은 분명 그 주사가 문제여~"

창옥의 말에 여기저기서 꼬리를 물었다.

"나쁜 놈들, 목 땡긴 주사를 만능 치료제로 속인 거지~"

"이번에 보니께 세 번 죽는다는 말이 딱 맞더라니까~"

그들은 처음 들었던 말처럼 이곳에서 살아나가지 못하고 세 번 죽는다는 것을 이번에 확실히 보았던 것이다. 죽어서도 이 섬을 떠나지 못한다는 것을 뼈저리게 느꼈다. 춘상은 동료환자들의 애기를 귀에 담아 들으며 혼자서 깊은 한숨을 흘렸다. 저쪽에서는 극단의 단원들이 그림자극을 하는 모양이었다. 단원들이 만들어내는 검은 그림자를 보며 또덕이와 막순이가 탄성을 질렀다.

바로 그때, 저쪽에서 더듬더듬 지팡이를 짚고 박순주 고문이 다가왔다. 최일봉 일행이 있는 데로 걸어온 박 고문이 들으라는 듯 크게 말했다.

"오늘 이 자리는 수호 원장 각하께서 마련해주신 지상낙원 덕분이여~"

환자들이 일제히 박순주를 꼬나보았다. 일본 놈들 앞잡이를 하며 동료들을 괴롭히는 박 고문을 마을사람 들은 탐탁찮게 생각하고 있었다.

"그러니 이번 동상참배 땐 한 명도 빠지지 말어~"

창옥이 박 고문을 향해 욕설을 내뱉었다.

"염병할~ 환자들 돈 뜯어 만든 동상에 무슨 절이요 절은~"

박순주가 어이가 없다는 듯 소리쳤다.

"저, 저, 전라도 대장이라는 놈 말하는 거 보게."

"니기미, 내가 왜 전라도 대장이여~"

창옥의 말을 받아 종희가 받았다.

"나라 뺏긴 것도 서러운데 얼어 죽을 지상낙원이여~"

"네놈은 경상도 대장 권종희 아니냐?"

"지미 귀는 밝구마~"

"저 저~"

박순주가 소리 나는 쪽을 향해 지팡이를 한번 휘저었다. 사람들이 몸을 숙여 지팡이를 피했다. 박순주가 환자들의 가슴에 대못 박는 말을 내뱉었다.

"네놈들은 가슴 속에 여적 못난 조선을 담아두었남, 헉~"

춘상은 끓어오르는 화를 가까스로 잠재우고 있었는데 박 고문의 못난 조선이란 말에는 도저히 참을 수가 없었다. 춘상은 마시려던 막걸리 사발을 박 고문을 향해 던졌다.

"저놈의 영감탱이 주둥아릴 그냥 칵~"

춘상이 몸을 일으켜 세우는데 인후와 판수, 막동이 등이 주저앉혔다. 바로 이때, 저쪽 마을 골목에서 아악, 하는 비명 소리가 들렸다. 비명 소리에 소록도의 악극단 연주가 멈추었다. 일본군 병사들이 배부른 순금이를 붙잡아 짚 차에 싣고 있었다. 순금이를 악착같이 생각했던 판수와 막동이 등이 박차고 일어서며 연달아 소리치고 있었다.

"으메, 순금이 저거~"

"배가 부른데 저놈들이 두고 보겠어?"

인영 역시 소리를 지르며 순금이가 끌려가고 있는 쪽으로 내달렸다.

"순금아~ 순금아~"

순금이는 일본인들에 의해 밤새 감금되었다. 이튿날, 날이 밝은 다음 수호 원장을 비롯한 의무관들이 간호사들을 대동하고 치료실에 모였다. 그들은 온몸을 장화, 장갑, 마스크, 모자로 무장하고 수술실로 향했던 것이다. 수술실에는 순금이가 죽은 듯 수술대에 누워 있었다. 순금의 가랑이를 벌리고 수술이 시작되었다. 수호가 타다와 구리하라 의무관을 향해 입을 열었다.

"네들은 아직도 이 병이 유전이 아니라고 생각하냐?"

사또가 고개를 저었고 타다와 구리하라 의무관은 대답을 하지 않았다. 수호가 다시 입을 열었다.

"환자 한 놈이 늘어나면 대일본제국 체면이 그만큼 추락한다는 걸 명심해!"

수호의 말에 일제히 네, 하고 대답했다. 순금은 입막음을 한 채 수술대에 누워 있었다. 아무리 발버둥을 쳐도 손발이 노끈에 묶여 꼼짝할 수 없었다. 해부 전문 구리하라가 허리를 깊게 숙여 자궁 쪽으로 손을 가져갔다. 수간호사 세이코는 몸에 익은 몸짓으로 순금의 뱃속에서 아이를 꺼낼 준비를 하고 있었다. 이윽고 구리하라가 순금의 뱃속에서 아이를 꺼냈다. 아이의 울음소리가 힘빠진 고양이 소리처럼 들렸다. 수호가 눈을 내리깔아 발버둥 치는 아이를 내려다 보며 큰 소리로 물었다.

"사내로군. 태아의 감염 여부는?"

"외형상 특이점은 없는 것 같습니다."

타다의 대답에 수호가 실망스런 태도로 말했다.

"이런 이런~ 장기 손상이 있을 줄 알았는데 팔다리도 멀쩡하고 쯧 쯧~ 야 이놈도 사또 네 짓이지? 내 들은 소문이 있는데~"

사또가 허리를 연신 굽실거리며 소리쳤다.

"아, 아닙니다."

사또가 머리를 저으면서 의미심장한 표정으로 타다를 바라보았다. 타다는 난처한 듯 수호 원장과 눈을 마주치려 하지 않았다.

"타다, 자네 짓인가?"

"고로시데 구다사이! 고로시데 구다사이!"

타다가 넙죽 허리를 숙였다. 타다 역시 조선의 여자들을 노리개처럼 생각했다.

수호가 타다의 머리를 빈정대듯 툭 치며 소리쳤다.

"흐흐, 헛소문인줄 알았더니 맞구나~ 타다 자네마저 더러운 조선 것들을 건들다니, 구역질이 올라 온다!"

타다가 다시 깊게 허리를 숙였다. 사또 역시 수호 원장 앞에서 몸둘 바를 몰랐다.

인영은 명자와 함께 복도 청소를 하면서 수간호사 세이코가 가슴에 포르말린 용기를 싼 보자기를 안은 채로 극비보관실 문을 따고 들어가는 모습을 지켜보았다. 어두운 통로를 따라 세이코가 바삐 걸어갔다. 인영은 잽싸게 극비보관실 쪽에서 걸어나와 명자와 같이 기절한 순금이를 이동식 침대에 눕혀서 수술실 밖으로 나왔다. 순금은 팔과 다리가 노끈에 묶인 채로 아랫도리에 피를 흘리며 기절한 상태였다. 인영은 정신이 온전치 못한 순금의 몸을 대충 씻겨서 마을로 데리고 돌아왔다.

타다는 자존심이 허락하지 않았다. 수호 원장의 핀잔에 수치심을 느꼈다. 순임이란 여자한테 관심을 가져 보았지만 수호 원장의 기세에 눌려 쉽게 접근하지 못했다. 그에 관한 화풀이로 정신이 이상한 순금이란 여자를 바닥에 눕혔다. 뱃속의 아이를 제거하는 순간까지 타다는 굴욕감을 느꼈다. 결국 이번에도 순금의 뱃속 아이를 처리하면서 원장으로부터 비난을 받고 말았다. 타다는 소록도에서 자신이 의사로서 엄청난 죄를 범하고 있다는 것을 모르지 않았다. 그럼에도 조선의 여자에게 마음을 빼앗긴 것은 고독을 달래기 힘든 타향살이의 환경 때문이었다.

타다는 구북리 해안에서 춘상과 인후에게 붙들려 모래 구멍에 처박힌 일을 생각하면 이가 떨렸다. 마음 같아선 그들을 당장 요절을 내버리고 싶었지만 춘상과 인후라는 청년들은 의협심이 누구보다 강하고 강한 체력을 지녔다. 그들을 없애버리지 않는 한 그들에게 오히려 당할 수도 있다는 생각을 하면 인영에게 접근조차 하기 어려웠다. 인영의 가슴을 눈으로 더듬는 일도 마음 놓고 하지 못했다. 인영의 뒤꽁무니를 따라다니는 일은 감히 엄두도 내지 못했다. 소록도의 삶이 타다는 이렇게 곤혹스러울지 몰랐다.

지겹고 따분한 날들이 흘러 낙엽처럼 쌓여갔다. 인영의 아랫도리에 손을 만진 순간을 타다는 잊을 수가 없다. 그날의 일은 자신만을 위한 엄청난 선물 같은 것이었다. 인영의 몸을 만지고 있는 순간에 타다는 설레는 자신을 느꼈다. 춘상 일행에게 다짐을 받은 이후의 일이라 더욱 소중한 순간이었다. 타다는 떨리는 손으로 인영의 생식기를 매만졌다. 그 흥분과 감동은 소록도에서 그 누구도 모를 자신만의 축복이었다. 처녀성을 잃은 인영의 몸을 확인한 순간 뜻 모를 감정의 소용돌이에 빨려들었었다. 타다는 춘상 일행에게 백사장에서 당한 후부터 인영을 멀리했다. 일부러 인영이를 피해 다녔다. 다른 때 같으면 인영의 동선을 찾아나서 걸었을 정도였을 것이다. 하지만 이제 타다는 자신의 가슴에서 일어나는 감정을 잠재우지 않으면 안 된다는 것을 잘 알고 있었다.

타다는 공허한 마음을 달랠 수가 없었다. 수술을 마치고 하루의 일과를 끝낸 이후의 밤은 고독이 깊어 통증으로 밀려들었다. 타다는 자전거를 타고 무작정 소록도의 해안을 달렸다. 해안을 달리다가 막순이를 발견한 것은 결코 우연이 아닌 모양이었다. 또덕이와 의남매를 맺은 막순이는 키도 작고 볼품도 없는 여자였다. 막순이를 애지중지 챙기는 또덕이의 마음속에 막순이는 한떨기 청순한 꽃처럼 매달려 있는지 모를 일이었다. 막순이는 미친 순금이나 미순이 보다 볼품은 없지만 호박꽃처럼 순박한 심성을 지녔다. 또덕이가 막내동생처럼 대하는 것은 호박꽃 같이 착한 심성을 지녔기 때문인지 모른다. 타다가 해안을 달리다가 그런 막순이와 마주한 것은 운명적인 것이었다.

타다는 홧김에 서방질한다는 격으로 막순이를 무작정 붙들어 자전거 짐받이에 앉혔다. 막순이는 영문을 몰라 내려달라고 소리를 질렀다. 타다는 자전거 페달을 힘껏 밟았다. 한참 달리다가 숲으로 들어가는 자갈길을 달렸다. 울퉁불퉁한 자갈길은 자전거가 달리기에 벅찼다. 타다는 이제 자전거를 길가에 받혀두고 막순이를 데리고 숲쪽으로 걸었다. 막순이는 '아이 이거 놔. 또덕이 아저씨, 사람 살려!'하고 소리쳤다. 타다는 어두운 밤길에 막순이의 목소리가 어둠 속에 잠기는 것을 보았다. 타다는 막순이 냄새를 맡으니 갑자기 몸이 달아올랐다. 타다는 제대로 기회를 잡았다며 음흉한 미소를 지었다.

또덕은 밤에 막순이를 만나 등대에 나가볼 생각이었다. 막순이와 등대 불빛을 보면서 고향 생각도 하고 부모님 생각도 하고 동무들 얘기도 나눌 속셈이었다. 약속한 장소를 향해 가는데 어둠 속에서 막순이를 자전거에 태우는 모습이 어렴풋이 보였다. 또덕은 헐레벌떡 달렸지만 자전거를 따라잡을 수는 없었다. 자전거가 달리는 방향을 향해 정신없이 달렸다.

다행히 자갈길이 나타났고, 자전거가 멈추는 것을 보았다. 또덕은 지금의 상황이 어떤 상황임을 충분히 알았기에 마음을 다부지게 먹었다. 또덕은 바지를 내려 소록도에서 깊은 밤을 틈타 외출할 때 몸에 부착했던 부엌칼을 허벅지에서 꺼냈다. 또덕은 소록도에서 자신의 삶은 죽은 삶이라고 생각했다. 그가 바보 행세를 하며 생명을 부지할 수 있는 것은 조선인의 억울한 심정을 헤아리기 위함이었다.

수호나 사또는 조선인이 바보이기를 바랐다. 조선인이 바보가 된다면 일본이 조선을 다스리기에 가장 편리하다는 것을 깨달았다. 또덕은 이런 저들의 심리를 충분히 활용하여 저들의 노리개가 되는 것을 자처했다. 조선인 나환자와 억울하게 붙잡혀온 조선인 원생들의 억울함을 풀고 그들이 잠시라도 안위와 기쁨을 누릴 수 있다면 자신의 체면 따위는 바닥에 떨어져도 아무렇지 않다고 생각했다. 또덕은 자신의 본모습을 숨기고 은밀히 조선인들을 위하는 일을 사명처럼 받아들이고 있었다.

또덕은 숨을 고를 여유가 없었다. 타다의 팔에 이끌려 막순이는 숲속으로 끌려와 내동댕이쳐졌다. 막순이는 '또덕이 아저씨,

막순이 살려줘!'하고 연신 외쳤다. 또덕은 바람결에 들려오는 막
순의 고함 소리를 듣고 사타구니에 땀이 흥건히 돋을 정도로 정
신없이 뛰었다. 타다의 거친 손에 막순의 치마가 찢어지고 천으
로 만든 가슴가리개도 찢겨나갔다. 막순을 바닥에 눕혀놓고 타다
는 거친 손으로 막순의 속옷을 우지끈 찢었다. 막순은 타다의 기
세에 눌려 이제 더는 고함 소리도 나오지 않았다.

"하하하~ 네년이 바보 또덕이 여자라지?"

"사람 살려유!"

모기 만한 소리로 몸집 작은 막순이가 소리쳤다. 타다의 체격
은 막순이의 온몸을 바위처럼 무겁게 눌렀다. 막순이는 더는 소
리칠 수가 없었다. 타다의 손이 막순의 목덜미와 배꼽, 사타구니
를 훑더니 갑자기 타다의 혀가 막순의 입술을 덮고 목덜미를 핥
았다. 그리고 타다의 손은 이윽고 막순의 속옷을 훑어내렸다. 타
다는 조선의 여자들에게 이런 짓을 해서는 안 된다는 사실을 알
면서도 버릇처럼 기회를 잡은 것이었다. 구리하라와 같은 시체
해부 및 수술 전담 의사로서, 소록도 조선 여자들의 처녀성 검사
전담 의사로서 여자를 다루는 담력은 하늘을 찔렀다. 이런 상황
이 전혀 두렵지 않은 것은 소록도에서 살찐 담력 때문이었다.

춘상과 인후라는 청년들에게 잡혀 모래사장에서 목숨을 구걸
한 처지임에도 타다는 어느새 까마득히 잊어버렸다. 타다가 막순

의 속옷을 벗기고 빳빳하게 약오른 생식기를 막순의 아랫도리에 꽂으려는 순간 검은 그림자가 천천히 뒤쪽에서 거리를 좁혀오고 있었다. 타다의 목숨은 검은 그림자의 손에 의해 이제 경각에 달린 꼴이 되고 말았다. 죄는 지은 대로 받는다는 말이 바보 행세하는 또덕의 가슴에 깊이 새겨져 있었다. 막순에게 만은 가장 든든한 가족이고 싶은 또덕의 품속에서 부엌칼이 달빛을 받아 산란했다. 품속에서 모습을 드러낸 부엌칼은 망설임 없이 타다의 등쪽에 깊게 박혔다.

14

소록도 병원이 발칵 뒤집혔다. 수술환자 앞에 나타날 의사 타다가 나타나지 않았다. 해부 전문의인 구리하라를 비롯 수술실 의료진은 혼란스러웠다. 병사를 시켜 타다의 숙소에 다녀오게 하였지만 부재 중이라는 대답만 돌아왔다. 직원들이 하나둘씩 병원 본부로 몰려왔다. 수호 원장실에도 의사들을 비롯하여 직원들이 찾아왔다. 수호는 평소 타다와 친분이 두터운 간호사와 의사를 수소문해서 마지막 대면한 일자와 시간을 추정했다. 그러나 본부 건물이나 수술실 등 업무적인 측면에서 접촉했을 뿐 특별히 민감한 사적 접촉은 드러나지 않았다.

수호 원장은 부락 대표들을 원장실로 모이도록 했다. 타다를 언제 보았는지 물었는데 뾰족한 정보를 얻지 못했다. 하루 만에 소록도에서 사라져버린 타다를 생각하니 귀신이 곡할 노릇이었다. 수호는 사또를 불러 나환자나 원생들 사이에 분쟁이 있었는 지 조사토록 하였다. 사또는 반나절 넘게 소록도 부락들을 몸소 방문했다. 하지만 타다의 행방에 대해 어떤 단서도 찾을 수가 없었다. 사또는 문득 타다가 백사장에서 수치를 당했다고 실토한 사실을 떠올리며 싸이카를 몰고 동생리로 향했다.

"이춘상, 타다상을 언제 보았는가?"

"타다를 어째 동생리에 와서 찾습니까?"

춘상이 게으른 머슴 같은 목소리로 지껄였다.

"타다상이 행방불명 되었다."

"바보천치도 아닌데 좁은 소록도에서 무슨 행방불명이란 말입니까?"

춘상은 고소하다는 듯 말했다.

"그러니 답답해서 이렇게 수소문하고 있는 게 아닌가?"

"모릅니다."

춘상이 약올리듯 고개를 저었다.

"김인후, 너는 타다상을 증오하지 않았냐?"

"그럼, 타다를 좋아하는 조선놈도 있습니까?"

인후가 칼로 나무를 깎다가 어이없다는 말투로 대꾸했다.

"자식아, 묻는 말에 대답이나 해."

"욕하지 마 자식아."

인후의 입에서도 뜻밖의 욕설이 튀어나왔다.

"아니 이 자식이 죽고 싶은 게냐? 네 동생 인영이 중요한 데가 망가진 년이란 것은 알지?"

사또가 인후를 향해 욕설을 날리며 주먹을 말아쥐었다.

"아니 이 후레자식이~"

갑자기 분위기가 험해지자 춘상이 사또를 막아섰다. 거기다가 판수와 막동이가 화닥닥 사또를 에워싸버렸다. 사또의 허리춤에 권총이 매달리지 않은 날은 아무리 악질 사또라고 해도 무섭지 않았다. 사또는 허리에 권총이 매달리지 않았고, 혼자 힘으로는 이들을 이길 수 없다는 것을 알고 뒤로 한걸음 물러섰다. 춘상은 이런 상황에서 소록도에서 발생한 일련의 사건들을 떠올렸다. 마사오의 죽음과 타다의 행방불명, 대체 이런 사건의 중심에 누가 있단 말인가. 일본인의 죽음과 일본인의 행방불명은 분명 조선인과 관련되어 있을 것이다. 그러나 춘상은 또덕이가 바보가 아니라는 인영의 말을 가지고 마사오의 죽음과 타다의 행방불명이 또덕이와 깊은 관련이 있다고 확신하기 힘들었다. 대체 타다가 행방불명이라면 타다는 지금 어디에 있을까.

사또는 아무런 단서를 잡지 못하고 본관 수호 원장실로 돌아왔다. 수호의 방에는 동료 의사들로 왁자지껄했다. 수호 일행은 머리를 맞대고 앉아 의견을 모았다. 그들은 일단 타다의 행방불명을 최악의 단계로 격상했다. 소록도의 조선인 청년들에게 살해 당했을 수도 있음을 가정했다.

수호는 이튿날, 날이 밝자 일본 측 직원과 모든 원생들을 데리고 소록도 일대 수색에 들어갔다. 모두 손에 나무막대기를 하나씩 들고 해안과 들판, 숲속 등을 수색했다. 5개 부락을 모두 수색하고 도로와 산길, 들판 등도 수색했다. 특히 마사오가 죽은 해안의 숲속을 면밀히 수색했다. 하지만 타다의 행방은 오리무중이었다. 수호는 원장실로 돌아와 생각에 잠겼다. 수호의 옆에는 사또와 의사, 수간호사 등이 자리하고 있었다. 며칠을 수색해도 행방이 묘연하자 수호는 타다가 원생들로부터 살해당했을 가능성을 제기했다. 타다가 얼마 전에 원생들로부터 혼쭐이 났다는 말을 사또에게 전해 듣고 더욱 그런 심증을 굳히게 되었던 것이다.

"사또, 최악의 상황을 가정해서 말해 보거라."

"원장 각하, 뭍을 철저히 수색했는데 흔적조차 없다면 바다를 수색해야 하지 않겠습니까?"

"지금 나도 그런 생각을 하고 있던 중이야. 만약 타다상이 조선 청년들한테 죽임을 당해 바다에 처넣어졌다면 범인이 누구라고 생각하느냐?"

"말씀 드렸듯이 동생리 이춘상이놈과 김인후 이놈들이 타다상을 데려다 백사장에서 혼쭐을 냈지 않았습니까? 이놈들이 의심이

가긴 하는데 한편으로 이놈들이 나는 범인이요 하면서 악랄한 짓을 했겠냐는 의구심도 듭니다."

"듣고 보니 하나마나한 말이구나. 그럼, 대체 어떤 놈들이 타다상을 제거했단 말이냐? 참 귀신 곡할 노릇이로구나. 타다상이 죽었다면 시신이라도 나와야 할 텐데 말이야."

"저 원장 각하!"

사또가 머리를 갸웃거리며 말했다.

"뭐 무슨 좋은 생각이라도 났냐?"

수호는 담배를 재떨이에 털면서 사또에게 고개를 돌리며 물었다. 수호는 말하면서 조선 것들을 더욱 악랄하게 다뤄야겠다고 생각하고 있었다. 사또가 귓속말로 혹시 또덕이란 바보를 잡아다가 심문을 해보면 어떻겠냐고 물었다.

"사또 이놈아. 그거는 타다상을 욕먹이는 짓이다."

"왜 그렇게 생각하십니까?"

사또는 자존심이 상하는 데도 용기를 내어 했던 말이었다. 물론 수호 원장이 무엇 때문에 타다를 욕먹이는 짓이라고 하는지 짐작이 갔다.

"소록도 공식 바보가 무슨 염치로 타다를 해치겠냐? 타다상이 소록도의 바보천치한테 당해 목숨까지 잃었다면 이거야말로 일본의 수치가 아니고 뭐냐? 생각 좀 하고 살자."

"원장 각하, 바보 또덕이한테 누가 가장 소중한 사람인지 아십니까?"

사또가 말에 기세를 넣어 빈틈조차 없이 말했다.

"그야 뭐 또덕이가 애지중지하는 막순이년 아니겠냐? 그냥 목봉 체조 때도 막순이 못잊어서 곁에서 맴돌다가 감시 안 본 틈에 불끈불끈 목봉을 들어뗐다지 않았냐? 그런데 그게 타다하고 무슨 상관이냔 말이냐?"

수호가 한심하다는 듯 사또를 바라보았다.

"예, 상관이 있지요."

"뭐가 상관이 있단 말이야?"

사또는 의아해하는 수호의 대꾸에 원장실에 있는 다른 사람들을 의식한 나머지 수호의 뺨에 대고 귓속말로 속삭였다.

"저 원장 각하, 타다상이 얼마전부터 막순이를 노렸어요."

"타다가 하다하다 막순이년한테까지 집적거렸단 말이냐?"

수호의 목소리가 고막을 찢을 듯했다. 원장실에 모인 사람들은 수호의 말에 어이가 없어 서로 물끄러미 바라볼 뿐이었다. 마사오가 인영이를 추행하려다 죽임을 당한 사실을 알기에 그들은 타다의 행방불명을 심각하게 받아들이고 있었다.

"막순이년을 노렸다고 치자. 타다상의 죽음과 그게 무슨 연관이 있단 말이냐?"

"저 원장 각하, 입에 올리기 싫어서 글로 써서 보여드리겠습니다."

사또는 흰 도화지에다 연필로 긁적거리기 시작했다. 허리를 숙인 채 도화지에 글을 써내려가고 있는 사또의 모습을 보고 수호는 참 가지가지 한다는 듯 쯧, 쯧 한심한 소리를 뱉어냈다. 사또는 소록도에서 모두가 바보라고 생각하는 또덕이가 사실 바보가 아닐지도 모른다고 썼다. 또덕의 놀라운 행동에 관해 사또 자신이 겪고 보았던 기억을 더듬어 힘을 주어 꼬박꼬박 썼다. 또덕이의 수음手淫:자위행위과 싸이카 뒷좌석에서 노골적으로 자신에게 가한 힘에 대해 썼다. 사또가 제시한 글을 읽고 수호는 한참동안 사또를 이상한 눈초리로 쏘아보았다. 제정신이냐, 하는 식으로 쏘아보던 수호를 향해 사또가 입을 열었다.

"원장 각하, 아무리 생각해도 또덕이가 의심스럽습니다."

"정히 그렇다면 어디 한번 또덕이를 잡아다가 매달아보거라."

"하이!"

수호 원장의 지시가 떨어지자 사또는 병사들을 거느리고 또덕이가 일하는 남생리 가축사육장으로 달렸다. 사또는 이제부터 정신을 바짝 차릴 생각이었다. 권총도 허리춤에 착실히 매달았다. 권총을 소지하지 않은 탓에 춘상이 등에게 붙잡혀 당한 수모를 생각하면 이마에 땀이 돋을 정도였다. 마사오가 죽임을 당하고 타다상 마저 죽임을 당했다면 자신이 추측하는 것보다 훨씬 힘이 세리라고 생각했다. 사또 일행은 단숨에 남생리 가축사육장에 도착했다.

그들은 다짜고짜 또덕이를 붙잡았다. 또덕이는 붙잡혀 가면서도 여전히 바보 행세를 했다. 사또는 이런 또덕의 행동을 가식이라고 생각했다. 지금까지 또덕을 바라보았던 관점에서 완전히 방향을 틀었다. 또덕은 바보처럼 말하고 바보처럼 행동했다. 소록도의 전형적인 바보 모습이었다. 바보의 모습만을 보면 타다를 죽인 범인으로 또덕을 의심한다는 자체가 말이 되지 않았다. 하지만 지금은 상황이 달랐다. 또덕이란 바보의 정체를 들여다보는 것이 중요했다. 의심할만한 원생들은 빠짐없이 조사해보았지만 아무런 의심의 징후를 발견하지 못했다. 그런데도 타다의 존재 자체가 흔적 없이 사라진 것을 보면 전혀 엉뚱한 곳에서 범인의 흔적을 탐색해야만 하는 것이었다. 엉뚱한 곳이란 바로 전혀예상하지 못한 바보 또덕이를 말함이었다.

사또는 또덕을 무조건 감금실에 집어넣었다. 또덕을 무척 아꼈던 수호 원장마저 이런 상황에서는 감싸고돌지 않았다. 사또는원장으로부터 또덕이를 고문해도 좋다는 허락을 받았다. 사또는또덕의 정체를 벗기고자 하는 마음에 설렐 정도였다. 먼저 또덕의 손과 발부터 묶었다. 손과 발을 허락하면 또덕의 공격을 당할수도 있을 것이었다. 혹시 말이 통하지 않는 부분이 나올 수도 있어서 일본어를 잘하는 창옥이를 미리 불러놓았다.

"또덕아, 너 바보 맞냐?"

"또덕이 바보 맞다."

사또의 물음에 또덕은 여전히 바보 행세를 하고 있었다. 사또
는 마음속에 진열해놓은 고문의 도구를 하나씩 집어 들었다. 먼
저 채찍으로 목덜미를 내리쳤다.

"너 바보냐?"

"바보 맞다. 이거 때리지 마라."

또덕은 수호 원장 앞에서 하듯 덜떨어진 소리를 뱉었다. 사또는
미소를 지었다. 창옥이 역시 또덕이를 바라보며 웃었다. 창옥이도
또덕이가 바보가 아닐지 모른다는 생각을 하고 있었다. 소록도에
서 또덕이가 바보가 아니라는 것을 아는 사람은 인영이와 춘상이,
인후 정도에 불과했다. 또덕은 빈틈없이 바보 역할을 했다.

사또가 몽둥이를 집어 또덕의 어깨를 강타했다. 또덕이가 입을
활짝 벌리며 고통을 호소했고, 살려 주세요, 하고 말했다.

"살려줄 게, 너 바보 아니라고 대답해 임마."

"또덕이 바보 아니다."

또덕이가 사또의 말처럼 바보가 아니라고 대답했다. 사또는 빙
그레 웃었다. 바보가 아니라는 말에 창옥 역시 방긋 웃었다. 창
옥은 이렇게 또덕이와 사또의 실랑이를 지켜보는 것이 재미있었

다. 또덕이가 바보가 아니라면 또덕의 단짝인 막순이와의 관계는 어떻게 되지? 하는 생각을 하고 있었다. 사또가 또덕의 배를 구 둣발로 찼다.

"아이쿠, 또덕이 아프다."

"짜식아, 아프라고 차는 거지~ 너 바보 아니지, 맞지?"

"또덕이 바보 맞다. 제발 이러지 마라. 나 살고 싶다."

또덕이는 팔과 다리가 묶였지만 살려고 입으로 열심히 빌었다. 사또는 창옥을 바라보았다. 창옥이 고개를 저었다. 사또가 불이 벌겋게 달궈진 인두를 집어 들었다. 또덕은 이글거리는 인두가 턱 밑에 닿자 기겁을 하고 있었다.

"너 막순이년 하고 한번이라도 붙어먹었냐?"

"그런 거 아니다. 막순이는 내 동생이다."

"그래, 네 여동생. 여동생 잡아 먹었느냐고 임마?"

창옥이를 통해 사또의 말이 또덕에게 전달되었다. 잡아먹는다 는 말을 사또는 몰라서 창옥에게 통역을 부탁한 것이다. 창옥의 통역을 들은 또덕의 눈동자가 튀어나왔다.

"사또 개새끼야. 나 좀 살려주라. 나 바보 아니다."

"아니 이 새끼가!"

또덕의 욕설에 사또는 또덕의 속옷을 벗기고 인두로 사타구니 를 짖었다. 또덕이 벼락치듯 고함을 쳤다. 악마의 소리 같은 울부짖음을 창옥은 곁에서 들었다. 또덕의 고함에 사또는 기세를 올려 다시 인두로 허벅지를 짖었다. 살이 타는 듯 지직지직 소리가 들렸다. 곧 살갗이 타는 냄새가 노릿하게 감금실을 채웠다. 사또는 재채기를 했고, 창옥도 재채기를 했다. 사또는 재미를 붙인 듯 인두로 또덕의 안쪽 허벅지를 지졌다. 또덕이가 악, 하고 소리쳤다.

"너 바보 아니지?"

"예. 바보 아닙니다."

사또가 물었고, 또덕이 대답했다. 또덕은 고문의 고통 앞에서 견딜 수가 없었다.

"수호 원장을 속이며 바보 흉내를 왜 냈느냐?"

사또가 이렇게 물었고, 창옥이 통역했다.

"그냥 좋아서 그랬다."

"너는 내일부터 당장 작업장에 출역이다."

사또는 자신에게 가한 또덕의 힘을 떠올렸다. 또덕의 여자라는 막순이가 떠올랐다. 막순이도 꽃단장을 시키면 실컷 여자 냄새가 날 것이란 생각이 들었다.

"가축은 누가 키우나?"

"임마, 가축은 그냥 방출하면 알아서 자란다. 너, 막순이년하고 한번이라도 붙었냐?"

사또의 말을 창옥이가 통역했는데 창옥의 입을 거치면서 말이 더 거칠어졌다.

"막순이는 내 동생이다. 힘들다, 날 어서 감금실에서 꺼내달라."

"너 타다상 알지?"

"안다."

이럴 때는 또덕이가 전혀 바보처럼 보이지 않았다.

"타다상이 막순이 넘보는 것도 알았지?"

"그건 모른다. 타다상이 넘본 사람은 순임이 고모다."

또덕의 빛나는 눈동자를 사또는 들여다보았다.

"그래? 그럼, 타다상 죽은 거 아냐?"

"행방불명이라고 소문만 들었다."

또덕이가 시선을 깔면서 말했다.

"네가 타다상 죽였지?"

"아니다. 나는 타다상 죽일 힘이 없다."

"타다상 시체는 어떻게 했냐?"

사또는 범인은 또덕이라고 확신했다. 또덕이가 바보가 아니라면 충분히 그럴 가능성이 높다고 생각했다. 싸이카 뒷자리에서 자신에게 가한 힘의 크기를 사또는 생각했다. 그 정도의 힘이라면 충분히 타다상을 가격해서 죽일 수 있으리란 생각이었다. 사또는 물을 한 컵 마시면서 또덕이를 고문할 가혹한 방법을 떠올렸다. 바로 물고문이었다. 담배까지 태운 다음 사또는 또덕을 물고문 장소로 데리고 갔다. 또덕은 시멘트 수조에 찰랑거리는 물을 보고 겁에 질렸다. 감금실에서 물고문이 가장 가혹하단 소문을 들었다. 물고문 앞에서는 당할 사람이 없다. 물이 차츰 수조에 쌓여 코를 막으면 없는 죄도 있는 것처럼 불어버린다고 했다.

사또는 또덕이를 곧장 물고문 수조통에 매달았다. 또덕의 머리는 수조통 위에 대롱대롱 매달려 있었다. 사또는 또덕이가 몸부림치는 것을 즐기면서 물을 틀었다. 이제 물이 더 차오르면 또덕의 머리가 수조통에 잠기게 될 것이었다. 이런 모습을 지켜보던 창옥 역시 회심의 미소를 지었다. 또덕이의 버르장머리를 한번 쯤 고쳐주어야 한다고 생각했다. 또덕은 수호 원장의 지지를 받으면서 바보행세를 하는 것 같지만 은근히 자신을 업신여긴다고 창옥은 생각했다.

또덕의 머리통에 찬물의 감촉이 느껴졌다. 거꾸로 매달린 또덕의 입에서 제발 살려달라는 말이 터져나왔다. 사또는 또덕의 사정에는 아랑곳하지 않았다. 찬물이 또덕의 입을 틀어막고 또덕의 코를 막았다. 코를 막는 물의 기세에 눌려 또덕은 무엇이든 할 테니 살려달라고 매달렸다.

"네가 타다상 죽였지?"

"아, 안죽었다."

하지만 또덕은 단호히 말했다. 어떤 위급한 상황이 닥쳐도 그

말만은 할 수가 없었다. 또덕이 다급히 말했다.

"머든 시키는대로 할 텐게 여기서 나가게 해주시오."

"흐흐, 거꾸로 매달린 또덕이 꼴 보기 좋구나."

사또가 말했다. 이때, 감금실 밖에서 병사가 뛰어 들어왔다. 병사는 사또에게 쪽지를 건넸다. 사또가 쪽지를 받아들더니 인상을 찌푸리며 창옥에게 건넸다.

"막순이가 보낸 것이여. 또덕아, 막순이가 불알 까고 나오라는데~"

"알았다. 창옥 아찌, 나 불알 까겠다고 말해주시오."

"어이 또덕아, 바보 흉내 내지 말라니게. 너 바보 아니잖어?"

"하여간에 불알 까겠다고 말해줘요."

또덕의 간청에 창옥이 귓속말로 사또에게 속삭였다. 사또의 표정이 밝아졌다. 조선 것들의 불알을 한 명 더 깔수록 수호 원장의 신임을 받았다. 사또는 그런데도 시간을 끌었다. 또덕은 숨이 막혀 죽을 맛이었다. 이제 정말로 물이 코를 막았다. 그때, 밖에서 본관 직원이 달려왔다.

"사또 주임님, 시체가 발견되었답니다."

"뭐야? 어디서?"

"저기 구북리 해안가에서 바닷물에 떠밀려왔답니다."

사또는 또덕을 물고문 틀에서 내려놓았다. 또덕은 물을 먹어 입술이 파랗게 질렸다. 또덕이 헐떡이며 숨을 몰아쉬었다. 또덕은 타다의 시체가 바닷가에서 파도에 떠밀려 발견되었다는 말을 듣고 한숨을 내쉬었다. 장차 일어날 사건을 생각하면서 몸을 떨었다. 타다의 몸에 매달아 놓은 무거운 돌멩이는 결국 저 홀로 바다 밑에 가라앉은 모양이라고 생각했다.

사또는 수호 원장 방으로 달려갔고, 또덕은 수술실로 옮겨졌다. 또덕은 예상대로 불알을 깠다. 또덕은 불알을 저당 잡힌 채 울었다. 또덕은 울면서 일본 놈들을 남김없이 야금야금 없애려던 자신의 계획에 차질이 빚어지는 것을 안타깝게 생각했다. 또덕은 불알을 깐 몸으로 막순이의 부축을 받으며 울면서 남생리로 돌아왔다.

15

수호 원장은 끝내 타다를 죽인 범인을 색출하지 못했다. 타다의 몸에서 칼에 찔린 자상刺傷의 흔적이 발견되었지만 범인을 특정하는 데는 실패했다. 수호는 타다의 죽음 이후, 자신과의 약속처럼 더욱 악랄하게 원생들을 대했다. 또덕이가 바보가 아니라는 소문을 수호는 용납하지 않았다. 수호는 설령 또덕이가 바보가 아니라고 하더라도 크게 괘념하지 않았다. 바보인 척했다고 해도 지금 이대로가 좋았다. 자기 앞에서 바보짓을 하며 웃음을 주는 또덕의 존재는 여전히 유효했다.

또덕이가 바보라는 소문이 굳어진다면 여태 또덕에게 속아 넘어간 자신이 비웃음을 사리라는 것은 분명했다. 그래서 수호는 일본 직원들의 입술끝에서 떠돌아다니는 소문을 칼로 무자르 듯 잘라버렸다.

"원장 각하, 또덕이 바보놈을 어쩌실겁니까?"

"이봐, 사또. 지금부터 또덕이는 옛날보다 더한 바보다. 다시는 내 앞에서 또덕이가 바보 아니라는 말을 입에 올리지 말거라."

"원장 각하, 하지만 또덕이는 결코 바보가~"

수호의 손바닥이 화다닥 사또의 뺨을 올려쳤다.

"이 자식이 감히 누구 앞에서 대들어. 내가 아니라면 아니란 말이다."

"하이!"

소록도에서 또덕의 존재는 곧 옛날처럼 돌아갔다. 또덕은 수호의 믿음을 통해 더욱 바보처럼 인식 되었고, 또덕은 정말 더한 바보처럼 행동했다. 또덕의 존재가 바보 아니라는 것을 이제 춘상 일행과 사또, 수호 원장 정도밖에 몰랐다. 그러나 누구보다 먼저 또덕이가 바보가 아닌 것을 알았던 사람은 막순이였다. 막순이는 바보 또덕이가 아저씨처럼 대할 때도 싫지는 않았지만 바보가 아니라는 것을 알고서 믿고 의지하며 따르게 되었다.

타다의 장례를 치르고 수호와 사또는 더욱 악랄하게 나환자와 원생들을 다루었다. 일본이 전쟁을 격렬하게 치르면서 더욱 노동력이 필요했다. 벽돌을 찍어 마련한 수익금으로 군자금에 보태고, 송진 채취, 짐승가죽 채취, 가마니와 멍석 제작 등에 열을 올렸다. 춘상이나 인후, 창옥과 종희, 부락대표 최일봉 등도 노역에 시달렸고, 순임과 옥희, 정신이 온전치 못한 순금과 미순이 마저 노역에 투입될 정도였다. 노역에서 제외 받은 사람은 앞을 못보는 박순주 고문 정도였고, 몸을 움직이지 못하는 중환자들 정도에 지나지 않았다. 하루일과가 끝나면 원생들은 한숨을 토해내고 고통을 호소했다. 죽지 못해 살아가는 원생들이 태반이었다.

나환자 및 원생들에 대한 횡포는 갈수록 태산이었다. 그리고 춘상 일행은 수호 등이 소록도 원생들을 대상으로 생체실험의 빈도가 높아졌다는 것을 알았다. 조선 처녀들의 뱃속에 아이를 배게 한 것도 모자라 아이가 세상에 태어나기 전에 뱃속에서 꺼내어 포르말린 용액의 용기에 집어넣어 인체 표본까지 만들었다. 극비 보관실에 수호의 이런 비인간적인 증거물이 은밀히 보관되어 있었다. 춘상은 기회를 틈타 극비보관실의 횡포를 세상에 알릴 생각이었다. 그리고 가능하다면 수호 원장과 사또 주임을 제거할 생각이었다. 춘상은 이들을 없애는 일이라면 자신의 목숨 따위는 하나도 아깝지 않았다.

춘상은 금화 무당을 통해서 은밀히 바깥세상과 공유하고 있었다. 독립운동을 하는 고향의 김창숙 어른과 주고받은 편지를 통해 소록도에서 일어나고 있는 일제의 만행을 바깥에 알릴 수 있다는 자신감이 생겼다. 금화는 소록도 뒷산 서낭당에 마음만 먹으면 언제라도 통통배를 타고 들어올 수 있는 사람이었다. 금화를 통해 중요한 의견을 주고받는 작업은 수호 집단의 만행을 바깥에 고발하는데 매우 중요한 일이었다.

그러던 중에 춘상에게 절호의 기회가 생겼다. 인영의 말처럼 세계 나학회를 소록도수용소에서 개최하기로 하였다는 것인데 2박 3일간의 행사 중에 감시가 소홀한 틈을 타서 극비보관실에 잠입할 생각이었다. 춘상 일행과 인영은 극비에 부치며 철저히 준비작업에 돌입했다. 극비보관실에 잠입하여 일본의 만행 증거물을 사진기에 담고 가능하면 포르말린 용액에 잠든 아이 사체의 용기를 밖으로 빼내는 것이 중요했다. 이것을 금화 무당을 통해 전달하고 금화 무당이 김창숙 일행에게 전달하면 방방곡곡에 일본의 만행을 고발할 수 있을 것이었다.

춘상은 나학회 때 원생들로 구성된 악극단을 이용해 수호 원장을 제거하고 극비보관실 문을 열고 은밀히 포르말린 용기를 훔쳐서 바깥으로 내보낸다는 계획을 세웠다. 외부 손님을 위한 악극단의 공연을 틈타 춘상이 직접 극비보관실에 잠입할 생각이었다. 춘상은 구체적인 계획의 실행에 들어갔다. 악극단을 찾아가 자신도 공연의 배우로 참여하게 해달라고 청했다. 춘상이 탐내는 배역은 '이차돈의 사'란 작품에서 자객이 되는 것이었다. 자객은 칼을 숨기고 등장한다. 춘상은 자신이 자객 역할을 함으로써 기회를 보아 귀빈들과 함께 앞에서 극을 관람하는 수호 원장의 목을 따버릴 생각이었다. 수호의 목을 따는 일만이 소록도수용소에서 아깝게 죽어간 조선의 넋들을 위로하는 것이라고 생각했다.

수호 원장 역시 나학회 행사를 빈틈없이 준비하고 있었다. 사또와 세이코, 해부의사 구리하라 및 다른 의사들까지 불러모아 장차 열릴 세계나학회를 점검하고 있었다. 세계에서 각국을 대표하여 여러 인사들이 참여하는 데 안전을 최우선으로 강조했다. 특히 수호는 이런 나학회를 틈타 극비보관실이 뚫릴 수도 있으니 철저히 경계하라고 지시했다. 수호는 극비보관실만큼 외부에 알려져서는 안 된다는 생각을 하고 있었다. 수호는 그러면서 이제부터 나환자는 물론 수용소 원생들을 하나같이 조심할 생각이었다.

"사또, 환영식 준비는 잘 되고 있지?"

"6개 부락 소방조가 기를 앞세우고 도열할 것이며, 4천 5백여 원생들이 중앙운동장에 모여서 환영식을 거행할 것입니다."

"오호 그래. 아주 성황리에 나학회가 개최 되겠구나. 음, 이번 나학회의 연제는 몇 개나 되는가?"

구리하라가 준비한 자료를 뒤적거리며 수호 원장에게 보고했다.

"발표될 연제만도 82개로 가장 성대한 나학회가 될 것입니다."

수호 원장이 흡족한 웃음을 보이자 다른 일행들이 일제히 웃었다. 원장실 밖에서는 박순주 고문을 비롯해 최일봉, 김민옥, 노양춘 등의 부락대표가 대기하고 있었다. 일본어를 잘하는 최일봉을 불러들여 수호가 물었다.

"소록도 창극단에선 뭘 준비하고 있나?"

최일봉은 문득 춘상과 나눈 얘기가 떠올라 부르르 떨었다.

" 이차돈의 사死와 곤지키 야샤金色夜叉<장한몽>를 무대에 올릴 계획입니다."

이차돈의 사를 말하면서 일봉은 온몸이 굳어오는 듯했다. 인물 이차돈의 품속에 숨긴 칼이 번쩍 떠올라 한숨을 내쉬었다.

"웬 한숨인가?"

"아, 아닙니다. 긴장을 해서 그만~"

"허엇 싱겁기는. 곤지키 야샤라면 신파 중에 으뜸이지~"

최일봉은 원장실에서 회의를 마치고 나오면서 한숨을 몰아쉬었다. 춘상에게 듣지 않은 것으로 하겠다고 하였지만 수호를 만나자 득달같이 떠올랐다. 수호는 마사오와 타다의 죽음을 생각하니 공연히 불안한 마음이었지만 이곳 소록도에서 열릴 세계 나학회를 떠올리자 새삼 가슴이 부풀어 올랐다.

16

나학회가 열리던 날, 소록도는 아침부터 통통배를 타고 들어오는 외부 손님들로 붐볐다. 외부 손님들 중에는 일본인은 물론 미국인, 영국인, 러시아인들도 있었다. 수호 원장은 새벽 일찍 일어나 선착장에서 정성껏 손님을 맞았다. 통통배에서 내린 손님들은 안내를 받아 신사참배소에 들렀다. 신사참배를 마치고 소록도 본관을 향해 안내를 받았다. 일본 군함 행진곡을 들으며 길을 걸을 때 일장기를 손에 든 수백여 명의 나환자들이 길가에 도열하여 환영 인사를 올렸다.

외부 손님들에 대한 공식적인 환영 행사는 소록도 대운동장에서 개최 되었다. 대운동장에는 4천 5백여 명의 나환자들이 부락별로 도열해 있었다. 부락의 대표 격인 소방조는 낡은 경찰 정복을 입었다. 검정 모자에는 빨간색 두 줄이 나란히 쳐져있었다. 소방조는 자신의 부락 대열의 맨 앞에서 기旗를 높이 쳐들고 기상을 뽐내고 있었다. 이윽고 일본의 고관들이 운동장에 나타났다. 고관들 중에 니시가와 시의관이 조회대 위에 올라가 원생들을 향해 일장 연설을 했다. 일본이 세계의 영웅 제국이며 세계의 평화에 앞장서며, 나환자들은 일본의 신민으로 명예와 긍지를 지녀야 한다는 것이었다. 니시가와 시의관이 마지막으로 도열한 나환자들과 원생들을 향해 당부 말을 했다.

"여러분의 수양과 행복이 있기 바랍니다."

사회자가 조선말로 나환자들에게 통역했다. 그리고 환자 대표 이조발의 답사가 있었다. 이조발은 일본의 무한한 사랑과 보살핌으로 황국의 신민이 된 것을 자랑스럽게 생각한다고 덧붙였다. 이렇게 세계 나학회는 화려하고 웅장하게 막을 올렸다. 나학회는 행사 순서에 따라 차질 없이 진행되고 있었다.

제14회 나학회 현수막이 걸린 세미나실에서는 수호 원장이 나병에 대해 연구한 학문을 발표하고 있었다. 외부 손님들은 수호 원장의 발표에 심혈을 다해 귀를 기울였다. 다른 공간에서는 강렬한 빛을 내뿜으며 영사기가 돌고 있었다. 영사기 너머의 스크린에는 일본의 부강을 홍보하는 군국주의 분위기의 동영상이 상영되고 있었다. 강렬한 군국주의식 남성 나레이션이 행사장을 쩌렁쩌렁 울렸다.

우리는 홍콩과 싱가포르, 필리핀에서 영국, 미국인 등 2천여 명 이상의 연합국 포로를 붙잡는 쾌거를 이룩했습니다. 731부대 의무부대가 세균전을 펼치면서 전세는 우리에게 기울고 있습니다.

남성의 우렁찬 나레이션이 끝날 즈음에 수호 원장이 나타나 일장 연설을 늘어놓았다. 수호는 자나 깨나 소록도를 세계에서 가장 행복한 꽃동산이라 치켜세우고 있었다.

일찍이 우가끼 총독이 말했듯이 소록도갱생원은 명실공히 경주, 금강산과 함께 조선의 3대 명소가 되었습니다.

수호 원장은 나환자들과 다른 원생들의 피땀으로 소록도를 아름답게 꾸미는 데 매진했었다. 조선의 자랑이요 명소로 만들기 위해 조선인의 죽음 같은 것은 안중에도 없었다. 수호의 연설이 끝나자 방문객과 나환자 및 원생들의 박수갈채가 흘러나왔다. 일본 본토에서 특별히 방문한 나병의 권위자인 미쓰다가 단상에 올랐다.

1만 여당시 소록도에 거주한 나환자는 약 12%~15% 중 중증환자는 약 3~4%이고, 가벼운 경증환자는 10%~12% 였으며, 나머지 8천5백여 명은 강제로 끌려온 건강한 사람들이었다. **나환자들이 명령에 복종하고 완벽**

한 연구시설에 감탄을 금할 길이 없습니다. 역시 소록도의 수호 원장은 대일본제국의 자랑이십니다.

수호 일행은 수간호사를 따라 극비보관실로 안내되었다. 외부에서 초대된 학자들은 수호 원장의 설명을 들으며 연신 감탄을 흘렸다. 그들은 보관실에 진열되어있는 유리관의 규모에 깜짝 놀랐다. 수백 개의 유리관이 진열되어 있었는데 유리관마다 사람의 사체가 포르말린 용액에 담겨 고요히 숨을 죽이고 있는 모습이었다. 미쓰다가 입을 열었다.

"오늘 이 시료들을 보니 대일본제국의 앞날이 아주 밝아 보입니다. 이런 열정이면 나병에있어서도 세계를 지배할 날이 멀지않은 듯합니다."

"미쓰다 박사님, 이 시료를 보십시오. 아주 아름답지 않습니까?"

"하하하~ 아이의 탯줄에서 강인한 생명력이 느껴집니다. 그래 나병은 이 탯줄을 통해서 전염이 됩니까?"

미쓰다의 물음에 수호는 얼른 대답하지 않았다. 나병이 부모로부터 아이에게 전염이 된다는 것을 실험과 경험을 통해 아직 알아내지 못했기 때문이다.

"그게 관건이지요. 대일본제국이 세계에서 가장 먼저 나병을 다스리게 될 것이오. 이렇게 소록도에서 세계 나학회가 열린다는

것은 세계의 이목이 대일본제국에 집중되어 있다는 이런 뜻이 아
니겠습니까?"

"하하하~"

일제히 호탕하게 웃었다.

수호 원장의 안내로 그들은 이제 관사 지대 해변을 향해 걸었
다. 해변에는 임시로 설치한 가설음식점이 영업하고 있었다. 나환
자들에게도 식권 등을 발행하여 음식을 사 먹도록 특별한 조치를
하였다. 수호 원장은 각별이 정성을 들인 탁주점으로 외부 손님
들을 안내하였고, 국밥점, 우동점, 떡점, 팥죽점, 주먹밥전, 과자
점을 차례대로 방문하였다. 수호 원장을 비롯한 고등관과 부인,
직원지대의 부인들도 음식을 나르며 봉사에 참여했다.

저녁때 이윽고 기다리던 악극단의 공연이 시작되었다. 저녁 무
렵 외부 손님들을 비롯하여 일본 직원들과 가족들 그리고 나환자
들, 건강한 원생들까지 공회당을 가득 메웠다. 공회당의 공연은
세계나학회 축제의 마지막 장이었다. 행사에 참여하는 남생리의
배우들은 검문소에서 명단을 확인받고 소독까지 마치고 통과하
여 공회당으로 들어갔다. 춘상은 공연단과 함께 검문소를 통과
할 수 있었는데 농악대의 단원으로 통과한 것이었다.

이윽고 악극단 연주가 시작되었다. 악극단은 당시 조선 땅에서

널리 불리고 있던 '홍도야 우지마라'라는 곡이었다. 행사장 가득 손님들이 앉아있는데 수호 일행, 초대받은 귀빈들, 일본인 가족들, 간호사들도 열을 지어 앉아있었다. 악대가 연주를 시작하자 관객석의 수호 일행이 옆 사람과 뭐라 담소를 나누었다.

시간이 경과하고 무대에서는 이윽고 장한몽이 시연되고 있었다. 춘상은 무대 뒤에서 이수일의 의상으로 환복 하려고 옷을 벗고 있었다. 옷을 반쯤 벗는데 사또가 무대 뒤로 살피러 오자 벗던 옷을 얼른 꿰입었다. 사또는 그리 의심하지 않고 뒤쪽을 슬쩍 엿보고 다시 돌아가고 있었다. 지금 무대에는 남녀 배우 두 명이 올라가 이수일과 심순애 즉 장한몽을 펼치고 있었다. 배우는 손동작 몸동작으로 연기를 하고 소리는 변사의 입을 통해 관객들에게 전달되고 있었다.

무대의 배우 입에 맞추어 변사가 읊조렸다.

"수일 씨, 한눈팔지 말고 꼭 성공해서 돌아오셔야 해요. 흑~"

극중의 수일이 고개를 끄덕이고 순애를 향해 당부의 말을 늘어놓는다.

"내 어찌 순애를 잊겠소. 고무신 거꾸로 신지 말고 기다리시오."

수일과 순애가 무대 위에서 부둥켜안았다. 순애는 수일 씨의 바짓가랑이를 단단히 부여잡고 흐느끼고 있었다. 하지만 수일은 순애의 절규를 뿌리치며 다급히 밖으로 나온다. 춘상은 가슴이 타도록 수일 역을 맡은 배우를 기다리고 있다가 수일이 나타나자 황급히 옷을 갈아 입었다. 소록도에 근무하는 병사들의 의상과 거의 똑같은 의상이었다. 춘상이 의복을 모두 갈아입고 모자까지 갖춰 착용하자 다급한 소리로 일봉이 말했다.

"삼십 분이여 삼십 분~ 그래야 수일과 순애가 제대로 상봉을 할 거 아니여?"

"예, 형님~ 걱정 마시오."

춘상은 말이 끝나기도 전에 밖으로 튀어 나갔다. 춘상은 미리 준비해둔 자전거에 올라타고 부지런히 페달을 밟았다. 한 치의 오차 없이 기회를 잡아 극비보관실에 잠입해야 한다. 그래야 조선인에 대한 일본인의 만행을 세상천지에 알릴 수가 있는 것이다. 춘상은 이번 작전에 함께 참여하는 인영을 생각하며 일본 병사의 복장으로 관사 지대를 통과하고 있었다.

한편, 치료실에서는 인영이가 미리 계획한 대로 찻잔에 은밀히 독초가루를 흩뿌려 넣었다. 독초가루는 김창숙이 은밀히 보낸 것을 무당 금화를 통해 전달받은 것이었다. 간호사인 료코가 슬쩍 곁눈질을 했다. 료코는 수호 원장의 사랑을 받고 있는 조선인 간호사였다. 인영은 찻잔을 들고 평소처럼 수간호사에게 다가갔다. 수간호사는 인영으로부터 찻잔을 받아들고 자연스레 차를 마시고 있었다.

춘상은 검문소를 통과할 때 경비병의 거수경례를 받았다. 동료 병사인 것처럼 자연스럽게 거수경계로 답례하며 페달을 부지런히 밟아 곧 본관 치료실에 도착했다. 그때, 수간호사는 쨍그랑 찻잔을 떨어뜨린다. 수간호사는 인영을 째려보며 따귀를 한 대 날렸다. 배를 만지작거리며 치료실을 나와 화장실로 향하고 있었다. 인영은 기회를 놓치지 않고 수간호사의 서랍을 뒤져 잽싸게 열쇠를 꺼냈다. 주머니에 열쇠를 넣고 서랍을 닫을 때 누군가 뒤에서 어깨를 잡아챘다. 인영이 바라보니 간호사 료코였다. 인영은 입이 덜덜 떨렸다. 다른 일본인 간호사들의 시선이 인영에게 쏠리자 료코가 일부러 인영의 뺨을 올려쳤다.

"이년이 감히 어디에 손을 대!"

"잘못했습니다. 실은 항생제가 필요해서~"

인영은 얼른 둘러대었다.

"그렇다고 서랍을 뒤져, 이년아?"

"아시잖습니까? 소록도 나환자들이 어떻게 살고 있는지~"

한창 인영과 료코가 실랑이를 하고 있을 때 수간호사는 화장실 바닥에 쓰러져 토사물을 게워내고 있었다.

춘상은 건물 뒤로 몸을 숨기면서 경비병에게 발각되지 않으려고 애를 썼다. 그런데 어느 지점에서 경비병의 눈에 띄어버렸다. 낭패다 싶었는데 경비병이 담배를 후닥닥 버리며 경례를 붙였다.

춘상은 얼른 태연한 척 경례를 받으며 큰길로 나왔다. 그리고 얼마를 달려 본관 뒤뜰에 도착했다. 본관 뒤뜰에서 대기하고 있던 인영을 만나 본관 내부로 향했다. 본관 복도에서 구두 발자국 소리를 듣고 얼른 몸을 벽의 뒤쪽에 붙였다. 발자국 소리가 물러가면 다시 걷고 소리가 들리면 숨고 하기를 반복했다. 춘상은 벽에 걸린 회중시계를 바라보았다. 밤 아홉 시를 가리키고 있었다. 춘상과 인영이 극비보관실 앞에서 만났을 때 끼익! 하고 밖에서 짚차 멈추는 소리가 들렸다.

짚차에서 내리는 사람은 사또 간호 주임이었다. 사또의 허리춤에는 권총이 매달려 있었다. 사또가 권총을 매만지며 본관으로 들어섰다. 본관의 복도에 들어서며 사또는 큰 소리로 경비병! 경비병하고 외쳤다. 두 명의 경비병들이 해찰을 하다가 부르는 소리에 놀라 후닥닥 달려왔다. 사또가 경비병들의 정강이를 걷어찼다. 정강이를 걷어차인 경비병들은 각자 맡은 구역으로 쏜살같이 달려갔다.

인영과 춘상은 사또가 복도 끝을 향해 걸어오고 있음을 알았다. 더는 도망칠 수 없는 상황이었다. 복도 끝에서 삐끄덕 문을 열어 보는데 문이 살며시 열렸다. 춘상과 인영은 사또의 발자국 소리에 다급해서 안으로 들어갔다. 안쪽에서 간호사 료코가 이를 지켜보며 까닭 모를 웃음을 지었다.

사또는 복도 끝을 살폈다. 분명 인기척을 느꼈기 때문이다. 수상한 느낌을 받았는지 허리를 바짝 숙여 문틈까지 엿보았다. 인영과 춘상은 안쪽에서 사또의 그림자를 보고 있었다. 사또의 그림자가 문틈 사이로 멀어졌다. 이런 모습을 지켜보고 있던 간호사 료코를 맞닥뜨리자 인영은 어쩔 줄을 몰랐다. 그런데 료코가 아무 말도 하지 않고 상냥하게 웃어주었다. 인영이 허리를 깊게 숙였다.

"정말 고맙습니다."

춘상도 료코라는 간호사에게 고마움을 표했다.

"정말 고맙소."

간호사 료코가 소리를 질렀으면 춘상과 인영은 틀림없이 사또에게 붙들렸을 것이다.

"나도 조선 사람이에요. 근데 두 사람, 왜 여기 있어요?"

하고 료코가 말을 할 때 사또는 뒷짐을 지고 천천히 복도를 걷고 있었다. 그러다가 멈칫하며 뭔가 이상한 듯 옆구리에 찬 권총을 빼내 들었다. 사또는 춘상과 인영이 숨어있는 문 쪽으로 걸어와서 천천히 문을 열고 들어온다. 이때, 춘상은 문 뒤에 숨었다가 일격에 사또의 뒤통수를 가격했다. 춘상의 갑작스런 가격에 사또는 순간 정신을 잃었다. 이런 사실을 모르는 병사들은 본관 앞에서 하염없이 담배를 피우고 있었다.

극비보관실 입구에는 이날 따라 순찰 경비병 2명이 경계근무를 서고 있었다. 수호 원장은 마사오와 타다의 죽음 이후 나환자 및 원생들에 대한 경계를 더욱 단단히 하였다. 특히 극비보관실 앞의 경비를 소홀히 하지 않았다. 간호사 료코는 마음을 굳힌 듯 다른 간호사와 함께 간식을 준비한다음 경계병 2명을 불러들여 간호실에서 잠시 간식을 먹도록 하였다. 경계병들은 간호실로 들어와서 잡담들을 나누면서 열심히 간식을 먹고 있었다.

춘상과 인영은 이 틈을 타서 재빨리 열쇠로 극비보관실 문을 따고 들어갔다. 료코가 이들이 들어간 다음 밖에서 열쇠를 잠갔다. 경계병들이 간식을 먹고 극비보관실을 살핀 다음 밖으로 나갔다. 춘상과 인영은 준비한 사진기로 극비보관실에 진열된 용기들을 찰칵찰칵 찍었다. 그들은 보관실에 진열된 시험관 유리병들을 보고 깜짝 놀랐다. 경비병들이 돌아간 것을 알고 료코가 다시 문을 땄다. 춘상과 인영의 의도를 이해하고 료코가 같은 조선인으로서 동참한 것이었다.

갓난 아이의 사체가 들어있는 작은 유리병을 춘상이 집어 들었다. 이런 모습을 보고 인영이 말했다.

"없어진 걸 알아차리면 어떡하죠?"

"그건 내가 알아서 할게요."

하고 춘상이 든직한 목소리로 대답했다. 춘상은 미리 준비한 공단 보자기에 갓난 아이 사체가 담긴 작은 유리관을 정성껏 싸맸다. 그리고 세 사람은 극비보관실을 유유히 빠져나왔다. 춘상은 유리관을 싸맨 공단 보자기를 인영에게 건넨 다음 자전거를 타고 축하공연장을 향해 부지런히 페달을 밟기 시작했다. 검문소를 통과할 때 경비병들과 경례를 주고받았다. 춘상이 행사장에 도착했을 때는 약속한 시간보다 5분 정도 늦은 시각이었다. 하지만 우여곡절 끝에 '이차돈의 사'가 취소 되어서 뒤편 공연 시간에 여유가 있었다. 또한 순간의 지루함을 변사가 메우고 있었다. 변사의 재치로 수일은 속옷 차림으로 무대에 나섰다. 이런 모습에 관객들의 웃음 보따리가 더욱 왕창 터져 나왔는데 마침 춘상이 도착해서 다시 무대 뒤에서 환복을 하게 되니 이윽고 당당한 수일의 모습을 보여주게 되었다.

한편, 인영은 춘상에게 건네받은 보자기를 들고 부리나케 서낭당으로 뛰었다. 인영의 뒤를 밟는 발자국은 다행히 보이지 않았다. 축하 행사를 하는 시간이라서 많은 경비병들이 행사장에 관객으로 참여한 까닭이었다. 인영은 뒤를 돌아볼 틈도 없이 서낭당 옆의 돌무덤에 시험관 유리병을 숨겨 두었다.

행사장에서는 수일이 환복을 하고 당당히 무대로 걸어 나온 터라 관객들의 시선이 수일과 순애한테서 떨어지지 않았다. 변사의 입이 호기롭게 열렸다.

"그러면 그렇지~ 수일 씨!"

"이 더러운 손 놔라!"

"수일 씨 없인 못 살아요. 내가 잠깐 눈이 삐었었나 봐요."

"어허 체통 없이 뭔 짓이냐!"

심순애가 이수일의 바지를 붙들자 헐렁한 바지가 곧장 흘러내렸다. 객석에서 관객들이 배꼽을 잡고 웃었다. 수호 원장과 외부 고관대작들의 모습이 보였다. 경비병들, 간호사들, 나환자들도 분리된 공간에서 장한몽을 보며 맘껏 웃는 시간이었다.

"어디서 바지를 벗기느냐!"

"수일 씨, 제발 나를 다시 받아주시오!"

"더러운 손을 치워라! 외간 사내의 금반지가 그렇게도 그립더란 말이냐?"

변사의 구성진 소리에 공연행사장은 웃음바다, 눈물바다가 되었다. 춘상 일행은 세계나학회 행사를 기회로 삼아 이렇게 일본의 만행을 외부에 알릴 수 있는 증거물을 촬영하고 빼돌리게 되었던 것이다. 수호 원장을 직접 공격할 수 있는 '이차돈의 사'라는 악극이 예정에 없이 취소 되었지만 춘상은 수호 원장과 일본의 만행을 증거할 수 있는 내용물을 습득한 데 만족했다.

17

사또는 그날 밤 누군가 본관에 침입한 사실을 알게 되었다. 극비보관실의 문을 열고 누군가 침입해서 유리관을 훔쳐 간 사실도 알게 되었다. 사또 간호 주임은 간호사들을 복도에 일렬로 세워놓고 호통을 치고 있었다.

"야밤에 본관에 침입한 놈이 누구야? 료코, 수상쩍은 놈 못 봤나?"

료코가 입술을 깨물면서 대답했다.

"보지 못했습니다."

사또가 다른 간호사를 바라보며 물었다.

"너는?"

간호사는 대답 대신에 고개를 저었다. 사또가 눈을 희번덕거리면서 물었다.

"근데 세이코는 어디에 있는 거야?"

세이코의 행방에 대해 아는 사람은 아무도 없었다. 사또를 비롯한 근무자들은 세이코를 찾아 일제히 흩어졌다. 간호사 하나가 곧 세이코를 발견했다. 세이코는 화장실에 뒤집힌 채로 쓰러져 있었다. 사또와 간호사들이 연락을 받고 달려갔을 때 세이코는 입에 거품을 물고 몸을 바들바들 떨고 있었다. 화장실 바닥에는 주사기 하나가 널브러져 있었다. 인영이 준비한 주사기였다. 사또가 놀라 소리쳤다.

"이런 미친년, 순진한 줄 알았더니 날 잡아 뿡을 했나?"

사또가 씩씩대며 구둣발로 세이코의 옆구리를 툭 차며 소리쳤다.

"이봐, 세이코 상! 세이코 상!"

세이코는 아무런 의식이 없이 몸을 떨고 있을 뿐이었다. 세이코를 등에 업고 사또와 료코, 간호사 등은 본관 병실로 뛰었다. 침대에 눕혀놓았는데도 세이코는 여전히 의식을 회복하지 못하고 거품만을 흘리고 있었다.

한편, 춘상 일행은 모든 공연을 마치고 마을로 돌아오는 중이었다. 검문소를 통과하며 동료들은 몹시 들떠 있었다. 일본의 만행이 숨어있는 극비보관실의 증거물을 **빼돌리는** 데 성공한 사실을 알았기 때문이었다. 악극단 단원들의 공연이 신명나게 이어지고 있었다. 농악을 하는 공연 팀은 꽹과리와 장구, 징과 북, 소고를 치며 관사 지대를 지나고 있었다.

> 달아달아 밝은 달아~쾌지나 칭칭 나네~
> 우주강산에 비친 달아~쾌지나 칭칭 나네~
> 강변에는 잔돌도 많다~쾌지나 칭칭 나네~
> 솔밭에는 공이도 많다~쾌지나 칭칭 나네~

달밤에 신명 나는 악기음과 타령 소리들이 하늘을 울렸다. 남생리의 단원 하나가 메기는 소리를 하면 뒤를 따르는 단원들이 메기는 소리를 받았다. 수호 원장이나 일본인들로 보면 세계나학회의 화려한 폐막 행사에 다름 아니었지만 춘상의 일행들에게는 일본에 저항하는 최초의 목숨을 건 작전이었다.

그날 늦은 밤에 공원 숲속에는 야외 파티장이 마련되어 있었다. 수호 원장을 비롯한 귀빈들은 악극단 행사장에서 야외행사장으로 자리를 옮겼다. 야외 파티장에는 일본의 악단이 초대되어 노래를 부르고 있었다. 기모노를 정갈하게 입은 일본의 여가수가 악단 반주에 맞춰 일본 엔카 '그리운 센다이ミス仙台'를 부르고 있었다.

숲의 서울 꽃 처녀 달에 배를 젓는 히로세 강

젊은 하룻밤 사랑의 마음 센다이 센다이 그립구나

아오바 거리에 가을이 오면 네온 빛 물든 이치반쵸

사미센의 음색도 눈물에 젖는 센다이 센다이 그립구나

파티장 위에는 만국기가 걸리고 군데군데 조명이 화려하게 빛나고 있었다. 기모노를 입은 여인들이 서빙을 하고 외국 나학회 관계자들과 담소를 나누는 수호의 모습은 아주 들떠 보였다. 통역들이 귀빈들 사이에 앉아 열심히 일본어를 섞어 통역을 하고 있었다.

니시가와 박사가 수호 원장을 향해 아부하는 말을 흘렸다.

"소록도 시설이 본국보다 훨씬 좋은 것 같습니다."

이에 수호보다 먼저 미쓰다가 끼어들었다.

"장차 세계나학회 회장은 아마 수호 원장께서 하셔야 할 것 같소."

수호 원장이 박장대소를 하며 겸손을 가장했다.

"하하하~ 과찬이십니다."

"과찬 아니오. 사실을 사실대로 말한 겁니다. 하하하~"

미쓰다가 호탕한 말솜씨로 변죽을 울리듯 말했다. 바로 이때, 사또가 허겁지겁 뛰어오더니 수호에게 귓속말로 속삭였다. 수호의 표정이 순식간에 일그러지고 있었다. 하지만 수호 원장은 무르익은 분위기를 깨트리지 않으려고 조심스럽게 말을 꺼냈다.

"지금 파티 중인 거 모르나? 항생제 좀 없어진 거 가지고 뭘 그러나~"

사또가 다시 귓속말로 가만히 말을 흘렸다.

"원장님, 극비보관실에 누군가 침입한 거 같습니다."

"아니 뭐야?"

"비상을 걸고 검열을 할까요?

"그건 귀한 손님들에게 예의가 아니지~ 일단 경계태세를 게을리하지 말고 손님이 빠져나가는 대로 샅샅이 검열을 하도록 하라!"

수호 원장의 말처럼 외부에서 입도入島한 손님들이 새벽에 모두 빠져나간 이후 소록도는 비상사태를 발령했다. 수호는 부하들을 대동하고 극비보관실을 유심히 살피고 있었다. 그가 가장 소중히 여기며 자랑스럽게 생각했던 유리관의 시료가 도난당한 것이었다. 선착장을 빠져나가는 외부 손님들을 꼼꼼히 살펴 보았지만 행적이나 수상한 소지품을 지닌 사람이 없었다. 수호가 안절부절못하며 탄식을 하듯 소리쳤다.

"내 가장 아끼던 시료를 도둑맞다니~ 반드시 범인을 색출하고 무슨 수를 써서라도 도난당한 시료를 되찾아야 해! 알겠나?"

"하이!"

하고 부하들이 일제히 대답했다. 수호는 범인이 소록도 내부에 있을 것이라고 장담했다. 아무리 생각해봐도 극비보관실의 시료를 훔쳐 간 범인은 건강한 원생들의 소행일 것만 같았다. 수호는 일이 이렇게 되었으니 장차 무슨 일이 일어날지 모른다고 생각했다. 원장실에서 사또가 말했다.

"원장 각하! 이 시료들을 가져가려는 자가 누구이겠습니까?"

수호는 골똘히 생각하며 의자에 앉은 채로 사또를 쳐다보았다. 사또가 전혀 상상 밖의 얘기를 꺼냈다.

"나병 권위자인 미쓰다 선생이야말로 가장 부러워하는 시료이지요."

수호는 사또의 말에 고개를 휘저으며 퉁명스럽게 퉁을 주었다.

"못난 놈, 일본사람을 의심하다니~ 세이코는 어디에 있나?"

"예, 치료실에 가료 중입니다."

"아니 뭐야?"

수호는 사또로부터 자초지종을 들으며 치료실을 향해 뜀을 뛰듯 걸었다. 수간호사인 세이코는 침대에서 부들부들 떨고 있었다. 투박한 거즈로 료코가 세이코의 입술을 닦아주고 있었다. 수호가 버럭 화를 내며 물었다.

"대체 어찌된 일이야? 이봐 사또, 극비보관실 기입 장부를 가져오너라!"

사또가 장부를 찾아 수호 원장에게 들이밀었다. 수호가 누워있는 세이코를 향해 장부를 보여주며 물었다.

"세이코, 이거 세이코 상이 기록했지?"

수호의 물음에 세이코는 입을 달싹거리려고 해보는 모양이지만 소리가 밖으로 나오지 않았다. 료코가 연신 거즈로 입가에 거품을 닦아주며 수호 일행을 은밀히 살피고 있었다. 료코는 세이코가 이렇게 된 데는 인영이와 춘상이 때문이라 여기고 있었다. 인영은 청소를 하며 저들의 동태를 면밀이 주시하고 있었다. 사또가 장부를 꼼꼼히 살피며 수호를 향해 말했다.

"장부를 자세히 보면 지운 흔적이 있습니다."

"쓸 데 없는 소리~ 누가 감히 기입 장부에 그런 짓을 한단 말이야?"

사또가 아주 작은 소리로 주위를 살피면서 말했다.

"솔직히 세이코 상은 너무 많은 것을 알고 있어서~"

그러자 수호 원장이 어떤 결심을 한 듯 사또에게 귓속말로 무슨 지시를 했다. 사또는 재빨리 원장실로 달려가서 주사기를 가지고 나왔다. 그리고 치료실로 돌아와서 침대에 누운 세이코의 엉덩이에 주사바늘을 푹 찔렀다. 세이코는 자신의 엉덩이에 주사바늘이 꽂힌 것을 알면서도 빤히 쳐다볼 수밖에 없었는데 몸이 움직이지 않았기 때문이다.

한편, 박순주 고문을 비롯한 부락의 대표들이 원장실로 불려왔다. 그들은 간밤의 사건을 들어서 알고 있었기 때문에 모두 침통한 표정을 짓고 있었다. 수호 원장이 호통을 쳤다.

"내 목을 노리고 극비보관실에 침입한 놈이 있다!"

박순주 고문이 흐릿한 눈을 손바닥으로 비비면서 큰소리로 확답했다.

"반드시 범인을 잡아내겠습니다."

수호 원장은 연달아 일어난 사건을 생각하니 울화통이 터졌다. 그는 조선인 원생들이나 조선인 출입자 중에 범인이 있을 것이라고 생각하고 있었다.

"최근 입도자入島者 가운데 조선인에 대한 기록 가져왔나?"

사또가 수호의 물음에 대답했다.

"조선인 입도자로는 서낭당에서 비손을 하는 금화라는 무당밖에 없습니다."

수호의 얼굴이 흉측하게 일그러졌다.

"금화라~ 내 진즉에 이년의 왕래가 거슬렸었지. 박 고문, 대일본제국을 위해 선봉에 설 사람이 당신 아니요?"

수호의 시선이 박 고문을 향해 날카롭게 꽂히고 있었다. 박 고문을 쏘아보았다.

"구로시데 구다사이!"

박 고문이 허리를 굽혀 숨을 헐떡거릴 때 부락의 대표들도 안절부절못해 머리를 조아렸다. 사또가 수호 원장을 향해 의견을 말했다.

"아무래도 축하행사와 연관된 일인 것 같습니다."

사또의 말에 수호가 최일봉을 향해 물었다.

"최 대표, 그날 단원 중에 관사 지대를 벗어났다 되돌아온 놈이 있나?"

최일봉이 고개를 저으며 시치미를 뗐다.

"그럴 리가요~"

수호가 일봉의 빰에 난 생채기를 뚫어지게 쳐다보며 물었다.

"자네의 그 상처는 영광의 상처인가?"

최일봉이 허리를 숙이며 죽여 달라고 외쳤다.

"구로시데 구다사이!"

수호가 조선인들을 싸잡아 욕설을 퍼부었다.

"너희 조선 놈들은 애초부터 믿을 수 없는 버러지 같은 존재들이야!"

하고 욕설을 하면서 사또를 향해 귓속말을 흘렸다. 최일봉 등은 수호 원장이 사또의 귀에 대고 무슨 말을 지껄였는지 들을 수가 없었다. 최일봉 일행은 원장실에서 나왔다. 본관 앞으로 나가니 병사들 여럿이서 2열로 대기하고 있다가 최일봉 일행이 나타나자 쏜살같이 포박해버렸다. 최일봉 일행은 그때서야 수호 원장이 사또의 귀에 대고 무슨 말을 지껄였는지 짐작할 수 있었다. 최일봉 일행은 영문을 모르고 끌려가면서 사또를 향해 하소연을 하고 있었다.

"대체 나한테 왜 이러는 거야?"

사또가 앙칼지게 대답했다.

"몰라서 묻나? 네 이마의 상처가 영광의 상처는 아니잖아?"

앞이 보이지 않아 영문을 모른 채로 끌려가던 박순주 고문이 물었다.

"뭔 일인데 이런 소란인가?"

구북리 대표 김민옥은 끌려가면서도 오직 하나님을 의지하고 있었다.

"주여!"

최일봉 일행은 감금실로 끌려갔다. 일봉은 자신들을 벌레처럼 취급하는 수호 원장과 사또 주임에 대해 원망을 키우고 있었다. 대일본제국을 위해 조선인들의 손가락질을 받으면서도 충성을 다한 날들이 하루아침에 허물어지는 느낌이었다. 감금실에 처넣어지면서 일봉은 고래고래 소리를 질렀다. 박순주는 어디로 왔는지 감을 잡은 모양으로 지팡이를 더듬거리며 혼잣말을 흘렸다.

"내 살다 살다 ~ 인제 나는 죽었구나. 아이고 답답해~"

일봉 일행에 이어 감금실에 갇힌 사람은 서낭당의 돌무덤에서 비손을 하던 금화 무당이었다. 금화는 돌무덤을 향해 비손을 하

고 있는데 병사들이 득달같이 쫓아와서 포박을 하여 감금실에 던
져졌던 것이다. 금화가 감금실에 던져졌을 때 일봉 일행은 고약
한 고문을 당하고 있었다.

"어느 놈이야!"

"어서 불어 이놈아!"

가랑이 사이에 쇠막대기를 끼우고 두 놈이 X자로 젖히고 있었
다. 최일봉과 박순주 등이 일제히 기절을 하고 있었다. 기절을 하
자 병사들이 찬물을 끼얹었다. 찬물을 뒤집어쓰자 일봉과 박 고
문은 퍼뜩 정신이 들었다. 한바탕 모진 고문을 당한 이후 그들
넷은 감금실 차가운 바닥에 쪼그리고 앉았다. 그들은 어떻게 하
면 모진 감금실에서 살아갈 수 있을지 궁리하고 있었다. 박 고문
이 일봉을 향해 가만히 입을 열었다.

"일봉이, 난 자네가 아끼는 인영이 이년이 수상쩍단 말이여~"

"누구 죽는 꼴 보려고~ 일본 놈들 앞잡이 이제 지겹잖소?"

일봉이 펄쩍 뛰었다.

"그런 소리 말아 이놈아, 피는 조선 것이어도 사상이란 것은 뼛
속까지 사쿠라란 말이여~"

옆에서 박 고문의 말을 듣고 있던 중앙리 노양춘 대표가 비꼬
는 말을 흘렸다.

"니기미, 앞도 못 본 양반이 무슨 영화를 보자고~"

"이, 이놈 말하는 거 보게. 아 구북리 대표 뭐라 말 좀 혀 봐~"

박 고문의 말에도 무사태평한 사람은 구북리 대표 김민옥이었다. 김민옥은 오직 생활 자체가 하나님으로 점철되어있는 사람이었다.

"나야 하나님이 인도하는 길이 나의 길이요~"

하자 박 고문이 답답하다는 듯 가슴을 두드리며 쇠창살 밖을 향해 큰소리로 말했다.

"흐어 하나님~ 거기 나 좀 보쇼. 아이고 답답해 죽겠네~ 내 말 할 테니 나 좀 ~

이렇게 말하는 박의 목을 무겁게 누른 사람은 최일봉이었다. 박순주는 은밀히 들어 이춘상의 계획을 알고 있었다. 중앙리 대표 노양춘이 이런 상황을 들키지 않도록 문 앞을 가렸다. 숨이 막혀 몸부림을 치고 다리를 떨며 허우적거리는 박 고문을 바라보면서 구북리 대표 김민옥은 가슴에다 성호를 그으며 기도를 하고 있었다.

감금실에서 박 고문이 죽어갈 때 금화는 초췌한 모습으로 고문을 당하고 있었다. 고문을 하던 병사들이 원하는 대답을 듣지 못하자 시뻘겋게 달아오른 인두를 장작불 더미에서 집어 들었다. 고문 병사가 시뻘겋게 달궈진 인두를 들이대기도 전에 금화는 겁에 질려 소리부터 내질렀다. 다른 병사가 금화의 머리채를 뒤로 홀떡 젖히며 소리쳤다.

"그러니까 얘길 해 이 년아~ 유리관을 어디에 숨겼어?"

금화가 이를 앙다물면서 겨우 대답했다.

"모, 모른다. 차라리 날 죽여라 이놈들아!"

금화는 결코 유리관의 행방에 대해 입을 열지 않았다. 아니 입을 결코 열 수가 없었던 것이다. 어차피 감금실에 잡혀 온 이상 죽어나갈 수밖에 없을 것이라고 생각했다. 죽는 한이 있더라도 이번 기회에 일본인들의 악행을 반드시 밖에 알려야 할 것이었다.

18

수호는 마음이 편치 않았다. 자신의 목숨까지 노리는 조선 놈들이 있다는 사실에 놀라지 않을 수가 없었다. 또한 극비보관실이 뚫렸다는 생각을 하니 잠을 이룰 수가 없었다. 바깥에 알려지면 조선인들의 저항이 만만치 않을 것이라고 생각했다. 날마다 듣는 엔까 '새장의 새 籠の鳥'는 이날 따라 더욱 가슴을 쥐어뜯는 것만 같았다. 복잡한 생각들이 머릿속에 어지럽게 떠다녔다. 사또가 화들짝 원장실로 뛰어 들어왔다. 수호가 마음을 진정시키며 물었다.

"이봐, 사또~ 왜 그렇게 호들갑인가?"

"박순주 고문이 죽었답니다."

사또의 대답에 수호의 표정이 뜻밖에 활짝 밝아졌다. 수호가 혼잣말처럼 읊조렸다.

"듣던 중 반가운 소리로다~"

하지만 사또의 용무는 아직 끝나지 않은 모양이었다. 사또가 약간 머뭇거리며 뭔가 망설이는 듯했다. 수호가 채근하듯 물었다.

"왜 더 할 얘기가 있나?"

"저 금화 무당마저 자결을 했답니다."

수호의 표정이 약간 일그러졌다. 하지만 수호는 망설임 없이 사또에게 지시를 하고 있었다.

"금화 년이 죽은 건 좀 유감이구나. 밤을 넘기지 말고 둘 다 화장해버려라~ 주위 사람들 입단속 잘 하고 말이야~"

"네!"

사또는 대답하며 발바닥이 보이지 않게 냅다 뛰었다.

그날 밤에 두 구의 시체가 리어카에 실렸다. 인영과 명자가 시체를 싣고 리어카를 끌고 화장터로 향했다. 감금실에서 마을 앞을 지나 숲길을 돌면서 인영은 시체의 흰 천을 걷어내려 얼굴을 살폈다. 박 고문과 금화 언니였다. 인영은 깜짝 놀라 한동안 걸음을 떼지 못했다. 명자가 재촉을 하고서야 천천히 걸음을 옮기기 시작했다. 금화를 생각하니 가슴 깊은 데서 슬픔이 피어올랐다. 리어카를 끌고 가는 인영의 몸이 철 지난 파처럼 축 늘어졌다. 눈물을 얼마나 흘렸던지 이제 눈물마저 흘러내리지 않았다.

그날, 정오까지도 극비보관실 문제에 대한 해결책을 찾지 못했다. 수호 원장은 원장실에 하염없이 앉아 화풀이를 하고 있었다.

수호가 사또를 향해 물었다.

"아직 유리관을 못 찾았나?"

"면목이 없습니다."

구리하라가 곁에서 우려스런 목소리로 끼어들었다.

"금화라는 무당과 인영이가 자주 접촉했답니다. 순임이란 여자도 무당과 친하고요."

구리하라의 말에 수호 원장의 입에서 질투어린 목소리가 튀어나왔다.

"하나이 원장이 불여우를 품에 안았어~"

사또가 춘상에게 당한 수모를 생각하며 입을 열었다.

"인영이 곁에는 이춘상이란 놈이 붙어 다니는데 당장 년놈들을 잡아다~"

수호 역시 일본인이 겪은 몇 가지 수모를 떠올리며 서류철로 사또의 머리를 후려쳤다.

"못난 놈, 납작하게 당한 주제에~"

사또가 주먹을 불끈 말아 쥐며 수호 원장을 향해 소리쳤다.

"분부만 내려주십시오!"

이때, 간호사 료코가 원장실로 들어왔다. 료코는 원장실에 누가 있는지 얼른 살펴보았다.

"내일은 신성한 동상참배일이니 참배가 끝나는 대로 년놈 들을 잡아들여라! 내일 동상참배에는 반드시 내가 참석할 것이니 전원 집결시키도록 하라!"

"네!"

하고 일제히 머리를 조아렸다.

료코는 원장과 사또, 구리하라 등이 원장실에 있는 것을 확인하고 밖으로 나가 숲길을 향해 달리기 시작했다. 사또 역시 이상한 느낌을 받았는지 료코의 뒤를 밟기 시작했다. 료코는 숲길을 지나 은밀히 동생리의 호사 뒤뜰로 발걸음을 옮기고 있었다. 료코는 동생리의 호사에 도착해 한아름 되는 느티나무 아래서 춘상에게 귓속말로 속삭였다. 사또는 뒤뜰의 저쪽에 숨어 료코가 춘상의 귀에 뭐라 속삭이는 모습을 또렷이 지켜보았다.

사또는 적막한 숲길에 몸을 은폐하고 료코를 기다리고 있었다. 이윽고 료코가 사또가 숨어 있는 앞길로 걸어오고 있었다. 사또는 득달같이 달려가 길을 막았다.

"하나이 원장이 불여우를 키운 게 아니라 수호 원장 각하께서 불여우를 키웠구나. 너 원래 조선년이지? 네년이 이러고도 살아남을 거 같으냐?"

료코는 마음이 여린 여자처럼 삭삭 빌었다.

"제발 살려주세요. 뭐든 시키는 대로 할 거니 제발 살려만 주세요."

"그래, 원장 각하의 취향이 점점 궁금해지는데, 오늘 밤 구북리 헛간에서~"

　사또의 말이 끝나기도 전에 료코는 미친 듯이 고개를 끄덕거렸다. 지금은 죽을 수밖에 없는 상황임을 모르지 않기 때문이었다. 사또는 말을 마치기도 전에 고개를 끄덕거리는 료코의 모습을 보며 비웃음 가득한 표정을 지었다.

　료코는 은밀히 춘상 일행에게 밤에 구북리 헛간에서 사또를 만나기로 하였다고 고백했다. 료코는 약속한 시간에 약속한 구북리의 해안 헛간으로 들어갔다. 사또가 시간에 맞춰 어둠 속에서 주위를 살피며 쫄랑거리며 헛간으로 들어갔다. 춘상과 인후, 판수, 막둥이, 종희, 창옥, 또덕이까지 근처에 숨어서 이런 사실을 살피고 있었다. 이들의 손에는 송탄유 기름통이 하나씩 들려 있었다. 사또가 헛간으로 들어가자 춘상 일행은 곧장 행동으로 옮겼다. 이미 료코와의 사이에 준비된 약속이었다. 사또가 입가에 야릇한 미소를 띠고 료코의 몸에 손을 대려는 순간 춘상 일행이 화다닥 함석문을 열고 헛간 안으로 들어갔다. 사또가 갑자기 뛰어드는 놈들이 누구인지 알아차리기도 전에 수많은 발길질로 사또를 납작하게 바닥에 눕혀버렸다.

　사또를 초주검으로 만들어놓고 료코와 함께 재게 함석문을 빠져나왔다. 그리고 일행은 준비한 송탄유를 헛간 주위에 쏟아붓고 성냥불을 그었다. 깜깜한 밤의 어둠 속에 헛간이 순간 찬란하게 이글거리며 송탄유 기름불에 타올랐다. 춘상 일행은 떨리는 가슴으로 멀찍이 숨어서 활활 타고 있는 구북리 해안의 헛간을 지켜보고 있었다. 저 불 속에서 이제 사또의 몸도 활활 불타 한 점 연기로 사라졌으리라 생각하며 그들은 고통받은 자신들의 영혼을 위로하고 있었다.

춘상은 밤이 늦게 동생리 30호사의 헛간으로 향했다. 그동안 몰래 날을 세워온 칼을 동생리 30호사의 헛간 선반 위에 올려놓았던 것이다. 춘상은 료코로부터 수호 원장에 대한 소식을 전해 듣고 마음이 급했다. 내일 동상 참배에 수호 원장이 반드시 참석할 것이라는 소식이었다. 춘상은 료코로부터 이러한 소식을 전해 듣고 굳은 결의를 다졌던 것이다. 내일 동상 참배일에 반드시 거사를 성공시키리라. 춘상은 몸을 낮춰 몰래 동생리 30호사 헛간 선반에서 번뜩이는 칼을 꺼냈다. 사쿠라 나무를 길게 깎아서 만든 칼로 나무 찌르는 연습을 하려는 것이었다. 어느새 또덕이가 춘상의 곁에서 바라보며 씩 웃었다.

"날 따라오면 안 돼!"

춘상이가 또덕을 가로막으며 말했다.

"나도 사람답게 한 번 살자~"

또덕이가 뜻밖의 말을 했다. 또덕의 이번 말이 소록도에서 뱉은 가장 진지한 말이었다. 또덕의 말은 춘상에게 몹시 간절하게 들렸다. 또덕은 춘상이 앞에서 부끄러움도 모르고 바지를 벗어 보였다. 감금실에서 당한 고문으로 또덕의 온몸이 상처투성이였고, 온통 피범벅이었다.

"이런 몸으로 어찌 살겠소?"

"또덕아, 바지 올려라."

춘상은 순간 도리질을 하면서도 또덕의 몸에 퍼진 상처를 떠올렸다. 그런 몸의 상태로는 결코 오래 살지 못할 것이었다. 춘상은 또덕을 가볍게 끌어안았다. 또덕의 몸을 끌어안은 춘상의 가슴이 저렸다. 춘상은 고향 성주 쪽을 향해 큰 절을 두 번 올렸다. 또덕이도 그를 따라 옆에서 똑같이 절을 올렸다. 춘상이 울먹이는 소리로 말했다.

"아버지, 불효자식을 용서하십쇼. 저세상에서 뵙겠습니다."

또덕이 혼자 춘상의 말을 멍하니 듣고 있었다.

"이러 뵈도 나가 조선의 사내란 말이오, 아버지~"

"대장, 정말로 멋지다~ 대장이 조선의 사내면 이놈도 조선의 사내요~ 나도 이런 날을 기다리며 바보 행세를 하였소."

춘상의 호방한 기상氣像에 또덕이 역시 뒤지지 않았다. 또덕은 처음으로 춘상과 껴안으며 형제애를 느끼고 있었다. 춘상은 자신의 운명이 내일 이곳에서 멈추리라 생각하고 있었다. 밤의 시간이 더디게 흘러가고 있었다.

19

그날 밤, 밤이 깊었는데 비가 내리기 시작했다. 수호 원장은 관사에서 엔까 새장의 새 籠の鳥를 들으며 만찬을 열고 있었다. 일본의 음식들이 즐비하게 차려져 있었다. 창문을 적시는 관사, 사미센의 독특한 악기 소리가 창자를 긁으며 일본에 대한 서정적 향수를 불러오고 있었다. 만찬 자리에는 일본의 간부들이 모두 참석하고 있었다. 마치 수호의 마지막 만찬을 즐기기라도 하듯~ 나이 어린 간호사들이 시중을 들었고 시중을 드는 간호사 중에는 료코도 있었다. 그런데 죽은 줄만 알았던 사또가 살아 있었으므로 료코는 어리둥절할 뿐이었다.

수호가 수심이 가득한 표정으로 사또를 향해 입을 열었다.

"사또, 누가 구북리 헛간에서 불장난을 했다고?"

사또가 시치미를 뚝 떼며 대답했다.

"조선 놈들 노는 짓이 그렇지요."

"죽은 놈이 있나?"

"비밀통로가 있어서 죽은 놈은 없습니다."

"비밀통로 얘기는 하지 말아라."

"하이!"

사또의 대답에 수호 원장은 표정을 누그러뜨리며 동료들을 향해 말했다.

"자~ 비도 추적추적 내리고 고향 생각이 간절한데 한 잔들 마시게."

"원장 각하! 오늘이 무슨 날입니까?"

해부 담당 구리하라가 술잔을 이마까지 끌어올리며 지나가는 소리로 물었다.

"오늘따라 죽은 아내도 생각나고 경도제대 법학부에 다니는 아들놈 생각이 간절해서~"

동료들이 고개를 끄덕였다. 료코는 복잡한 표정을 짓고 있었는데 사또가 요코를 날카롭게 쏘아보고 있었다.

"십 수 년 원장 각하를 모셨지만 이런 적이 없었습니다."

우시지마 의무과장이 우려스런 표정으로 말했다.

"내 **뼈**를 묻을 각오로 소록도에 온 지 십여 년이 다 되었으니 향수병이 도질 때도 되었지~"

수호는 서랍에서 서류철을 꺼내 회한이 가득한 표정으로 들여다보았다. 수호가 서류철을 들여다보며 계속 입을 열었다.

"그나저나 십 년 공든 탑이 대일본제국에 훌륭한 전리품이 되어야 할 텐데, 왜 오늘따라 새의 깃털 마냥 인생이란 게 가볍게 보이는지~ 저 노래처럼 내가 바로 새장의 새로구나~"

"하하하~ 원장 각하, 힘내십시오."

해부담당 구리하라가 수호 원장을 위로했다. 동료들이 일제히 고개를 끄덕거렸다. 수호는 그날 밤새도록 뒤척이는 꿈을 꾸었다. 꿈에 죽은 아내가 어서 오라고 손짓하고 있었다.

춘상 역시 잠을 이룰 수가 없었다. 자정이 지나 비가 추적추적 뿌리는데 춘상은 구북리 바닷가에서 인영을 만나고 있었다. 바닷가 모래밭을 팔짱을 끼고 오래 걷다가 숲속에 나란히 기대어 앉아 마지막일지도 모를 순간을 함께 하고 있었다. 비스듬히 기대어 춘상은 하모니카를 불었다. 하모니카에서 흘러나온 고향의 봄은 어느 순간보다 구슬프게 들렸다. 파도 소리도 잠잠하고 하모니카 소리도 멈추었다. 춘상은 가슴에 묻어둔 말을 어렵게 꺼냈다.

"내일 수호 원장이 동상 참배에 참석한답니다. 사또도 제거했고 내일 거사를 치를 생각입니다."

인영은 말을 듣고 그리 놀라지 않았다. 인영은 춘상에게 정을 주면서 깊은 데서는 냉정히 정을 떼고 있었다. 언젠가는 떠나갈 사람이란 것을 모르지 않았기 때문이다.

"서낭당 금화 언니가 그랬지요. 상처뿐이니 그쪽한테 정 주지 말라고~"

"미안해요, 인영 씨. 몹쓸 상처만 남겨서~"

"붙잡을 수 없는 처지인데 누굴 원망하겠어요."

인영의 목소리에 물기가 배어 있었다. 춘상은 미안한 마음이 깊어 어떤 위로의 말을 해줄 수가 없었다. 품에서 하모니카를 꺼내 인영에게 건넸다.

"이거 받아요. 혹시 내 생각날 때 불어 봐요."

인영의 떨리는 손이 느껴졌다. 인영은 하모니카를 떨리는 손으로 겨우 받아 가만히 입에 대고 불어보았다. 인영의 어깨가 심하게 흔들렸다. 춘상이 흔들리는 인영의 어깨를 감싸 안았다. 숨소리가 느껴질 만큼 고조된 분위기가 진정되었을 때 춘상이 입을 열었다.

"인영 씨, 무슨 일이 있어도 유리관과 사진길 세상으로 내보내야 해요."

"염려 말아요. 꼭 지켜낼게요."

인영의 목소리에서 다부진 결기가 느껴졌다. 춘상은 인영의 몸이 격정적으로 떨려오는 것을 느끼면서 흔들리지 말자고 속으로 다짐을 하고 있었다.

"인영 씨, 그동안 고마웠어요."

인영은 직감적으로 느낄 수 있었다. 목숨을 걸지 않으면 극비 보관실에 침입할 수 없는 일이었다. 동상 참배일에 수호 원장이 직접 참여한다는 정보는 춘상으로서는 절호의 기회가 되리라. 둘만의 애틋한 시간을 더 늘린다는 것은 지나친 사치에 다름 아닐 것이다. 인영은 억지로 울음을 참으며 담담한 태도로 말했다.

"오늘이 마지막이군요. 저 그쪽 정말 좋아했어요. 비록 몸은 힘들지만 그쪽이 있어서 소록도 수용소에서 행복이란 걸 느꼈어요."

"인영 씨~"

하고 춘상은 인영을 포옹했다. 둘은 그대로 숲속 수풀 더미에 무너졌다. 오랫동안 입술을 맞부비면서 아무런 말을 하지 않았다. 발치 너머에서 파도 소리가 들렸다. 철석, 바위 표면에 부딪치는 파도소리가 그들의 심장을 물어뜯는 느낌이었다. 둘은 울음을 겨우 참고 있었지만 끝내 울음을 겉으로 터뜨린 사람은 춘상이었다.

"울지 말아요. 내가 살아있는 한 이 순간의 기억이 영원할 거예요."

하고 인영이 춘상의 등을 다독거리면서 말했다.

춘상은 여전히 울음을 멈출 수가 없었다. 울음을 섞어 춘상이 겨우 말했다.

"인영 씨, 내 이름 한번 불러줄래요?"

하지만 인영 역시 얼른 입이 떨어지지 않았다. 겨우 울음을 멎고 그의 이름을 불러주었다.

"춘상 씨, 영원히 잊지 못할 거예요."

"미안해요, 인영 씨. 이렇게밖에 해줄 수가 없어서 정말 미안해요."

그들은 동시에 울음을 터뜨리면서 서로를 힘껏 부둥켜안았다. 파도가 더욱 가까이 넘나들면서 요동을 쳤다. 등대의 불빛도 어둠에 완전히 묻혀버린 듯 세상이 온통 어둠 속에 묻혀 있었다.

에필로그

1942년 6월 20일은 수호 원장의 동상을 참배하는 보은감사일이었다. 관사 지대의 직원들은 출근과 동시에 거동이 불가능한 나환자를 제외한 모든 원생들을 공원의 동상 앞 광장으로 집결시켰다. 아침 8시, 웅장한 수호 원장의 동상 앞에는 삼천여 명의 원생들이 수호 원장의 훈시를 듣기 위해 대기하고 있었다. 얼마 후 수호 원장이 승용차에서 내려 수행원들과 함께 자신의 동상으로 걸어오고 있었다.

수호 원장은 머리에 공작 털을 꽂고 있었다. 그는 사또 간호 주임과 해부 담당 구리하라, 다까바시 보도과장, 우시지마 의무과장, 요시자키 서무과장 등을 대동하고 있었다. 수호는 열을 지어 서 있는 나환자들과 건강한 원생들에게 최경례最敬禮,사이케이리를 외치며 손을 흔들었다. 원생들은 지나가는 수호 원장을 향해

90도로 허리를 숙였다.

춘상과 인후, 또덕은 다른 줄의 같은 열에 나란히 서 있었다. 인영과 순임 고모 역시 조금 떨어져서 다른 줄의 같은 열에 서 있었다. 춘상과 인영이 시선을 마주치면서 희미하게 웃었다. 춘상은 품속에 밤새도록 날을 새웠던 식칼을 숨기고 있었다. 헛간이 활활 불탈 때 죽었어야 할 사또는 지하 비밀공간으로 피해 천신만고 끝에 살아온 사람이었다. 사또가 춘상의 앞에서 오락가락 왕래하고 있었다. 춘상과 인영은 사또가 살아 있는 모습을 보고 몹시 초조하고 놀랐다.

춘상은 사또가 가까이 왔을 때 가슴속에서 울화통이 치밀어 올랐지만 꾹 참아냈다. 춘상의 표적은 사또가 될 수 없었다. 기회는 오직 한 번이었다. 한 번의 기회로 자신의 목숨과 맞바꾸는 일이었다. 춘상은 수호 원장이 자신의 근처로 다가오기만을 가슴을 졸이며 기다리고 있었다. 수호가 춘상이 있는 쪽으로 다가오고 있었다. 춘상은 떨리는 가슴을 억누르며 품속의 식칼을 더듬어보았다. 그런데 수호가 갑자기 방향을 바꿔 저쪽 방향으로 멀어져 갔다. 품속을 더듬던 춘상의 손이 부들부들 떨렸다.

수호 원장이 이제 순임과 인영이 있는 쪽으로 걸어온다. 수호의 걸음이 순임이 앞에서 우뚝 멈추었다. 수호는 일부러 순임이 있는 데로 걸어왔던 것이다. 수호가 순임의 턱을 치켜들었다. 순임은 턱을 흔들며 저항하고 있었다. 수호가 순임의 턱을 반대편으로 밀쳐내면서 비난을 던지고 있었다.

"하나이 원장이 불여우를 키웠구나."

순임은 수호 원장을 날카롭게 쏘아보았다. 수호는 비웃음을 떨치며 춘상이가 열을 지어 있는 곳으로부터 반대편으로 향했다. 춘상은 순간 당황했지만 또덕이가 거들어주었다.

"수호! 이쪽으로 와~ 나도 절하고 싶어~"

또덕이 서툰 일본말로 말했다. 버릇없이 구는 또덕에게 병사들이 다가가려 하자 수호 원장이 손짓으로 말렸다. 수호는 묘한 웃음을 띠면서 춘상이를 향해 다가왔다. 춘상과 또덕은 서로 의미 있는 눈빛을 교환했다. 또덕이가 수호에게 계속 무례를 범했다.

"수호, 가까이서 보니 호랑이처럼 생겼다~"

또덕의 말에 수호는 당황했다. 사또와 구리하라, 다까바시까지 달려들어 또덕을 끌어내려 하자 또덕은 안간힘을 쓰며 버텨보았다. 그러자 사또가 뇌까렸다.

"이 바보 자식이 감히~"

사또한테 또덕이 역시 뒤지지 않았다.

"소록도 호랑이 맞잖아!"

사람들의 시선이 또덕에게 쏠려 있을 때 춘상은 기회를 잡았다는 듯 수호 원장을 향해 달려갔다. 인후 역시 춘상과 함께 달려갔다. 사또가 급히 춘상을 가로막았다. 춘상이 조롱을 하듯 말했다.

"더러운 자식!"

"사또, 네가 어떻게 살아 있어?"

하며 춘상과 인후가 사또를 동시에 가격했다. 사또가 뒤로 몇 발짝 물러서듯 쓰러졌고, 춘상은 수호 원장과 순식간에 대치했다. 춘상은 아직 품 안에서 식칼을 꺼내지 않았다. 수호는 헛웃음을 치면서도 춘상의 행동에 놀라고 있었다.

"이런 버러지 같은 놈이~"

수호의 욕설에 춘상은 비웃음으로 맞받았다.

"이봐, 수호!"

"아니 이 자식이 무장~"

춘상은 바로 이 순간에 잽싸게 품속에 넣어둔 식칼을 꺼내들었다. 사또와 구리하라, 우시지마와 다른 직원, 병사들이 일제히 춘상을 향해 튀어왔다. 춘상이 오랫동안 가슴에 묻어둔 말을 수호에게 토해냈다.

"너는 우리에게 너무 무리한 짓을 했으니 이 칼을 받아라!"

"하~ 요놈 봐라!"

수호 원장은 이때까지도 춘상의 행동을 대수롭지 않게 생각했던 모양이었다. 하지만 춘상은 절호의 기회를 놓치지 않았다. 죽음을 무릅쓰고 결행을 다짐했다. 춘상은 품속에서 꺼낸 식칼을 들고 빈틈을 보이지 않고 수호를 향해 돌진했다. 춘상은 조선식 식도를 꺼내 수호의 오른쪽 흉부를 향해 힘껏 푹 찔렀던 것이다. 수호가 넘어질 때 간호사 료코와 인후는 관사를 향해 뛰기 시작했다. 구리하라와 병사들이 료코의 뒤를 은밀히 쫓았다.

수호 원장을 호위하려는 사람들이 주위에 넘쳤지만 쏜살같은 춘상의 동작을 막아서지 못했다. 수호 원장의 가슴에서 시뻘건 핏줄기가 솟구쳤다. 춘상은 식도를 손에 들고 사또를 향해 돌진했다. 수호 원장 다음으로 죽여야 하는 대상이 바로 사또였기 때문이다. 한 칼에 쓰러진 원장은 차에 실려 관사로 보내졌다. 피 묻은 비수를 들고 춘상은 "사또 나와라 이놈!" 하고 소리쳤다. 하지만 사또는 어느새 겁을 먹고 줄행랑을 치고 없었다.

중앙리의 환자 하나가 춘상을 붙들려하자 다른 원생이 그 환자를 가격했다. 춘상은 수호 원장을 저격하는 데 성공했으므로 더는 저항하지 않았다. 힘이 장사였으나 순순히 붙잡혀줄 생각이었다. 그러나 원생들이 춘상이 붙잡히는 것을 바라지 않았다.

관사로 옮겨진 수호 원장은 끝내 숨지고 말았다. 중앙운동장에서 옮겨진 지 채 한 시간도 안 돼 절명했다. 춘상이 수호를 찌르고 일본인 직원들과 병사들에게 포위되었을 때, 소록도의 모든 나환자들과 원생들이 춘상을 보호했다. 춘상을 체포하려고 병사와 관리자들이 춘상을 에워쌀 때 삼천여 명의 원생들이 일본세력

들을 겹겹이 에워싸 버렸다. 판수와 막동이, 창옥, 종희 등은 나
환자들과 나란히 팔을 맞잡고 소리쳤다. 종희가 일본 놈들을 향
해 외쳤다.

"우리 대장 건들면~ 네놈들도 여기서 죽는다!"

"여기가 네놈들 무덤이지!"

하고 판수와 막동이가 소리쳤다. 원생들이 일제히 합세했다.
일본인들은 춘상을 에워싼 채로 한 발짝도 움직이지 못했다. 갑
자기 춘상이가 만세를 불렀다.

"만세! 만세! 만세!"

춘상의 만세삼창을 원생들이 일제히 따라 외쳤다. 일본인들은
결국 춘상과 또덕에게 길을 열어주었다. 춘상이 동상을 향해 달
려나갔다. 길을 터준 병사들이 끝내 또덕을 향해 총을 쏘았다. 또
덕이 총에 맞아 쓰러졌다. 또덕을 끌어 안은 채로 막순이가 울었
다. 총소리에 놀라 새들이 후드득 날아올랐다. 막순이 어깨에 총
알이 박혔다. 막순이가 피를 흘리며 쓰러졌다.

"반드시 생포하라!"

다까바시 보도과장이 소리쳤다. 춘상과 3천여 명의 나환자와
원생들이 일시에 덤벼들어 동상을 무너뜨렸다. 원생들 중의 일부
는 산 쪽으로 도망치는 사또의 뒤를 쫓고 있었다. 여기저기에서
총소리가 들렸다.

소록도가 총성에 휩싸일 때 감금실에 갇혀 있는 최일봉, 김민옥, 노양춘 등은 깜짝 놀랐다. 최일봉이 귀를 의심하며 말했다.

"아니 웬 총소리여?"

"총소리 맞네. 아니 무슨 사건이 일어난 것 같은데~"

"에구 춘상이 이놈이 일을 저지른 모양일세~"

일봉의 표정이 순식간에 일그러졌다. 춘상이가 결국 일을 저질렀다면 여기에서 살아나가기는 힘들 것이라고 생각했기 때문이다.

수호 원장이 피습되는 순간 수호 원장보다 더 빨리 원장 관사로 뛰었던 간호사 료코와 인후는 수호가 애지중지하던 서랍을 우적우적 뒤져 서류를 챙겼다. 료코의 뒤를 밟았던 구리하라와 병사들이 서류를 챙겨 나오는 료코를 향해 총을 쏘았다. 료코는 가슴에 총을 맞고 그 자리에 피를 흘리며 쓰러졌다. 쓰러진 료코를 인후가 부축했다. 인후를 향해 일본 병사가 총을 쏘았다. 인후가 료코와 함께 그 자리에 쓰러졌다. 인후가 가지고 있던 서류를 일본 병사가 가져갔다.

"원장 각하의 피와 땀이 네년 전리품이 될 수야 없지~"

료코는 눈을 감고 죽어가면서 겨우 말끝을 흐렸다.

"나쁜 놈들~천벌을 받을 거야~"

이때, 상황실의 상황병은 황급히 급전을 때렸다. 소록도 갱생원 소요사태 발생, 긴급 병력 지원 바람, 이렇게 바람을 타고 날아간 무전으로 고흥경찰서에서 경찰관들이 득달같이 출동했다. 구리하라와 병사들이 인영을 붙잡아 앞장세우고 방패 삼아 나타났다. 구리하라는 총구를 인영의 머리에 겨누었다. 바다로 달아났던 사또는 모래펄에서 몽둥이를 들고 기다리는 원생들 때문에 꼼짝하지 못했다. 2개 소대의 고흥 경찰 병력이 긴급 투입된 이후 등대를 엄폐물 삼아 원생들과 대치했다. 소록도 원생들은 탈취한 총기로 대항했다. 그들은 목숨을 걸고 자혜의원 앞에서 총격전을 벌였다.

"총을 버리고 투항하지 않으면 이년 머리통을 날려버리겠다."

하고 구리하라가 원생들을 향해 소리쳤다.

"내 걱정 말고 맘껏 싸워요."

인영은 병사들과 대치하고 있는 원생들을 향해 소리쳤다. 춘상이 몸을 숨긴 채 판수 등을 향해 절박한 심정으로 소리쳤다.

"우리가 엄호할 테니까 네들은 뒤로 빠져 사또를 반드시 잡아라."

"대장, 걱정 마쇼."

판수와 막동이가 소리쳤다. 종희와 창옥 등이 엄호를 하자 판수와 막동이가 자혜의원 뒤쪽으로 달려갔다. 구리하라는 인영의 뒤통수에 총구를 들이대고 더욱 발악을 하고 있었다.

"이춘상, 어서 투항하라. 안그러면 인영이를 죽이겠다."

"인영 씨를 놓아주라. 그러면 투항하겠다."

"춘상 씨, 안 돼요."

"인영 씨, 걱정 마세요. 어서 인영 씨를 놓아주라."

해부담당 구리하라 의사가 인영이를 놓아주었다. 춘상은 끝내 총을 버리고 투항하고 말았다. 춘상은 이곳에서 더는 버틸 수 없다고 판단했다. 목숨에 구차한 미련을 두기도 싫었던 것이다. 춘상은 체포되어 소록도 감금실에 감금되었다. 춘상이 감금실에 쳐넣어질 때 간수가 말했다.

"이춘상, 너는 수호 원장 살해범이다!"

최일봉과 김민옥 등은 감금실에 갇혀 있다가 복도에서 들리는 소리에 깜짝 놀랐다. 총소리가 어지럽게 들려 심상찮은 일인 줄은 알았지만 수호 원장이 살해될 줄은 몰랐다. 더군다나 춘상이가 정말 수호를 살해할 줄은 몰랐던 것이다. 춘상은 최일봉 등이 갇혀 있는 바로 옆방 감금실에 갇혔다. 벽을 두드리며 최일봉이 말했다.

"춘상아, 심정이야 이해하겠지만 네 앞날도 생각했어야지~"

춘상이 당당한 목소리로 벽에 대고 말했다.

"애시당초 나한테 앞날 같은 것은 없었소. 2천 나환자와 무고한 6천 원생들을 구하는 길이 내 목숨보다 소중하다고 생각했으니까~"

최일봉이 안타까운 심정을 담아 말했다.

"그 맘이사 장하제만, 큰 일 치른 댓가를 우리가 어찌 감당하겠냐~"

"성님, 뒷일 좀 부탁합니다. 인영 씨도 잘 챙겨 주시고요"

일봉은 간수가 조용히 하라고 소리치는 바람에 대꾸하지 않았다.

춘상은 쇠창살 너머로 귀를 쫑긋 기울이고 있었다. 어둠이 깔리면서 멀리 바닷가에서 파도 소리와 함께 하모니카 소리가 구슬프게 들리는 것 같았다. 춘상은 차가운 바닥에 등을 대고 가만이 드러누웠다.

밤이 깊었을 때 최일봉 등은 밖으로 귀를 기울이고 있었다. 수호 원장을 살해한 불똥이 어디로 튈지 모르는 일이었다. 복도에서 병사들의 투박한 구두 발자국소리가 들렸다. 춘상을 데리러 온 병사들이었다.

"이춘상, 일어나라!"

최일봉 일행은 이제 춘상이와도 마지막이라는 것을 알았다. 눈물을 흘리면서 문틈으로 밖을 살펴보고 있었다. 춘상이 병사들에 끌려가고 있었는데 춘상의 머리에 죄인의 머리를 덮는 용수가 씌워져 있었다. 최일봉이 흐느끼는 소리로 말했다.

"춘상아, 잘 가라."

춘상의 대답은 들려오지 않았다. 춘상을 태운 짚 차가 부릉 하고 달리는 소리가 들렸다. 춘상은 자신을 태운 짚 차가 구북리 해안을 천천히 달리고 있는 것을 알았다. 인영과 함께 맡았던 바다 냄새가 코를 간지럽게 했기 때문이다. 그리고 그의 귀에 들리는 소리는 분명 하모니카 소리였다. 인영과 함께 불었던 '고향의 봄'이 달리는 짚 차에 묻어 들리고 있었다. 용수 쓴 춘상의 턱 밑으로 뜨거운 눈물이 쭈룩 흘렀다.

춘상은 결국 출동한 고흥경찰서 경찰관에게 인계되었다. 춘상은 심문을 할 때 경찰관을 전혀 상대하지 않았다. 오직 검사의 심문에만 응하겠다면서 일체 함구해버렸다. 검사를 통해 일본의 만행을 널리 알리기 위함이었다. 춘상은 검사의 심문에서 개인적 감정이 아니라 무고한 원생들을 잡아다가 노예처럼 취급하는 것을 보고 소록도 원생들을 대신해서 저지른 분노에 의한 것이라고 당당히 밝혔다. 수호 원장을 살해하여 조선 방방곡곡에 공론화시킬 목적이라고 태연히 진술했다.

1942년 8월 20일 광주지방법원 형사부

소록도 형무소에 마련된 그날의 법정에는 소록도의 여러 나환자 증인들과 원생들이 참여하고 있었다. 그날따라, 창문 너머로 빗줄기가 떨어졌다. 흰 커튼으로 방청석의 절반을 가렸다. 뒤쪽 방청석에는 나환자들이 경청하고 있었다. 방청석의 앞쪽 반쪽은 일본인 및 관계자들이 앉았고, 다른 반쪽은 심산 김창숙, 고당 조만식, 만해 한용운 등 조선의 지식인들이 앉아 있었다. 그런데 특이한 것은 일본인 관계자 석에 윤치호가 마치 일본인처럼 당당히 앉아 있었던 것이다. 재판부가 법복을 입고 근엄하게 들어오고 곧장 심리가 시작되고 있었다.

"원고 측, 심리하세요."

하고 판사가 입을 열었다.

"피고 이춘상은 조선식 식도 1정으로 수호 원장의 오른쪽 흉부를 1회 찔러 폭 3센티미터 깊이 13.5센티미터의 자상을 입혀 살해의 목적을 달성하였습니다."

하야시 로메이 조선총독부 검사가 진술했다. 판사가 이춘상을 향해 물었다.

"피고, 살해의 동기는 무엇인가?"

이춘상이 용수를 쓴 채 아주 당당한 목소리로 대답했다.

"우리는 나라 잃은 조선의 환자이기 전에 한 인간이오. 조선총독부는 나환자를 치료한다는 명목으로 무고한 백성들을 잡아들여 노예처럼 대하였소. 수호는 우릴 오직 노예요 벌레처럼 취급했습니다. 소록도 감금실은 조선의 원생들을 살해하기 위한 설비로 걸핏하면 거기 가두고 생체실험을 자행했으며 단종 수술마저 서슴지 않았습니다."

뒤에 참여한 방청석에서 웅성거리는 소리가 들렸다. 일본 병사가 천막을 열어젖히며 작은 소리로 말했다.

"조용히 하시오!"

방청석이 잠잠해지기를 기다려 춘상이 열변을 토했다.

"죽는 것도 모자라 시신은 반드시 해부를 당하고 화장되었으며, 수호 원장은 표본이란 핑계로 환자의 사체를 유리병에 보관하는 만행을 저질렀습니다."

일본인들마저 이 대목에서는 웅성거렸다. 심산 김창숙 등의 지식인들이 앉은 방청석에서 방청객이 일본인들을 향해 소리쳤다.

"일본은 당장 조선을 떠나시오! 조선을 떠나시오!"

일본인들이 앉아있는 틈에서 윤치호가 소리쳤다.

"재판장님, 저들을 퇴장시켜주시오."

윤치호의 말에 판사가 소리쳤다.

"저 자들을 당장 퇴장시키시오!"

순사들의 손에 조선의 지식인들이 이끌려 나갔다. 심산 김창숙이 안나가려고 안간힘을 쓰면서 법정을 향해 소리쳤다.

"장하다 이춘상, 넌 조선의 영웅이야!"

한용운이 소리쳤다.

"윤치호 이놈!"

조만식이 윤치호에게 비아냥을 담아 뇌까렸다.

"저러니 연희전문에서 짤렸지~"

순사들이 조만식을 붙들어 질질 끌고 복도 끝으로 사라졌다. 법정이 잠잠해지고 춘상이 다시 열변을 토하고 있었다.

"수호 원장을 죽인 것은 개인에 감정이 아니라 의분에 의한 것이외다. 소록도 참상을 알리고 7천 원생들을 살리는 길이 이 방법밖에 없다고 생각했을 뿐이외다!"

변호인 권승렬이 말했다.

"피고가 신청한 동료 환자 최일봉은 증인석으로 나오시오!"

최일봉이 증인석으로 나왔다. 법정 안의 모든 눈들이 그에게 향했다. 사또와 구리하라, 일본인 고등관 등의 시선이 특히 최일봉에게 날카롭게 꽂혔다. 사실 최일봉은 전날, 사또의 부름을 받고 감금실에서 풀어주는 대신에 증인석에서 춘상에게 불리한 증언을 하도록 강요 당했던 것이다. 머뭇거리는 증인을 향해 판사가 소리쳤다.

"증인, 피고의 말이 사실인가?"

이윽고 작심을 한 듯 최일봉이 입을 열었다.

"이춘상의 말은 새빨간 거짓말이오!"

일봉의 말에 법정이 잠시 소란스러웠다. 춘상은 누구보다 실망했다. 가장 믿음이 있었기에 증인으로 신청을 했던 것인데 뜻밖의 진술에 깜짝 놀랄 뿐만 아니라 배신감마저 느꼈다. 춘상은 고함을 지르며 일어서다 저지당했다. 변호인이 재판장을 향해 입을 열었다.

"존경하는 재판장님, 피고 이춘상은 육체적 고통으로 신경이 쇠약한 점을 참작하여 형을 경감해 주실 것을 요청합니다!"

이에 판사가 판결문을 낭독하고 주문을 읽었다.

"사람이 걸어가다 벌레에 물려 죽었으면 그 벌레를 죽이는 것은 당연한 이치다! 주문, 형법 제199조에 의거 피고 이춘상을 사형에 처한다!"

판사의 이러한 판결에 법정이 소란스러웠다. 조선인들은 여기저기에서 소란스럽게 항의했다. 춘상의 동료들 역시 펄쩍펄쩍 뛰며 사형에 처한 것에 항의했다. 법관들은 항의 내용을 듣지 않으려는 듯 앞다투어 법정에서 퇴장했다. 이후, 춘상은 불의에 항거하는 의미에서 상고하였지만 제1심과 마찬가지로 사형이 판결되었고, 다시 총독부 고등법원에 상고하였으나 기각되어 사형이 확정되었다. 판사가 말했다.

"네 마지막 소원이 무엇이냐?"

춘상이 지그시 눈을 감고 대답했다.

"내 고향 경상도 성주 하늘 아래서 죽고 싶소."

판사가 대답했다.

"피고의 소원대로 대구형무소에서 사형을 집행토록 하라!"

이렇게 하여 춘상은 대구형무소로 이송되었다.

　선착장 가는 길에 환자들과 원생들이 춘상을 배웅하러 늘어섰다. 그들은 안타까운 심정으로 손을 흔들어 전송했다. 법정에서 거짓증언을 하며 춘상을 배반했던 최일봉을 비롯하여 인영, 종희, 창옥, 순임, 명자, 옥희, 미순이, 순금이 등이 호송차를 보고 손을 흔들었다. 인영은 호송차에 용수를 뒤집어쓴 채 죽음을 맞으러 가는 춘상을 차마 쳐다볼 수가 없었다. 호송차가 인영의 곁을 지나갈 때 인영이 갑자기 호송차를 가로막았다. 일본 순사를 향해 춘상의 용수를 벗겨달라고 간절히 매달렸다.

　순사는 호송차를 세우고 춘상의 머리에 뒤집어씌운 용수를 벗겨냈다. 춘상과 인영이 마주 보며 한참동안 흐느끼고 있었다. 종희와 창옥이도 울음을 터뜨렸다. 춘상이 순간 최일봉을 뚫어지게 쳐다보았다. 최일봉은 따가운 춘상의 시선을 피해버렸다. 창옥이 소리쳤다.

　"춘상아, 맘 놓고 가거라."

　종희가 거들었다.

　"여긴 걱정 말어라~ 춘상이 억울한 한을 우리가 풀어줄 테니까 어이~"

　춘상이 흐느끼는 소리로 입을 열었다.

"예, 성님~"

춘상은 인영을 쳐다보았다. 그의 어깨가 흔들리며 인영을 향해 떨리는 목소리로 말했다.

"인영 씨, 내 이름 한번 더 불러줄래요?"

인영이 옥희의 부축을 받으며 겨우 몸을 가누면서 대답했다.

"춘상 씨, 춘상 씨, 절대 잊지 않을게요."

"인영 씨, 고마워요. 이제 됐어요."

하며 마지막이듯 당부 말을 흘렸다.

"성님들, 우리 인영 씨, 잘 부탁드립니다."

춘상의 머리에 다시 용수가 덜컥 씌워졌다. 춘상을 태운 짚 차는 선착장을 향해 달리기 시작했다. 인영은 힘을 내어 선착장을 향해 뛰었다. 소록도의 동료들도 슬픔에 젖어 선착장으로 뛰었다. 춘상을 기다리던 통통배가 춘상을 태우고 길게 뱃고동을 울리며 육지를 향해 출발했다. 인영은 멀리 서서 멀어지는 통통배를 향해 손을 흔들어주고 있었다.

한편, 창옥과 종희는 춘상과 작별인사를 하고 쏜살같이 마을을 향해 뛰었다. 동생리 30호사에서 몽둥이를 치켜들고 대기하고 있었다. 춘상이를 배신한 최일봉 부락 대표를 몽둥이로 때려죽일 작정을 하고 가슴을 죄며 기다리고 있었다. 종희가 창옥을 향해 하소연하듯 말했다.

"내가 뭐라 하드냐. 놈들한테 속았다캤제?"

창옥이 종희를 거들면서 말했다.

"우리한테 전라도 경상도 대장 시킨 것도 편을 가를 심사였을
거여~"

종희가 고개를 끄덕이며 뼈가 박힌 말을 뱉어냈다.

"창옥이, 오늘 일봉이 성님 잡고 헤엄쳐서 나가자."

창옥이가 종희를 빤히 쳐다보며 말했다.

"무슨 수로 저 드센 바다를 건널 거여~ 그리고 바깥세상 나가
본들, 누가 우릴 반기겠냐~"

종희가 입을 놀려 맞장구를 쳤다.

"에이 더러운 인생이다~"

이 순간, 최일봉은 사또와 일본 직원들과 함께 원장실에 모여
앞으로의 일을 의논하고 있었다. 사또가 일봉을 향해 입을 열었다.

"거짓 증언 해줬으니 이제 네 소원을 말해봐."

사또의 말에 일봉이 거침없이 대꾸했다.

"사또 주임님, 김창옥과 권종희를 당장 퇴출시켜 주시오."

일봉의 요청에 사또가 섬뜩한 말을 했다.

"퇴출? 차라리 제거해버리는 것이 낫지 않을까?"

일봉이 고개를 저으며 말했다.

"그럼, 일이 더 커질 것입니다. 내 맘도 편치 않을 것이고~"

사또가 대답했다.

"알았다. 당장 이놈들을 퇴출시킨다."

사또는 병사들을 데리고 동생리로 향했다. 일봉은 가슴을 죄면서 사또의 짚차에 타고 있었다. 사또 일행이 갑자기 동생리 30호사에 들이닥쳤다. 창옥과 종희는 무장한 사또 일행 탓에 몽둥이를 한 번도 휘둘러보지 못하고 포박당하고 말았다. 창옥과 종희는 짚차에 태워졌다. 사또의 짚차가 이들을 태우고 쏜살같이 동생리를 빠져나오고 있었다.

"우리를 어디로 데려가는 것이냐?"

창옥이가 사또에게 물었다.

"조용해 이놈들아, 네놈들이 예뻐서 살려 보내는 중 아냐?"

이들을 태운 짚차는 선착장으로 달리고 있었다. 창옥과 종희는 미리 대기하고 있던 통통배에 태워졌다. 일봉이 포획한 노끈을 풀어주며 말했다.

"네들 볼 면목 없다. 춘상이를 배신한 것은 내 뜻이 아녀~"

창옥이 일봉을 향해 비아냥거리는 말을 흘렸다.

"성님, 목에 칼이 들어와도 일본 놈 앞잡이는 되지 말았어야지라~"

"잔말 말고 어서 가 어서~ 바깥세상 노래 불렀잖아 이놈들아~"

종희가 울먹이는 소리로 말했다.

"몽둥이는 들었어도 성님 죽일 생각은 아니었소."

"어여 가, 해 떨어진다~ 사람답게 살아 이놈들아~"

창옥이가 울먹이며 대꾸했다.

"소록도에서 만신창이된 몸으로 어디 가서 사람답게 살아갈 수 있을지나 모르겠소."

"어떻든 귀한 목숨들이여 이놈들아, 잘들 살어~"

통통배가 속도를 내어 멀어지자 일봉은 선착장에서 주저앉아 울었다. 통통배에서 창옥과 종희가 희미한 모습의 일봉을 향해 손을 흔들어주었다. 사또가 일봉의 등을 두들겨주었다. 사또가 일봉을 위로하는 듯 입을 열었다.

"울지 마라, 최 대표. 이제 네 세상인데 왜 울어~"

최일봉은 순간 사또를 째려보았다. 하지만 그가 사또에게 할 수 있는 것은 당장 아무것도 없었다. 일봉은 사또의 짚차를 타고 동생리로 돌아왔다.

저녁부터 부슬부슬 비가 내리기 시작했다. 인영은 춘상과 이별한 이후 몸을 가누지 못할 정도였지만 정신을 번쩍 차렸다. 춘상과의 약속이 퍼뜩 떠올랐다. 밤이 깊어 사방이 어둠 속에 묻혀 있었다. 인영은 서낭당에 숨겨놓은 유리관을 품에 안고 구북리 한적한 바닷가로 뛰었다. 약속한 시간이 되어 불빛이 가물거렸다. 건장한 사내들이 통통배에서 내렸다. 사내들은 인영으로부터 상자를 받아들고 허리를 숙여 예의를 다했다. 인영이 떠나려는 사내들에게 말했다.

"일본인의 만행을 꼭 세상에 알려야 합니다."

사내들이 동시에 대답했다.

"걱정 마십쇼."

유리관을 싣고 통통배가 녹동항 선착장을 향해 출발했다. 인영은 가슴을 조이며 멀어지는 통통배를 바라보고 있었다. 그런데 통통배가 녹동항에 거의 닿을 무렵 녹동항 앞바다에서 한순간 천둥 번개가 쳤다. 우루루 쾅, 천둥소리와 함께 섬광이 번쩍였다. 녹동항 선착장에는 일본군 병사들 1개 소대가 바다를 향해 총부리를 겨누고 있었던 것이다. 일본의 만행이 담긴 유리관은 총소리와 함께 바다로 침몰했다. 생체실험에 대한 소록도 일본인들의 폭력과 만행의 증거물이 바다속으로 사라진 비참한 순간이었다.

한편, 이날 새벽녘에 일봉은 술에 취해 있었다. 일봉은 부락에서 나와 사또에게로 향했다. 사또 역시 원장실에서 마치 자신이 원장이라도 되는 듯이 술을 마시고 있었다. 사또는 몸을 가누지 못할 정도로 흠뻑 술에 취해 있었다. 최일봉이 다른 때와 달리 호기를 부리며 사또에게 말했다.

"야 사또! 어디 좀 가줘야겠다~"

사또가 혀 꼬부라진 소리로 대답했다.

"이른 시간에 어딜?"

일봉이 입술을 말아 올리며 중얼거렸다.

"이르긴~ 네놈한텐 늦었지~"

"뭐?"

사태가 이상하게 꼬이고 있음을 알아차린 듯 사또가 퍼뜩 정신을 차렸다.

"저승 가는데 노잣돈은 있나?"

비틀거리는 사또를 소파에 눕혀놓고 일봉은 거침없이 사또의 목을 누르기 시작했다. 일봉이 어찌나 팔에 힘을 주었는지 사또는 악 소리 한마디 내지르지 못하고 숨이 넘어가고 있었다. 사또의 목숨이 끊어진 것을 확인하고 일봉은 미친 듯 밖으로 달려 나왔다.

비는 계속해서 내리고 있었다. 동이 뻔히 트고 있는데 인영은 검은 우산을 쓰고 어린 수철의 손을 잡은 채 만령당 문 앞에서 고개를 숙였다. 빗물이 인영의 이마에 흘렀다. 최일봉이 흠뻑 젖은 몸을 하고 비틀거리며 만령당 옆을 지나가고 있었다. 인영과 일봉의 시선이 잠깐 마주쳤지만 아무런 말도 오가지 않았다. 최일봉이 지나가는 소리로 소리쳤다.

"인영아, 잘 살아라!"

최일봉이 저만치 멀어져 갔을 때 인영은 시선을 주지 않은 채

만령당 안쪽에 대고 말했다. 만령당에는 김인후와 료코涼子, 또덕이박병후, 나막순의 납골함과 인영의 언니라는 조영분의 납골함이 숨을 죽이고 있었다.

"오빠, 잘 있었어?"

인영은 한동안 흐느끼고 있었다. 수철이가 인영의 옷소매를 잡고 흔들었다.

"언니, 수철이 많이 컸지?"

인영은 눈물을 흘리며 처음 소록도에 입소할 때 도움을 주던 아는 언니의 모습을 떠올려보았다.

"엄마, 누구한테 말하는 거야?"

"아냐, 수철아. 네 이모~"

인영은 수철의 작은 손을 꽉 움켜잡았다. 조영분이라 하는 아는 언니가 몰래 아이를 낳아 기르다가 죽음을 목전에 두고 애를 인영에게 부탁했었다. 언니의 핏줄인 수철이가 이렇게 살아 있기에 인영 역시 아직 살아야 하는 이유가 있었다. 수철에게는 힘든 삶을 물려주지 않아야 한다는 생각을 하면서 인영은 만령당에서 돌아섰다.

인영은 수철의 손을 잡고 천천히 구북리를 향해 걸음을 옮겼다. 구북리로 향하는 산모퉁이 숲길에서 사람들이 에워싸고 웅성거리고 있었다. 그런데 옥희와 미순이가 소란을 떨며 인영에게 소리쳤다.

"인영 언니, 저기 봐!"

"일봉이 아저씨다~"

인영은 애들이 가리키는 손가락을 따라 시선을 돌렸다. 인영은 깜짝 놀라 저도 모르게 입을 벌리고 말았다. 최일봉이 아름드리 소나무 가지에 목을 매어버렸던 것이다.

일봉이 죽고 얼마 지나지 않아 춘상은 대구 형무소에서 교수형을 받았다. 춘상의 목에 밧줄이 걸릴 때 춘상은 인영의 모습을 떠올려보았다. 이제 이승에서 마지막 떠올려보는 인영의 모습이었다. 인영이가 수철이와 행복하게 살기를 마지막으로 기도했다. 그는 자신의 목을 조여 오는 죽음을 자랑스럽게 받아 들였다. 이런 이춘상의 죽음에 대해 조선에서는 아무도 입에 올리지 않았다. 다만 일본의 언론에서 이러한 기사를 실었다.

「이춘상이 죽인 수호 마사스에는 조선 땅에서 조선인의 손에 죽은 일제의 관리 중 가장 직급이 높은 사람으로 〈안중근〉은 일본의 제1역적, 〈이춘상〉은 일본의 제2역적이다.」

끝